CHELSEA M. CAMERON

LE BUGIE DEL NOSTRO AMORE

traduzione di Silvia Arienti

HarperCollins *Italia*

ISBN 978-88-6905-090-9

Titolo originale dell'edizione in lingua inglese:
Behind Your Back
Midnight Engel Press, LLC

Traduzione di Silvia Arienti

Prima edizione HC
maggio 2016

Le bugie del nostro amore

. 1 .

La prima volta che la vidi di persona portava una parrucca e delle lenti a contatto colorate. Ma qualcosa della sua vera personalità traspariva da quella chioma bruna, da quelle iridi marroni e da quell'espressione annoiata.

La riconobbi immediatamente. Mi alzai e attraversai il bar. Guardò il cellulare, facendo finta di essere quel tipo di ragazza che non riesce a staccarsi dalla sua pagina Facebook per più di tre secondi. Ma sapevo che non era così. La conoscevo.

China sul tavolino, fece scorrere il dito sul display, dondolando appena un piede. Nessuno l'avrebbe notato, a parte me. Solo io la vedevo per quello che era davvero.

Prima di raggiungere l'uscita, le passai accanto e le lanciai un'occhiata. Mi soffermai brevemente su di lei con lo sguardo. Ero certo che anche lei mi stesse scrutando di sottecchi. Si scostò la parrucca dal viso e riuscii a intravedere un ciuffo rosso e un tatuaggio sulla nuca. Non lo vedevo tutto, ma non ce n'era bisogno. Sapevo cos'era. Un nodo celtico.

Uscii dal locale senza più voltarmi. Mi seguì con lo sguardo mentre attraversavo la strada, fino a quando sparii dalla sua visuale.

Anche lei mi aveva notato.

Un mese prima...

«Un'altra birra?» mi chiede il barista, appoggiando le braccia pelose sul bancone. Poso il bicchiere vuoto, scuoto la testa e mi alzo.

«Grandissimo figlio di puttana» dice qualcuno alle mie spalle. Mi sforzo di non sobbalzare al suono di queste parole. Pensavo che in questo bar sarei stato tranquillo. Invece il lavoro sembra seguirmi ovunque.

Mi volto, con un'espressione neutra dipinta sul viso.

«Dale, che piacere vederti da queste parti» rispondo, tendendogli la mano in un gesto automatico. La stringe e scoppia in una fragorosa risata che riecheggia in tutto il bar, frantumandomi i timpani. Non sopporto quest'uomo, ma lui non lo sa. Crede che siamo ottimi amici. Compagni di golf, di poker, di bevute. Non siamo niente di tutto ciò. Sì, forse facciamo queste cose insieme, ma non siamo amici. Non mischio mai affari e piacere, specialmente con un tipo come lui. Non conosce nemmeno il mio vero nome.

«Oh, a volte mi diverto a frequentare i bassifondi. Sai com'è, Quinn.» Mi fa l'occhiolino e sghignazza di nuovo. Dale pensa di essere divertente, ma la gente ride alle sue battute solo perché è ricco ed essenzialmente viene pagata per farlo.

«Certo» gli dico sorridendo, disgustato da me stesso. «Be', ho alcune faccende da sbrigare, se capisci cosa intendo.» Tocca a me adesso strizzargli l'occhio con fare malizioso. Dio, come odio dovermi comportare così, ma è il prezzo da pagare per ottenere ciò che voglio.

Dale mi stringe nuovamente la mano e si avvicina

al bancone del bar. Vi sbatte sopra il suo grosso palmo e chiama il barista con voce tonante che sono certo farà rabbrividire quel poveraccio. Forse avrei dovuto lasciargli una mancia extra per il disturbo. Senza dubbio Dale finirà per essere trasportato di peso su un taxi nel giro di poche ore. Sempre che non si metta a corteggiare qualche ragazza, promettendole viaggi su jet privati, gioielli e una moglie assente.

Lo odio.

Esco dal bar, sono tentato di chiamare un taxi, ma alla fine decido di camminare. Ho bisogno di aria fresca.

I miei piedi non mi portano a casa. Mi dirigo in un parco nelle vicinanze. Scavalco senza problemi la recinzione di ferro costellata da divieti d'accesso; ci vengo da anni e non mi hanno mai beccato. Mi piace pensare che sia perché sono bravo a passare inosservato, ma probabilmente è solo fortuna. È lei che ha scandito la maggior parte della mia vita. Fortuna sfacciata, malasorte, sfiga nera. Ma sto disperatamente cercando di prendere in mano le cose. Fino a ora mi è andata bene, ma potrebbe non essere sempre così.

Passeggio avanti e indietro per il giardino, sbirciando di tanto in tanto dentro le finestre buie. È tardi e la maggior parte delle persone normali è a letto col marito, la moglie o in compagnia di qualcun altro. Mi chino in avanti e mi tolgo le scarpe e le calze, lasciandomi accarezzare le piante dei piedi dai fili d'erba.

Devo lavorare domani. E il giorno dopo. E quello dopo ancora. In passato assaporavo ogni momento, ma ora...

Le cose cambiano. Sempre e comunque.

Quando ho cominciato, ero infiammato dalla rabbia e dal desiderio di vendetta. Adesso sento solo noia e frustrazione. A soli ventiquattro anni, sto già esaurendo le mie energie. Riscuotendomi da questi pensieri autocommiseranti, mi dirigo fuori dal parco per tornare al mio appartamento di merda e al mio letto di merda.

«Ehi, Leo» dico al mio gatto, che si è precipitato alla porta per salutarmi. Meno male che c'è lui. Non sono tipo da animali domestici, ma quando l'ho trovato in uno scatolone sul ciglio della strada, non me la sono sentita di lasciarlo lì a morire. Pensavo di prendermi cura di lui solo per quella notte e di portarlo in un rifugio per gatti l'indomani. Ma, quando mi si è addormentato in grembo con la lingua mezza fuori, il mio piano è andato a farsi fottere. Era impossibile resistergli.

Non ho idea di che razza sia. Posso solo dire che il suo pelo giallo e arancione, molto più folto intorno al collo, lo fa assomigliare a un innocuo leoncino.

Mi si strofina sulla gamba ed emette un gemito. Gli ho dato da mangiare solo qualche ora fa, ma non ha importanza. Non mi darà pace finché non gliene darò ancora.

«Okay, okay» cedo, dirigendomi verso la credenza per prendere una scatoletta di cibo. Dà di matto finché non verso le crocchette nella sua ciotola, agitando selvaggiamente la coda. Quando avrà finito di mangiare, vorrà sicuramente giocare con la pallina. Proprio come un cane.

Bevo un bicchiere d'acqua per lavare via gli effetti della birra e mi sposto in soggiorno. Non mi intendo di arredamento e la mia casa è piena di oggetti che ho recuperato per strada. O di mobili che mi sono fatto consegnare da un'azienda scandinava e che ho assemblato io stesso.

Il tavolino da caffè è una delle poche cose che possiedo da tempo. Strofino un palmo sull'angolo carbonizzato, sporcandomi di fuliggine. Mi sfrego le mani l'una contro l'altra. È solo una superstizione, ma non posso evitare di farlo ogni giorno.

Leo, finalmente sazio, corre verso di me con un gomitolo di lana tra i denti.

«D'accordo, ma solo una volta» lo ammonisco, sfilandoglielo dalla bocca per scagliarlo lontano. Si precipita a recuperarlo e lo riporta indietro, lasciandolo cadere ai miei piedi.

«No, ho detto solo una volta» insisto. Mi risponde nel linguaggio dei gatti, che potrebbe essere tradotto all'incirca con *lancia quella maledetta palla, dannato bipede*. Ovviamente lo accontento, e lui la rincorre felice.

In quel momento il mio cellulare comincia a squillare. Non quello ufficiale che uso per lavoro, ma quello usa e getta che Cash mi ha dato due settimane fa.

Lo tiro fuori dalla tasca posteriore dei jeans e rispondo.

«Che succede?» chiedo. Dev'essere qualcosa di urgente, altrimenti non mi avrebbe chiamato. Certo, questo cellulare è difficilmente rintracciabile, ma per sicurezza è meglio utilizzarlo il meno possibile.

«Abbiamo un problema.» È una delle frasi che odio di più al mondo, insieme a *dobbiamo parlare*. Cash usa sempre lo stesso tono di voce. Maledettamente allegro, anche quando porta cattive notizie.

«Che succede?» domando, prendendo la palla e

lanciandola di nuovo. Leo potrebbe continuare per ore. Alle volta mi sveglia perfino nel cuore della notte perché vuole giocare.

«Quella stupida segretaria che Baz si sta scopando non è affidabile. Ho motivo di pensare che non terrà la bocca chiusa.» Sapevo che sarebbe successo. L'avevo avvisato, ma Baz non resiste al fascino di un bel visino e di un gran paio di tette. Gli si annebbia il cervello. Non è la prima volta che incasina tutto. Cristo.

«Allora digli di tirarsene fuori. E di smettere di pensare con l'uccello.» Cash ride. È sempre così dannatamente positivo.

«Me ne occupo subito. Ma pensi che sia prudente continuare?» chiede. Annuisco, anche se non può vedermi. Leo miagola perché lo sto facendo aspettare. Raccolgo la palla e la tiro il più lontano possibile.

«Sì, ci abbiamo perso troppo tempo per lasciare perdere proprio adesso. Non abbiamo più bisogno di lei. Occupati di Baz e andiamo avanti. Dovremmo essere a cavallo, ma se qualcosa va storto, sai cosa fare.»

«Ho capito. Ci vediamo presto.» Chiudo la telefonata senza aggiungere altro.

«Sono circondato da idioti» borbotto a Leo. Sbatte le palpebre e tocca la palla con la zampa. «Esclusi i presenti, ovviamente.» Miagola di nuovo.

Il mattino successivo indosso un abito, una cravatta e delle scarpe che scricchiolano quando cammino. A ben vedere, penso sia stata un'ottima idea scegliere un lavoro la cui uniforme consente di mascherare una moltitudine di peccati, inclusi i miei tatuaggi. Se i miei clienti legittimi ne venissero a conoscenza, non mi farebbero più toccare nemmeno un centesimo del loro denaro. E sarebbe un peccato.

«Buongiorno, Grace» dico, passando accanto alla mia assistente. Sono certo che sia innamorata di me, ma non ho mai tentato nessun approccio. Come ho già detto, non è bene mischiare affari e piacere. Comunque, è un po' troppo abbottonata per i miei gusti; tutta spigoli, labbra sottili e capelli perfetti. A me invece piacciono le donne con un lato ribelle e selvaggio.

«Buongiorno, signor Brand» risponde, lisciandosi i capelli per assicurarsi che siano in ordine. Forse non è il mio tipo, ma a volte mi chiedo come sarebbe accompagnarla a casa e scompigliarle i capelli, imbrattarle il viso di rossetto, strapparle la gonna. Ma non posso rischiare di perderla. Devo ammettere che è dannatamente brava come assistente.

Mi porge un foglio col programma del giorno. Tra un cliente e l'altro, ho solo qualche ora libera per occuparmi delle scartoffie e per fare telefonate. Mi si prospetta un'altra giornata di merda.

«Il signor Beaumont è già qui» mi avverte Grace in tono tranquillo, facendo un cenno di saluto all'uomo che si sta accomodando in sala d'attesa. Quel bastardo è in anticipo. Non ho nemmeno avuto il tempo di bere il mio caffè e di mangiare il cornetto che Grace mi lascia tutti i giorni sulla scrivania.

«Digli che lo riceverò tra un minuto» la istruisco, e Grace sa esattamente cosa intendo. Mi dirigo nel mio ufficio e appoggio per terra la valigetta. Il fascicolo del signor Beaumont è pronto sulla mia scrivania, insieme a quelli degli altri clienti che dovrò incontrare. Lo esamino sorbendo il caffè e gustandomi il cornetto. Beaumont è un nuovo cliente, ma è molto importante. Devo riservagli un trattamento speciale.

Spazzolo via le briciole dal mio abito e controllo il mio aspetto nello specchio del bagno. Pur essendo il più giovane, sono uno dei pochi qui ad avere un bagno privato. Perché sono dannatamente bravo in quello che faccio. Sono dannatamente bravo in un mucchio di cose.

Avviso Grace di farlo entrare.

Lo accompagna fino alla porta e gli chiede se desidera qualcosa. Lui si siede e risponde che vorrebbe un bicchiere d'acqua. Grace glielo va a prendere da un tavolino nel mio ufficio. Uno dei suoi compiti principali è quello di tenere in caldo il caffè e di assicurarsi che la caraffa sia sempre piena di acqua ghiacciata. Deve anche soddisfare ogni possibile richiesta dei clienti. Sono persone potenti e si aspettano di avere ciò che desiderano.

Cominciamo con un piccolo colloquio preliminare. È sempre lo stesso copione. Cosa l'ha spinto a venire da noi, cosa spera di ottenere, quanto rischio vuole correre nell'investire i suoi soldi. Domande di routine per un consulente finanziario. Ma ben presto il tono cambia.

«Fin dove è disposto ad arrivare?» gli chiedo. Lui sa esattamente cosa intendo.

«Mi garantisce che dai libri contabili non risulterà nulla?»

Annuisco.

«Signor Beaumont, le assicuro che sono dannatamente bravo nel mio lavoro. Prendo uomini ricchi come lei e li rendo ancora più ricchi. I miei metodi possono essere... poco ortodossi, ma raggiungo sempre i miei obiettivi. Lei ne verrà fuori immacolato come la neve.» Uso un linguaggio allusivo, per evitare qualsiasi riferimento diretto. È così che si deve fare. La prudenza non è mai troppa.

«Sembra proprio quello di cui ho bisogno. Quanto le serve?» Scrivo una cifra su un foglio e lo faccio scivolare sulla scrivania, in modo che possa leggerla.

«Possiamo partire da qui. Ma ho la sensazione che quando comincerà a rendersi conto del profitto, vorrà aumentarla.»

Osserva la cifra e annuisce.

«Per quando le occorre?» chiede.

«Il prima possibile.»

«Darò disposizioni a riguardo.» Non è la sua prima volta. Bisogna avere le giuste credenziali per arrivare fin qui.

Ci alziamo, ci stringiamo la mano e gli auguro una buona giornata. Dice che mi contatterà non appena avrà messo insieme il denaro.

Mentre esce dal mio ufficio, strappo il foglio con la cifra. Meglio non lasciarsi prove cartacee alle spalle. Manca qualche minuto al mio prossimo appuntamento, quindi accendo il computer e apro il fascicolo elettronico, quello che Cash ha messo insieme per me. Non sono riuscito a leggerlo prima di stamattina.

Non contiene solo la documentazione fiscale e i dati bancari, ma c'è tutto anche sulla sua vita privata, fotografie incluse.

Scorro velocemente queste informazioni, che potrebbero rivelarsi utili in futuro. Rispetto alla media, il signor Beaumont è uno dei peggiori. Spazia dal lavoro minorile, alla corruzione di funzionari statali, all'utilizzo di materiali scadenti rivenduti a un sovrapprezzo. Fa tutto questo con la sua azienda di abbigliamento economico. Fino a qualche anno fa mi avrebbe nauseato, ma adesso non è altro che ordinaria amministrazione. Esaminando il resto del dossier, mi accorgo che ha una figlia di circa vent'anni, ma non vi presto attenzione finché non vedo le fotografie.

Le faccio scorrere e mi soffermo su una che lo ritrae su una barca in compagnia della moglie e della figlia.

Chioma rosso fuoco. A causa del vento, alcune ciocche indisciplinate le ricadono sul viso, nascondendo in parte i suoi splendidi occhi verdi. Le labbra disegnano un sorriso, mentre cerca di tirare indietro i capelli. I suoi genitori invece sono entrambi rigidi. In posa. Dei manichini. Per contrasto, la figlia sembra bucare lo schermo con la sua energia.

Saige Juliette Beaumont.

Non l'avevo tenuta in considerazione nel mio piano originale, ma ora devo ripensare tutto. Lei potrebbe essere la chiave per arrivare a Beaumont.

. 2 .

Incontro Cash in fondo alla sua via. Al contrario di me, ama le cose raffinate e ha preso casa in un quartiere decisamente più elegante del mio.

«Sembri distrutto» mi dice, a mo' di saluto. Se non lo conoscessi così bene, direi che mi voleva fare un complimento.

«Grazie» rispondo. Cash ride e i suoi occhi azzurri scintillano. È una contraddizione vivente. Alto e solido come un muro di mattoni, è una delle persone più felici che ho avuto la sfortuna d'incontrare nella mia vita. Quando camminiamo per strada, la gente si scosta per lasciarlo passare. Cash sorride semplicemente, come se non gli importasse niente. Anche la vecchia giacca di pelle che apparteneva a suo nonno fa la sua parte. Comunque, all'occasione sa anche interpretare la parte del duro. Ma, non appena l'emergenza è passata, torna a essere una persona dolce.

«Hai notizie di Baz?» gli chiedo mentre ci dirigiamo verso il suo appartamento. Non ci incontriamo mai davanti a casa sua. Tra poco ci divideremo ed entreremo nell'edificio separatamente. Non si è mai abbastanza accorti.

«Sì. Ne è fuori. Tutto risolto. Ha detto alla ragazza che era sposato.»

Non riesco a trattenere una risata.

«E lei come l'ha presa?» Conoscendo Baz, non penso abbia usato molto tatto. La diplomazia non è il suo forte.

«Porta un bel segno rosso su una guancia e ha le parti basse doloranti, credo» mi spiega Cash mentre ci lasciamo. Lui prende il percorso più breve, mentre io giro intorno all'edificio. Ogni volta che c'incontriamo corriamo dei rischi. Anche per questo ci spostiamo così tanto. Siamo arrivati qui circa otto mesi fa.

Tutto quello che facciamo è calcolato e pianificato. Niente è lasciato al caso, se possibile. Non possiamo correre rischi, ecco perché mi sono tolto l'abito da lavoro e ho indossato dei jeans strappati e un'ampia felpa con cappuccio. Nessuno dei miei clienti mi riconoscerebbe vestito così, perché non mi riterrebbero degno di un secondo sguardo. Questo è il bello della nostra attività.

«E questo che diavolo è?» domando quando Cash mi fa entrare. Un enorme scrittoio è piazzato nel bel mezzo della sala da pranzo.

«Cosa cazzo ti sembra? È un antico scrittoio. Apparteneva a un famoso scrittore.» Non mi dice di chi si tratti, ma so, senza ombra di dubbio, che si è fatto rilasciare un certificato di autenticità e che ha controllato che non ci fossero inghippi. Tra le altre cose, Cash è un collezionista d'antiquariato. È una rottura di palle ogni volta che ci dobbiamo trasferire, perché si vuole portare dietro tutto, e alcuni dei suoi mobili sono maledettamente grossi e pesanti.

«Cosa cazzo ci fai con uno scrittoio?» gli chiedo. Non riesco a immaginare Cash incastrato in una sedia a comporre lettere, magari d'amore.

«Niente, l'ho preso semplicemente per ammirarlo» risponde, fissando la scrivania come per chiarire il concetto.

«È questo ciò che ti piace guardare?» lo stuzzico.

«Chiudi il becco. Vuoi una birra?» Ne stappa una e me l'allunga. Bevo un sorso e ci dirigiamo nel suo ufficio.

L'ufficio di Cash è più grande della sua camera da letto, soprattutto perché c'infiliamo dentro un sacco di roba. In un angolo, ha perfino attrezzato una piccola palestra. Cash può anche essere nato con più muscoli della media, ma deve comunque allenarsi.

Il suo cellulare usa e getta trilla e Cash abbassa lo sguardo per controllare di cosa si tratta.

«Baz sta arrivando con Row, Track e Hardy» dice, elencando gli altri membri del gruppo. Non abbiamo un nome ufficiale, perché non siamo personaggi dei fumetti, ma a volte Cash ne propone qualcuno. Per il momento, fanno tutti schifo.

«Pensavo di fargli il culo, ma sembra che la segretaria ci abbia già pensato» dico, mentre Cash si dirige verso il frigorifero per prendere altre tre birre. Farà avanti e indietro un bel po' prima della fine della serata. Farebbe prima a mettere un frigorifero nel suo ufficio.

Gli altri tre arrivano in pompa magna. Be', Row, Track e Hardy perlomeno. Baz trascina i piedi dietro di loro, con la guancia ammaccata e uno sguardo torvo. Cash scoppia a ridere non appena lo vede. Normalmente Baz reagirebbe in modo violento, ma Cash la passa sempre liscia.

«Come sta il tuo orgoglio?» gli chiedo mentre

prende una birra dalle mani di Cash e si accomoda sul divano vicino agli altri, che ridacchiano come scolarette. Lancio loro un'occhiataccia, ma continuano imperterriti.

«Dannatamente bene. Mai stato meglio» risponde aggrottando la fronte. «Comunque, non era niente di che a letto.» È un vero bugiardo. Quando ha iniziato a uscire con lei, non la smetteva di dirci quanto fosse brava tra le lenzuola.

«Be', se ti senti solo, fammi un fischio» dice Track, facendogli l'occhiolino. È gay e flirta con chiunque gli piaccia. Baz si limita a sorseggiare la sua birra in silenzio.

Ne abbiamo per tutti i gusti. Cash è il gigante bruno; Baz è biondo e ha uno sguardo inquieto; Track ha un viso davvero attraente; Hardy e Row sono fratelli gemelli, entrambi con folti capelli castani ma personalità opposte.

Siamo uno strano gruppo, ma abbiamo un obiettivo comune. È sorprendente come gli esseri umani riescano ad andare d'accordo quando hanno uno stesso traguardo da raggiungere.

«Continuo a sostenere che ci servirebbe un martelletto» dice Cash mentre mi alzo. Non sono il più vecchio del gruppo, ma sono io che ho messo in piedi tutto questo.

«Smettila di dire cazzate» lo ammonisco. «Chi ha un resoconto da fare?»

Hardy alza la mano. È uno dei pilastri del gruppo, grazie alla sua memoria. Se legge o sente qualcosa, se la ricorda per sempre. Se gli chiedessi cos'ha mangiato a colazione tre anni fa, mi risponderebbe con precisione. Tuttavia, può essere dannatamente fastidioso se ti capita di litigare con lui.

«Finora da 137 abbiamo guadagnato due milioni e trecentotrentaquattromila dollari. E ventun centesimi» aggiunge. Chiamiamo sempre i nostri bersagli con dei numeri. Hardy li ha memorizzati tutti, ma noi ci mettiamo un attimo a capire.

«Quale sarebbe?» chiedo.

«Il signor A» risponde, e capisco al volo.

«Benissimo. A quanto stiamo, in totale?»

«Quasi trecento milioni» dice senza esitazioni. Hardy è anche il nostro contabile, naturalmente.

«Qualcuno ha bisogno di rifornimenti? È il momento più adatto per chiedere. No, Cash, non accetto richieste ridicole oggi.» Lo vedo aprire la bocca e richiuderla. Prova sempre a far passare i suoi acquisti come spese di lavoro. Probabilmente cercherà di convincerci che lo scrittoio sia una di queste. Ma, contrariamente all'agenzia delle entrate, non può chiederci di dedurlo dalle tasse.

«Come vuoi» sbuffa, incrociando le braccia e gonfiando i muscoli.

«Ho bisogno di fare un ordine» interviene Row. Abbiamo codici per tutto. Questo vuol dire che deve comprare della droga. Spesso è il modo migliore per ottenere informazioni. Lubrifica gli ingranaggi.

«Abbiamo scorte?» chiedo a Cash, che va a controllare. Il suo appartamento è pieno di nascondigli sicuri, così con una ricerca sommaria non salterebbe fuori niente.

«Poche» dice, una volta tornato al suo posto. «Molto poche.»

«Okay, basta che dica a Hardy di quanto hai bisogno.»

Row avrebbe potuto essere un problema, se non fosse stato per Hardy. È abbastanza onesto e affidabile per entrambi e Row non tradirebbe mai il fratello.

Track è il prossimo a parlare. Ha un nuovo possibile bersaglio che indirizzerà verso di me. Lavora per uno dei più esclusivi country club della zona ed è bravo a entrare in contatto con la gente. Se capita di dover usare il sesso per avere informazioni, non si tira indietro. Più di una volta si è rivelato utile. È sorprendente quanti uomini sposati siano felici di sbattersi il bel cameriere che serve da bere al club.

Li aggiorno sul caso Beaumont, ma evito di parlare della figlia. Non è da me, ma a quanto pare non riesco a pronunciare il suo nome. Mi è però entrata nella testa, e non nel modo che desideravo. Immagino i suoi capelli sparsi sulle mie lenzuola. La sua bocca spalancata per l'estasi. Le sue gambe divaricate per me.

Il sesso è consentito, ma è vietato imbarcarsi in qualsiasi tipo di relazione. Si tratta solo di buon senso. Non possiamo correre il rischio che qualcuno scopra cosa facciamo e ci denunci. A volte ci siamo andati vicino, come nel caso di Baz e della segretaria, ma meno di quanto mi aspettassi. Fintanto che i ragazzi possono andare a letto con chi vogliono, sembrano essere felici. O almeno non depressi.

Una volta concluse le questioni lavorative, cominciamo a tormentare Baz perché ci racconti la storia della segretaria.

«Le ho semplicemente detto che sono sposato» spiega, ma conoscendolo, sono certo che non si sia espresso proprio così. «Ho lasciato che mi prendesse a schiaffi, okay? Almeno avrà qualcosa da raccontare. Però non immaginavo che mi avrebbe fatto così male, e che se la sarebbe presa anche con le mie parti basse.» Sussultiamo tutti contemporaneamente.

«Mai sottovalutare una donna» interviene Cash.

«Parole sante» aggiunge Track, sollevando la sua birra. «Ecco perché mi tengo alla larga da loro.»

Parliamo di altre cose e beviamo fino a tarda notte. Devo lavorare domani, ma me la caverò. L'ho già fatto prima e lo farò ancora.

Row e Hardy sono i primi ad andarsene, seguiti da Baz e poi da Track.

«Tutto a posto, Sylas?» mi chiede Cash.

«Certo, perché?» ribatto. Ecco un'altra cosa da dire su Cash. Oltre a essere maledettamente allegro, è anche maledettamente perspicace.

«Così» risponde, intuendo che anche se sapessi cosa m'infastidisce, farei fatica a parlarne.

Lo saluto e torno a casa in taxi, pagando in contanti per non lasciare tracce.

Il mattino successivo approfitto di una pausa tra gli appuntamenti. Una parte del lavoro che svolgo è pulito, ma serve soprattutto a coprire le operazioni non del tutto legali. Dall'esterno, siamo solo una società d'investimento, ma l'apparenza molto spesso inganna.

Lavorare qui ha anche i suoi vantaggi, perché ho la possibilità di navigare in internet da anonimo. Mi ripeto che lo sto facendo per il bene del gruppo e uso tutte le precauzioni che Cash mi ha insegnato prima di iniziare a cercare informazioni su di lei.

Saige. Ha un nome insolito. Mi chiedo dove i genitori l'abbiano scovato. Le sta bene però, in qualche modo si addice al suo aspetto. Con questo non voglio affatto dire che non sia carina. Lo è eccome, ma la sua non è una bellezza canonica. È attraente come lo può essere un fulmine che squarcia il cielo.

Cerco informazioni su di lei nei social media, ma non trovo molto. Sono disponibili solo le fotografie dei profili ufficiali. Nemmeno in quelle sembra in posa.

In una, sua madre è palesemente arrabbiata con lei, anche se si sforza di nasconderlo. Saige indossa un vestito nero con dei piccoli disegni chiari. Controllo più da vicino e mi accorgo che sono dei teschi, simili a quelli della festa messicana dei morti. Per poco non scoppio a ridere quando me ne rendo conto.

Ma cerco subito di tornare in me. È la figlia del prossimo bersaglio. Nient'altro che un mezzo per raggiungere uno scopo.

Lo squillo del telefono interrompe la mia ricerca. Mi affretto a chiudere la pagina internet che stavo esaminando, come se la persona dall'altro capo della linea potesse vederla.

«Sì» rispondo, sollevando la cornetta.

«Il signor Beaumont è qui» mi dice Grace in tono robotico e professionale. Colgo comunque una piccola sfumatura sensuale nella sua voce.

«Benissimo, fallo entrare.» È proprio l'uomo che desideravo vedere. Sono un po' sorpreso che si sia scomodato a portarmi i soldi. La maggior parte delle persone nella sua posizione avrebbe mandato un intermediario, in modo da non sporcarsi le mani con tutto quel denaro riciclato.

Grace bussa alla porta. Quando la apre, appare Beaumont con indosso un magnifico abito di Ralph

Lauren. Ci salutiamo con una stretta di mano, poi tira fuori dalla sua valigetta una busta piena di contanti.

Li conto velocemente, giusto per accertarmi che ci sia tutto. Non si è mai abbastanza prudenti.

«È pulito?» gli chiedo, sfogliando col pollice le banconote.

«Dubita di me?» risponde Beaumont, sollevando un sopracciglio.

«Preferisco sempre chiedere. Nel mio mestiere, è meglio non dare mai niente per scontato.» Metto i soldi da parte. Li controllerò meglio più tardi. Poi chiederò a uno dei ragazzi di verificare che non siano sporchi o contraffatti. Mi è già successo in passato, quando ero più ingenuo. Non mi lascerò fregare un'altra volta.

Parliamo quindi di cosa intendo fare col suo denaro e di come verrà pagato. In realtà, è più semplice di quello che sembra.

Ciò che non sa, ovviamente, è che una parte dei suoi soldi verrà dirottata nel mio conto personale. Non lo scoprirà mai, perché posso manipolare le cifre. È così che funziona. Ci vuole tempo, ma alla fine ne vale la pena.

Sento crescere dentro di me l'eccitazione. Negli ultimi mesi si era logorata, come la lama di un vecchio coltello. Devo affilare la mia volontà. Ricordarmi perché ho cominciato tutto questo.

Chiuso l'argomento denaro, chiacchieriamo del più e del meno. Il tipo di discorsi che si intraprendono sul campo da golf o davanti a un drink. Gli chiedo della sua famiglia, di sua moglie e, infine, di sua figlia. Evito di insistere troppo, per non destare sospetti.

Non dice molto, ma quando pronuncia il suo nome cambia atteggiamento. È la sua unica figlia e, a giudicare da come il suo sguardo si addolcisce quando parla di lei, ci è molto affezionato.

Perfetto. Proprio quello che ci voleva. Distruggerlo attraverso di lei renderà il tutto ancora più piacevole.

. 3 .

«Perché devi sempre essere tu a spassartela con le donne?» mi chiede Baz durante il nostro incontro settimanale.

«Vuoi che ti ricordi come hai quasi mandato tutto a puttane con quella dannata segretaria? E con la ragazza prima di lei? E con quella prima ancora?» Baz ha un talento nel fare incazzare il gentil sesso. È un miracolo che non gli abbiano ancora piantato una pallottola tra gli occhi.

Baz arrossisce leggermente, ma potrebbe anche essere a causa della birra.

«Rassegnati stronzo, non ci sai fare» gli dice Cash, ridendo. Baz gli lancia una bottiglia vuota, ma Cash l'afferra senza problemi.

«Non spargere merda in casa mia!» ringhia. Tengo d'occhio Baz, per capire se devo intervenire prima che la situazione degeneri, ma chiude semplicemente il becco e si appoggia allo schienale del divano.

«Vaffanculo» mormora in direzione di Cash. Decido di riportare il discorso sul binario giusto.

«Come dicevo, useremo la procedura standard.» Il mio annuncio è accolto da applausi e bottiglie sollevate.

«Mi sarebbe piaciuto scendere in pista» interviene Track con voce malinconica. «Sei sicuro che il signor

B non sia gay?» Abbiamo fatto molte ricerche e non abbiamo trovato traccia di attività omosessuale nella sua vita. Inoltre, osservandolo mentre parla di sua moglie, ho notato che prova un affetto sincero nei suoi confronti.

Scuoto la testa.

«Non credo, ma farò altri accertamenti, per sicurezza» gli rispondo, e Track si strofina le mani l'una contro l'altra.

Discutiamo gli ultimi dettagli del nuovo piano, poi Row ci espone la sua idea. Vorrebbe aprire un'autofficina per ricettare auto rubate. Ci ha già lavorato con Hardy in passato, ed è così che li ho incontrati. Ma non sono più interessato a questo genere di traffici.

Ascolto i pareri di ognuno, poi ci affidiamo ai voti. Non posso impormi, decide la maggioranza. L'unico a votare a favore è Row, che fulmina il fratello con lo sguardo.

«Cosa cazzo ti prende?»

Hardy si limita a sorseggiare tranquillamente la sua birra.

«Non credo sia il momento giusto. Ci sono altre due officine nel raggio di dieci miglia, che hanno un valore complessivo di circa quattro milioni.» Hardy snocciola altre cifre. Se non lo conoscessi, rimarrei a bocca aperta. Sono maledettamente felice che faccia parte della mia squadra. Vale il suo peso in cocaina pura.

Row è incazzato, ma gli passa in fretta. È impossibile contraddire Hardy, motivo per cui ha la meglio su qualunque discussione.

«Quindi, come pensi di abbordare la ragazza?» mi chiede Cash. Usiamo tecniche diverse, in base al tipo di donna. Ho vari mezzi a mia disposizione. Auto di lusso, tonnellate di gioielli acquistati da Tiffany e bottiglie di champagne da migliaia di dollari. Il denaro accende un sacco di donne, ma ho la piacevole sensazione che la signorina Saige Beaumont sarà una sfida. Adoro le scommesse, soprattutto quelle con i capelli rossi.

«Credo che mi presenterò a una delle sue serate mondane. Indosserò il Brioni. Mi comporterò in modo misterioso. Le darò solo un assaggio, lasciandola con l'acquolina in bocca.» A volte è sorprendentemente facile e in qualche modo noioso. Spero che mi resisterà almeno un po', prima di lasciarsi dominare.

Un'altra immagine lasciva mi attraversa il cervello. La vedo stesa su lenzuola di seta nera, con le braccia legate sopra la testa. Cerco di levarmela dalla testa, mentre i ragazzi cominciano a darmi suggerimenti, anche se l'ho già fatto molte volte in passato. L'abbiamo fatto tutti, tranne Hardy. O ha fatto un voto di castità, o non gli piacciono le donne, o preferisce non mischiare affari e piacere. Sarei tentato di chiederglielo, ma so che mi darebbe una risposta vaga. Come impiega il suo tempo libero, sono cazzi suoi. Letteralmente.

«Questo week-end parteciperà all'Hudson Gala» dice Cash, sollevando gli occhi dallo schermo del computer. Tempismo perfetto. Passandomi una mano sul viso, penso che è il momento di una rasatura coi fiocchi. Uno dei vizi che mi concedo è quello di andare di tanto in tanto dal barbiere. Ci farò un salto prima del ricevimento, in modo da essere perfetto.

«Hai bisogno di una spalla?» chiede Cash, e lo

sguardo di Baz si illumina. Alle volte lavoriamo in squadra, nel caso non fossimo sicuri dei gusti della ragazza. Bisogna concedere loro la possibilità di scegliere, giusto?

«No, penso di farcela da solo. Se ho problemi, vi avverto» rispondo, con un tono di voce un po' troppo possessivo. Mi rimprovero mentalmente. Mi devo convincere che non c'è niente di diverso dalle altre volte. Sono così esperto che potrei occuparmene a occhi chiusi. Un gesto di routine, come lavarsi i denti. Arrivare, prendere i soldi, andarsene.

Sopporto ancora qualche battuta sconcia dei ragazzi, poi leviamo le tende.

«Falla tua» mi dice Cash, dandomi una pacca sulla spalla. «E se non riesci a fartelo drizzare, chiamami pure.»

«Fottiti» rispondo, mentre mi chiude la porta in faccia.

«Signor Brand, che piacere vederla di nuovo» dice Ken, il mio barbiere, sorridendo mentre mi avvolge con il mantello e inclina lo schienale della sedia. È molto più vecchio di me, ma è una di quelle persone a cui è difficile dare un'età precisa. Potrebbe avere cinquant'anni, oppure ottanta. Non gli ho mai chiesto quanti anni ha. Mi piace perché non mi fa troppe domande personali ed è maledettamente bravo nel suo mestiere.

«Come vanno gli affari?» mi chiede.

«Alla grande» rispondo e lui annuisce, mentre fa vorticare il pennello sul mio viso per ricoprirlo di schiuma da barba.

«Ha per caso già incontrato l'anima gemella?» Rido bonariamente.

«Varie» dico, facendogli l'occhiolino. Increspa le labbra e scuote il capo.

«Ogni uomo ha bisogno del sostegno di una donna. Deve solo trovare quella giusta, signor Brand.» Chiudo gli occhi mentre comincia a passarmi il rasoio sulle guance. Il rumore mi culla. Sono settimane che non mi sento così rilassato. È strano come una lama affilata che ti passa sul viso possa avere questo effetto. O forse è il modo di fare di Ken.

Emetto un verso vago e rimango immobile. Non è una buona idea agitarsi quando il barbiere sta trafficando sulla tua faccia.

Smette di farmi domande, ma canticchia il motivo di Frank Sinatra che esce dagli altoparlanti del negozio. Oggi ci sono meno clienti del solito e l'atmosfera è tranquilla. Mi schiaffeggia le guance e mi toglie il mantello.

«Abbiamo finito.»

«Grazie» dico, porgendogli una banconota da cento. La prende e mi fa un inchino.

«No, grazie a lei, signor Brand. Torni presto a trovarmi» mi risponde. Gli assicuro che lo farò ed esco dal negozio.

Il mio completo è ancora nella borsa della tintoria. L'ho fatto lavare qualche settimana fa, ed è ora di tirarlo fuori. Anche gli altri membri del gruppo possiedono un vasto assortimento di capi firmati. È uno dei vantaggi della criminalità d'alto bordo. Accessori e abiti costosi. Questo abito è stato fatto su misura e mi sta addosso come una seconda pelle. Non sono affatto una persona vanitosa, ma so che mi dona parecchio. Non per niente, quando lo indosso, Track dice che mi scoperebbe volentieri.

Mi vesto davanti allo specchio scheggiato del bagno, per controllare che non ci siano fili tirati prima di inserire i gemelli nel polsino della camicia. Non è facile farlo da soli, ma col tempo ho imparato. Come in tutte le cose, la pratica è essenziale.

Verifico poi che i miei tatuaggi siano ben nascosti e do un'occhiata veloce ai miei capelli scuri. Li ho tirati indietro con il gel, ma non troppo. Devono dare l'idea di essere appena stati spettinati da una donna.

Quando il mio cellulare trilla, so che Cash è arrivato. Mi dà un passaggio fino a un hotel di lusso, dove mi aspetta l'auto che mi porterà alla serata di gala. Solleverei troppi sospetti se mi facessi venire a prendere a casa mia. E ovviamente è meglio evitare che qualcuno conosca il mio vero indirizzo.

Cash fischietta mentre prendo posto sul sedile del passeggero.

«È pronto, signor Brand?» mi chiede, usando il mio attuale pseudonimo.

«Sì» rispondo, tirandomi su le maniche.

«Sei nervoso?» domanda, mentre s'immette in strada e si allontana dal mio palazzo. Mi blocco e gli lancio un'occhiataccia.

«No. Perché dovrei? L'ho già fatto centinaia di volte.» Ma Cash continua a osservarmi di sottecchi, così decido di accendere la radio. Devo sforzarmi di non coprirmi le orecchie con le mani. Cash abbassa il volume.

«Cosa diavolo è questa merda?» Mi affretto a passare alla stazione successiva, ma la frequenza è disturbata. Sempre meglio le interferenze che l'attentato ai miei timpani di poco fa.

«Si chiama musica, coglione. Tu non sai proprio

riconoscere un suono di qualità quando lo senti» risponde.

«No, non era musica, era solo rumore e *autotune*». Cambio nuovamente stazione e le note di *Smooth* di Santana si diffondono nell'abitacolo. Grazie a DIO.

«Questa sì che è musica, Cash.» Apre la bocca per ribattere, ma decide di lasciar perdere. Questa discussione è cominciata il giorno stesso in cui ci siamo incontrati, cinque anni fa. Nessuno dei due ha intenzione di cambiare idea nel prossimo futuro.

Cash si lamenta per tutto il tragitto, ma mi rifiuto di rimettere quello schifo che stava ascoltando.

«Stasera sono io l'uomo in giacca e cravatta. Mi spetta quindi l'ultima parola sulla scelta musicale» sentenzio. Fortunatamente, si limita a borbottare tra sé. Non vedo l'ora di salire sull'altra macchina, almeno lì l'autista non mi rivolgerà la parola.

«Falla tua» mi dice nuovamente, accostando l'auto nei pressi dell'hotel. Mi dà un colpetto sulla spalla, che per poco non esce dalla sede. Alle volte Cash non controlla la propria forza.

«È quello che intendo fare» dico. «Ti chiamo se ho problemi.» Mi rivolge un cenno di saluto militare.

«Agli ordini, capitano!» Scuoto il capo e richiudo la portiera. Per sicurezza, Cash mi rimarrà vicino tutta la sera, in caso dovessi avere bisogno di una via di fuga. Anche Hardy è di guardia stasera. Per essere un gruppo di stronzi che non vogliono obbedire a nessuno, i ragazzi lavorano davvero bene insieme.

Entro nell'atrio dell'hotel. Qualche minuto dopo, un SMS mi informa che l'auto è arrivata. Controllo un'ultima volta i miei capelli nello specchio sopra uno dei sontuosi tavoli dorati, prima di dirigermi verso la macchina. La carrozzeria lucida e nera brilla al chiaro di luna e il motore fa le fusa come una pantera.

«Buonasera, signor Brand» dice l'autista, aprendomi la portiera per farmi salire.

«Grazie» rispondo, e scivolo dentro. A volte, devo ammettere che questa parte del lavoro mi diverte. Gli abiti costosi, lo champagne, la mondanità. Ma non c'è niente di reale in tutto questo. È un'illusione. Un trucco magico. Se hai abbastanza denaro, puoi fare credere agli altri quello che ti pare. Abracadabra.

Il viaggio è breve, quindi approfitto della comodità dei sedili di pelle solo per pochi minuti. L'evento si tiene presso l'abitazione di Bart Hudson, uno dei più potenti (e ricchi) magnati della finanza della zona. Oltre alla villa appena fuori città, possiede case a Dubai, Ibiza, Los Angeles e molti altri posti.

Ci sono già venuto un'altra volta prima, ma solo per fare da spalla. Più che una villa, assomiglia a un palazzo. L'architetto che l'ha progettata si dev'essere ispirato alla residenza di Versailles. Muratura in pietra, statue e opulenza. In passato mi disgustava, ma ora ci ho fatto l'abitudine. Guidare una bella macchina è una cosa. Ma avere dieci case quando te ne basterebbe una è diverso.

Arrivo in ritardo di proposito per evitare i fotografi che si accampano fuori per rubare scatti ai vari politici, eredi, ereditiere e celebrità che vengono attirati da questo tipo di serate.

Solo qualche anno fa, non mi avrebbero lasciato entrare. Ora invece ricevo inviti in continuazione, che puntualmente archivio. Una volta che sei dentro, sei dentro. Do il mio (falso) nome al tipo davanti alla porta, che si occupa della selezione all'ingresso ma all'occorrenza funge anche da buttafuori. Annuisce appena e una ragazza con indosso un succinto abito dorato mi offre un calice di champagne. Dannazione, non sei ancora entrato e già ti danno da bere. Se c'è una cosa che questa gente prende sul serio, è l'alcol. Scorre sempre a fiumi.

La ringrazio e mi dirigo verso il foyer. Dato che è quasi estate, tutte le porte e le finestre sono spalancate. Una piacevole brezza entra dai giardini situati su entrambi i lati della casa.

Passo in rassegna la sala, notando i lampadari a gocce provenienti dall'Italia, i quadri alle pareti, le lampade di Tiffany e i pavimenti di marmo. Mi soffermo poi sulla gente. Riconosco molti volti. Sono l'élite della società, un numero relativamente piccolo di persone. Fortunatamente, non è presente nessuna delle mie conquiste passate. Ho verificato prima di decidere di partecipare. Di tanto in tanto mi capita d'incontrarne una, ma hanno le mani legate e non possono farmi niente. Ci hanno anche provato più di una volta. Sono in gamba, ma la mia squadra è meglio.

Mi imbatto in un paio di colleghi e di clienti. Rido, bevo, parlo di affari e di golf e corteggio le loro mogli. Dentro di me, sono nauseato, ma fa tutto parte del mio lavoro. Sono in servizio.

Faccio un paio di domande su Beaumont, ma nessuno sa se parteciperà o meno. Mi rispondono tutti allo stesso modo. Il suo nome è sulla lista, però non è qui. Dannazione.

Oltre a lui, cerco anche una criniera rossa. Vedo una donna, ma dev'essere tinta perché alla luce i suoi capelli risultano falsi e volgari. Dopo un'altra vana perlustrazione, non ne posso più di salamelecchi ed esco a prendere una boccata d'aria. I giardini sono strutturati come un labirinto e per un po' mi diverto a perdermi tra le siepi e i cespugli, sorseggiando un altro calice di champagne. Una lucciola mi guizza davanti agli occhi. Mi viene in mente quando da bambino cercavo per ore di catturarle e di infilarle in un barattolo.

Devo tornare in me. Non è il momento di pensare al passato. Il passato non esiste. Stasera sono Quinn Brand.

«Cosa ci fai tu qui?» biascica una voce maschile alterata dall'alcol. Mi giro su me stesso e mi trovo faccia a faccia con uno degli uomini che ho incastrato di recente. Merda. Bisogna evitare questo genere d'incontri, ecco perché non resto mai a lungo nella stessa città.

«Buonasera, signor Chambers» dico, sollevando il calice verso di lui. Sembra messo male. Se il giardino non fosse illuminato, probabilmente non mi avrebbe nemmeno visto. Avanza incespicando e per poco non cade sopra una siepe. Dovrei andarmene subito, altrimenti mi toccherà dare una mano a questo povero stronzo.

Cazzo.

Non era previsto.

Mi guarda di traverso, sforzandosi di mettere a fuoco.

«Mi hai fottuto, fottuto bastardo.» Complimenti per la scelta linguistica. E, per la cronaca, non sono stato io a fotterlo. Ha fatto tutto da solo, corrompendo vari politici per aggirare le normative sull'ambiente, tra le altre cose.

Non rispondo, ma continua a barcollare verso di me e mi affonda un dito nel petto.

«Fottiti, fottuto bastardo.» Fottere, gli piace questa parola. Cerco di afferrargli un braccio per aiutarlo a reggersi in piedi, ma fa uno scatto indietro.

«Non toccarmi, stronzo.» Sfortunatamente, si sbilancia e crolla a terra, versandosi addosso il resto del suo drink. Per un attimo non dà segni di vita e mi chiedo se abbia sbattuto la testa. Ma un gemito gli fuoriesce dalle labbra, quindi capisco che è cosciente.

Cosa faccio adesso? Mi guardo intorno, ma in giardino non c'è nessun altro, a parte noi. Rientro in casa e cerco il signor Hudson. Con un braccio sulle spalle di una donna che potrebbe essere sua figlia, si sta facendo delle grasse risate. La ragazza non sembra interessata allo scherzo e continua a sussultare ogni volta che l'uomo ride troppo forte. *Tesoro, hai voluto la bicicletta e ora pedala,* vorrei dirle. L'ho incontrato varie volte e siamo in buoni rapporti, quindi non mi sento a disagio nell'interrompere la sua conversazione.

«Scusate il disturbo. Posso parlarle un momento, signor Hudson?» gli chiedo, lanciandogli un'occhiata carica di significato. Si libera dall'abbraccio e mi si avvicina.

«Volevo solo dirle che Donald Chambers è in giardino. Credo che abbia alzato un po' troppo il gomito, forse sarebbe meglio che qualcuno lo accompagnasse a casa» gli spiego a bassa voce. Il signor Hudson annuisce e mi dà una pacca sulla spalla.

«Grazie per avermi avvisato» mi dice, facendo un cenno a uno dei camerieri, che è più una sorta di tuttofare. Anche per il signor Hudson, *la prudenza non è mai troppa*. Lo rispetto per questo. A quanto ne so, i suoi soldi sono puliti. I nonni sono diventati ricchi durante il boom della ferrovia e il padre ha incrementato il patrimonio. Ora lui ha le mani in pasta nel settore tecnologia e trasporti. Vita personale a parte (è al suo quarto matrimonio), sembra una persona genuina, che non finge di essere diversa da com'è veramente.

Non mi fermo a controllare che si prendano cura del signor Chambers. È evidente che lei non sia qui, e nemmeno suo padre. Faccio un ultimo giro, tenendomi alla larga dal giardino, e decido che è ora di congedarmi. Sarà per un'altra volta. Non è stata però una totale perdita di tempo. Ho individuato alcuni nuovi potenziali bersagli. A chi non piace guadagnare altro denaro? Invio a Cash i loro nomi, perché inizi subito a raccogliere informazioni, e mi dirigo fuori ad aspettare la mia auto.

Fuori città, è possibile vedere le stelle. Alzo lo sguardo al cielo e penso che vorrei una sigaretta. Ho smesso l'anno scorso, ma in momenti come questo sarei tentato di ricominciare. Mi volto a osservare quella casa sfavillante, attirato dal suono di amabili risate e dal tintinnio dei bicchieri. Chiudo gli occhi e le do le spalle. Questo non è il mio mondo.

.4 .

Ci vogliono due settimane perché Saige e suo padre compaiano sulla lista degli invitati di un altro evento. Questa volta è una cena di beneficenza, dove i piatti costano dieci bigliettoni l'uno. Fortunatamente, ho dei fondi a disposizione.

«Pensi che verrà stavolta?» mi chiede Cash mentre indosso un altro dei miei abiti. Non è bello come il Brioni, ma mi sta bene ed è blu scuro, invece che nero. Mi distingue dagli altri, e Track dice che fa risaltare le macchie blu dei miei occhi. Qualunque cosa significhi.

Mi aggiusto la cravatta e controllo per l'ennesima volta i capelli. Per qualche strana ragione, sono un po' nervoso. Mi sento... impreparato.

«Lo spero. Altrimenti, dovrò provare qualcos'altro.» Ho un sacco di opzioni. Questa è solo la più facile e la più sicura.

Stasera Track è di guardia e gli ho inviato un SMS per avvisarlo che sto per partire. L'evento si tiene presso uno degli hotel più chic della città. Mi viene in mente che potrei prendere una stanza per la notte, ma lascio perdere. Se lo facessi, i ragazzi si lagnerebbero per ore.

Cash mi accompagna con la sua auto e mi lascia nei pressi dell'hotel. È lo stesso copione di sempre.

Ma qualcosa non quadra. Sento uno strano prurito sulla nuca, come se qualcuno mi stesse osservando. Mi fido sempre del mio istinto, così mi guardo intorno, come se stessi cercando qualcosa o semplicemente osservando la strada. Niente.

O perlomeno, niente che possa vedere con i miei occhi.

La sensazione non passa nemmeno quando entro nell'hotel e vengo accolto con entusiasmo dalla moglie dell'organizzatore della serata. Mi attira verso il suo petto da poco rifatto e mi dà un bacio sulla guancia. Non è possibile darle un'età, perché si è sottoposta a innumerevoli lifting. Potrebbe benissimo essere una bambola di silicone.

Mi libero di lei e afferro un drink. Mi mischio alla folla, salutando e chiacchierando con tutti del più e del meno. I tavoli hanno i posti assegnati. Cerco il mio nome e poi quello di Beaumont. Siamo agli estremi opposti della sala, ma, con un piccolo scambio, ci ritroviamo vicini.

Beaumont si lascia ancora desiderare. Lo cerco per un po', ma quando lo spettacolo comincia, torno alla mia sedia. Il presentatore sale sul palco (un comico in disgrazia che si è dato alle serate di beneficenza) e ci viene detto di prendere posto. Mi siedo e mi presento alla signora alla mia sinistra. Avrà almeno ottant'anni, ma mi rivolge un sorriso gentile. Lei e suo marito tengono le mani intrecciate sul tavolo e lui continua a guardarla con dolcezza. Amore allo stato puro. Mi chiedono se sono sposato. Sorrido a mia volta e dico di non avere ancora incontrato la donna giusta. Mi travolgono di consigli sul matrimonio e sul corteggiamento.

Non mi prendo la briga di spiegare che il tipo di

rapporto che c'è tra loro è precluso alla gente come me. Preferisco assecondarli e ascoltare i loro suggerimenti, tenendo d'occhio il posto ancora vuoto alla mia destra. Arrivano i camerieri, che cominciano a prendere le ordinazioni delle bevande. Chiedo dell'acqua, anche se avrei voglia di bere qualcosa di molto più forte. Devo rimanere lucido.

Alla fine, proprio mentre annunciano la prima portata, Beaumont scivola al suo posto, senza moglie né figlia. Dannazione. Ma non è una tragedia, posso ancora cavare qualcosa di utile da questa serata.

«Signor Beaumont, che piacere rivederla» dico, allungando una mano e sorridendogli. «Non sapevo che fosse un fan della filantropia.» Ovviamente è una bugia, ma mi esce di bocca senza sforzo. Col tempo, mentire viene naturale. Ve lo assicuro.

«Ah, signor Brand, il piacere è reciproco. E potrei dire la stessa cosa di lei. Sono un sostenitore di questa organizzazione da anni.» So che è vero, ma non voglio che capisca che mi sono ampiamente informato su di lui.

«Be'» rispondo, mentre il cameriere torna con la mia acqua e con gli altri drink, «non posso rifiutarmi di appoggiare una giusta causa.» Stasera è l'AIDS in Africa. Un causa degna come moltissime altre, e sono felice di dare il mio contributo. È una situazione vantaggiosa per tutti. Se solo Saige fosse qui, avrei fatto centro. Ma, come dice la canzone dei Rolling Stones, non sempre si può ottenere ciò che si vuole.

Continuo a chiacchierare con Beaumont e la coppia accanto a me si unisce alla conversazione. Ci limitiamo a discorsi superficiali e di cortesia, ma cerco di trovare uno spiraglio per porgli qualche domanda sulla figlia.

A metà della terza portata, la *bisque* di aragosta, tira fuori il cellulare. Aggrotta la fronte e se lo rimette in tasca senza rispondere.

«Qualche problema?» chiedo, cercando di non apparire troppo interessato.

«No. I soliti capricci di mia figlia. So che dovrei essere più rigido con lei, ma non ci riesco.» Sospira pesantemente e impreco tra me e me. Se gli ha inviato un SMS, probabilmente stasera non verrà. L'ho mancata. Ancora.

«Quanti anni ha?» domando, anche se lo so già. Conosco perfino la sua data di nascita.

«Venti. Ma a volte si comporta come una bambina.» Scuote il capo con un'espressione dolente e il tizio dall'altro lato del tavolo gli esprime la sua solidarietà. A quanto pare, lui e sua moglie hanno quattro figlie (tutte adulte, ovviamente). Sto seduto ad ascoltare, aspettando il mio turno per parlare. Il comico sul palco va avanti con lo spettacolo, ma non lo stanno ascoltando in molti.

«Lei ha figli, signor Brand?» mi chiede Beaumont. Scuoto il capo.

«Per il momento non ne ho» rispondo, rimanendo sul vago. «Pare che sua figlia le dia dei pensieri.» Non mi vergogno di leccargli il culo per avere le informazioni che cerco. Farei qualsiasi cosa per averle, a dire il vero.

«È ancora nella fase della ribellione. Finiti gli anni dell'adolescenza, pensavo che l'avesse superata. Invece era solo l'inizio.» Alza gli occhi al cielo, come se stesse pregando Dio. O maledicendolo.

«Be', non sono un esperto in questo campo. Ma sono certo che le passerà» dico, finendo la mia zuppa. Ci sono dodici portate, ma sono microscopiche. Ecco perché ce ne vogliono così tante per formare un pasto completo. Non capirò mai perché la gente ricca mangi porzioni così minuscole. Sarebbe più sensato il contrario.

«Dice che è troppo tardi per iscriverla a una scuola militare?» domanda, ridacchiando. È la prima volta che lo sento fare una battuta.

«Va al college o lavora?» domando. Un altro aspetto della sua vita di cui sono già al corrente.

«Le piacerebbe fare molte cose, ma non ha costanza. Un giorno sogna di lavorare come fashion designer, e quello dopo come assistente sociale. In questo momento sta studiando storia dell'arte e restauro.» Scuote il capo come se avesse detto che la figlia vuole diventare una ballerina di lap dance. Per la maggior parte dei genitori, storia dell'arte non è così male. Ma, per quest'uomo, è una vera disgrazia.

«Cosa le piacerebbe che facesse?» Ci servono la quarta portata, capesante all'aglio e limone. Tre fottute capesante. Tutto qui.

Ho dovuto studiare a lungo il galateo prima di poter partecipare a eventi come questo. So quale forchetta usare per l'insalata, qual è la successione delle portate, e come ordinare praticamente ogni tipo di drink. Fa tutto parte del mio lavoro. Devo dare un'impressione di naturalezza, come se fossi nato e cresciuto in questo tipo di ambiente.

Beaumont sogghigna e infilza una capasanta con la forchetta, tagliandola in due e portandola alla bocca.

«Oh, non saprei. È molto intelligente, questo è il

problema. Sarebbe molto più semplice se non fosse una persona brillante e potessi semplicemente prenderla a lavorare nella mia azienda. Le darei un ufficio, qualche piccolo compito, e saremmo a posto. Ma, ahimè, mia figlia aspira a qualcosa di meglio» dice, ridendo. Mi porto alla bocca una delle mie capesante con la massima delicatezza possibile. Sono così buone che me le divorerei. Avrei dovuto mangiare qualcosa prima di uscire.

«Vedrà che troverà la sua strada. È ancora giovane.» Le mie parole lo fanno ridere nuovamente.

«Esattamente come lei» dice. Non mi sento giovane. Non mi sono mai sentito giovane. Mi ricordo che da piccolo osservavo gli altri bambini giocare, invidiandoli. Ma la vita a volte gioca brutti scherzi, e a me ne ha riservato uno davvero pessimo. Tuttavia, mi ha reso quello che sono, e per questo le sono quasi grato.

Beaumont mi parla ancora un po' della figlia, della moglie e del suo yacht. Conversazioni come queste sono ormai la mia routine. Faccio finta di ascoltare, mentre scruto il resto della sala. Meglio rimanere vigili. C'è sempre il rischio di un'imboscata, o che qualcuno si accorga di qualcosa. Finora, sono sempre riuscito a farla franca, ma non durerà ancora a lungo. Non sono così stupido da credere di riuscire a raggirare tutti. Certo, i ragazzi mi guardano le spalle, ma prima o poi la fortuna girerà.

Mi sono perso troppo nei miei pensieri. Beaumont sta aspettando che risponda a una sua domanda.

«Mi scusi, mi sono distratto un attimo» dico.

«Ha visto qualcosa di suo gradimento?» mi chiede strizzandomi l'occhio e indicando una donna che sta tornando al suo tavolo dopo essere andata alla toilette. Non la stavo guardando, ma sto al gioco. Avrà qualche anno più di me e indossa così tanti gioielli che se cadesse nella fontana annegherebbe.

«Gliela posso presentare, se vuole» mi propone. Non voglio che pensi che sono troppo interessato a questa donna. Ho bisogno della sua approvazione se voglio agganciare Saige.

«Grazie per l'offerta, i miei interessi sono altri.» Solleva un sopracciglio e mi rendo conto di aver fatto un errore. Ora crede che sia gay. Non voglio assolutamente che lo pensi.

«Intendevo che mi interessa un genere particolare di donna, che non vedo qui stasera» aggiungo. Si rilassa. Il fatto che potessi essere gay l'ha disturbato e la cosa mi diverte. Se solo sapesse quanti dei suoi amici stanno da quella parte, non sarebbe così affrettato nei giudizi.

«Interessante» dice lentamente, mentre un sorriso gli si forma agli angoli della bocca. «E vorrebbe forse dirci che genere di donna l'attrae?» Non è il momento di approfondire la questione, quindi decido di fare marcia indietro.

«Magari un'altra volta» rispondo, prima di scusarmi e di dirigermi verso il bagno. Non devo andarci, ma ne approfitto per inviare un SMS a Cash. In genere gli mando aggiornamenti periodici, ma sono stato assorbito dalla conversazione con Beaumont. Ho preparato il terreno. Il mio prossimo passo sarà quello di incontrare la figlia in qualche modo. Affascinarla. Sedurla. Farla innamorare di me e poi usarla per ottenere le informazioni di cui ho bisogno. Spero che sarà una sfida. È quello che mi ci vuole.

Entro in bagno e avviso Cash che tutto va secondo i miei piani. È un peccato che Saige non sia venuta, ma, da quanto mi ha detto Beaumont stasera, non credo che partecipi spesso a questo tipo di serate.

Arriva il dessert, dei minuscoli dolcetti che si mangiano in un solo boccone. Li finisco il più velocemente possibile e mi congedo da Beaumont.

«Ci vediamo giovedì» mi dice, ricordandomi il nostro prossimo appuntamento. Gli stringo la mano e gli auguro la buonanotte. Scrivo quindi a Cash che sto per uscire.

Cammino avanti e indietro lungo la fila di macchine con autista, finché non riconosco il mio. Si affretta ad aprirmi la portiera posteriore. Scivolo dentro e mi accomodo sui sedili di pelle, che scricchiolano leggermente sotto di me.

Quando l'autista torna al volante, gli dico di riportarmi in hotel.

«E così, lei non c'era?» mi chiede Cash quando mi passa a prendere in albergo. Sospiro mentre allento la cravatta e mi sbottono la camicia. Stranamente, sto sudando.

«No. Credo che dovrò provare qualcos'altro. Pensi di riuscire ad agganciare il suo cellulare, in modo da poter seguire i suoi spostamenti?» È praticamente una domanda retorica. Cash sbuffa.

«Mi prendi per il culo? Perché non mi chiedi qualcosa di davvero stimolante, per una volta?» Abbiamo già intercettato il cellulare di Beaumont, ma prima di fare la stessa cosa con la figlia aspettavo d'incontrarla.

«A dire il vero, forse la sto già spiando» dice, sollevando il cellulare e porgendomelo. Vedo un puntino verde non lontano da noi.

«Vuoi che andiamo a dare un'occhiata?» domanda.

Dovrei... ma non stasera. Non vedo l'ora di togliermi questo vestito e di lavare via le sensazioni di questa serata.

«Tutto bene?» mi chiede, intuendo dal mio silenzio che qualcosa non va.

«Sì. Nessun problema. Sono solo stanco.»

«Vuoi venire a dormire da me?» Scuoto la testa. Tutto ciò che voglio è andare da Leo e bermi qualche birra per togliermi dalla bocca il sapore dello champagne prima di andare a letto.

«Come vuoi» dice.

Si ferma a pochi isolati da casa mia, per darmi modo di cambiarmi. Non è facile togliersi un abito nel sedile posteriore di un'auto, ma ci sono abituato.

Con i miei vestiti addosso e il cappuccio sollevato, mi sento... me stesso. Come se mi fossi levato il costume di scena. In fondo, sono un attore che recita una parte. Peccato che non mi possano assegnare una di quelle statuette d'oro per la mia interpretazione.

«Sei pronto?» mi chiede Cash, mentre ripiego con cura il completo.

«Pronto.»

«Okay. Ci vediamo martedì?» Annuisco di nuovo e scendo dall'auto. Ho un po' di strada da fare, ma non mi dispiace affatto. A ogni passo, mi trasformo sempre di più in Sylas Carter.

Non ammetterò mai quanto questo lavoro mi fotta il cervello. Cerco di non permetterglielo, ma è inutile. Cammino a testa bassa con le mani infilate nelle tasche. La maggior parte della gente è a casa, a letto oppure davanti al rassicurante bagliore del televisore.

«Ehi, Leo» dico, aprendo la porta. Appoggia le

zampe davanti sulle mie gambe e miagola come se non gli avessi dato da mangiare per giorni. La sua ciotola è ancora quasi piena, ma aggiungo comunque qualche crocchetta per accontentarlo.

«Piccolo ingordo» dico, mentre infila la testa nella ciotola e mastica rumorosamente.

Subito dopo, apro il frigorifero e prendo una birra. Avrei voglia di un cheeseburger, ma non mi va di uscire di nuovo. Quindi afferro qualcosa da sbattere nel microonde, sperando che riempia il vuoto lasciato dalla cena chic di stasera.

Il bip del microonde mi avverte che è pronto. Faccio per aprire lo sportello, quando sento il cellulare vibrare. Probabilmente è Cash che mi aggiorna sugli spostamenti di Saige.

Guardo lo schermo e aggrotto le sopracciglia. È un SMS, ma non di Cash. Non è nessuno dei ragazzi. Il numero è privato.

Com'è andata la serata?

Non posso evitare che un brivido freddo mi corra lungo la schiena. Sono abituato a sospettare di tutto e di tutti.

Ma poi, la parte più razionale del mio cervello entra in azione e penso che si tratta di un errore. Moltissime persone nascondono il proprio numero per varie ragioni. Dato che cambiamo costantemente cellulare per non essere rintracciati, non può che trattarsi di questo.

Il microonde suona ancora per ricordarmi che il cibo è ancora al suo interno. Metto giù il telefono e vado a occuparmene.

Penso che mi limiterò a ignorare quel messaggio. Si renderanno conto di aver sbagliato, tutto qui.

Ma poi ne ricevo un altro.

Aveva l'aria annoiata stasera, signor Brand. Non ha forse gradito le capesante?

Mi sono allenato a mantenere sempre la calma. Nel mio mestiere, se ti fai prendere dal panico, sei finito. Quindi mi siedo e rifletto un attimo. So di dovermi sbarazzare del cellulare. Qualcuno ha intercettato il mio numero e mi ha seguito fino all'hotel. Apro la cassaforte situata sotto il mio letto e tiro fuori uno dei cellulari di scorta.

Con un SMS avviso Cash, che mi richiama subito dopo.

«Cosa vuol dire che hai ricevuto un messaggio da un numero privato? Come diavolo hanno fatto ad accedere al tuo numero?» Sollevo gli occhi al soffitto.

«Esattamente come fai tu.»

Borbotta frasi incomprensibili per qualche secondo.

«Sì, be', *io* sono un mago dell'informatica.»

«Molta gente sa violare un cellulare.»

«Okay, okay. Vengo subito da te. Voglio andare a fondo della questione e capire di chi si tratta. Non mi darò pace finché non lo scoprirò.» Immagino che stasera non andrò a letto molto presto.

«Lo so» dico prima di chiudere la chiamata.

Cash arriva proprio mentre ricevo il terzo SMS.

Non penserai di cavartela con così poco, vero?

Gli porgo il cellulare e comincia a smanettare, premendo tasti e corrugando appena la fronte. Rimango in silenzio e gli passo una birra. So che è meglio non disturbarlo quando è all'opera.

«Uh» dice, strizzando gli occhi, lo sguardo incollato allo schermo. Poi tira fuori il suo computer portatile e lo collega al cellulare. Leo si avvicina curioso e Cash deve spingerlo via più volte dalla tastiera.

«Uh» esclama di nuovo e a questo punto non resisto più.

«Cosa?» domando, poggiando la birra sul tavolo con un po' troppa foga. Cash non ha ancora nemmeno toccato la sua.

«Niente. Devo solo cambiare strategia. Non ti preoccupare, ce l'ho in pugno.» Ma non mi sembra più così sicuro di sé. Cash è sempre ottimista, ma alle volte lo è un po' meno. In tal caso, guai in vista.

Comincio a elencare mentalmente i potenziali responsabili. Ho una lunga lista di nemici, che tengo per le palle, ma ogni tanto qualcuno cerca stupidamente di minacciarmi. Come il signor Chambers. Potrebbe essere lui, ma avrebbe dovuto assumere qualcuno. Non è esattamente una faina. Al contrario.

«Porca puttana!» grida Cash, battendo con forza una mano sul tavolino da caffè e spaventando a morte Leo, che corre a nascondersi sotto il divano.

«Niente?» chiedo.

«No. È roba seria. Ma posso farcela, lo so.» Sembra decisamente scoraggiato, il che non promette niente di buono. Raramente Cash si trova in difficoltà.

«Ascolta, è tardi. Forse dovresti andare a riposare e riprovarci domattina.» Cash scuote il capo e sbatte di nuovo violentemente una mano sul tavolino Se va avanti così, lo ridurrà a un mucchietto di segatura.

«No, no, ce la posso fare. Se lo potessi...» Comincia a farfugliare tra sé ogni genere di diavoleria tecnologica e so di averlo perso.

«Be', io sono a pezzi» dico, dirigendomi verso la mia stanza. Non mi augura nemmeno buonanotte.

Non riesco a dormire molto. Il mio appartamento

ha le pareti sottili e riesco a sentire i vicini che fanno sesso spinto. Potrei anche passarci sopra, ma le bestemmie di Cash mi convincono a infilarmi i tappi nelle orecchie.

Il mattino successivo, Leo mi conficca una zampa in un occhio, svegliandomi. L'unica traccia che Cash ha lasciato della sua presenza sono le bottiglie di birra vuote nel lavandino.

Si è portato via anche il cellulare. Spero che abbia fatto progressi durante la notte. Devo sapere chi ha rintracciato il mio numero per fargli una visitina e ricordargli chi comanda.

Butto giù qualche caffè per riprendermi. Mi faccio una doccia bollente prima di vestirmi e decidermi ad andare fuori città. Ho bisogno di vedere una persona.

. 5 .

Prendo l'autobus fino all'autosilo dove parcheggio la mia macchina. La uso solo per andare a trovare Lizzy. Cerco di farle visita almeno qualche volta al mese, meno spesso di quanto vorrei.

Ci metto quasi due ore a raggiungere l'istituto. Mi piacerebbe averla più vicina, ma è un rischio.

Lascio la macchina nell'area riservata ai visitatori e mi dirigo verso la reception.

«Non ti si vedeva da un po', Quinn» mi dice un'infermiera. Nemmeno loro conoscono il mio vero nome.

«Colpa del lavoro, sai...» dico, sfoderando un sorriso tranquillo. Mi sorride a sua volta, e noto una fossetta sulla sua guancia sinistra. È giovane e carina. Indossa un camice con alcuni personaggi dei cartoni animati ricamati sopra e porta i capelli castani legati in una coda. Non durerà a lungo. Questo posto la masticherà per bene per poi risputarla come una gomma che ha perso il suo sapore troppo in fretta.

«Come sta oggi?» le domando, mentre mi accompagna in fondo al corridoio.

«Molto bene» cinguetta l'infermiera, sorridendo in modo un po' forzato. «Arrivi al momento giusto, ha appena pranzato. C'era il budino al cioccolato come dessert.» Mi fa piacere, Lizzy adora il cioccolato.

L'infermiera, Jaime, apre la porta della camera di Lizzy e le annuncia una visita.

Faccio un passo avanti e Lizzy si volta. Ha un'espressione corrucciata, come se la stessimo disturbando. È seduta sul letto davanti al televisore, che trasmette cartoni a un volume troppo alto. Ma, non appena mi riconosce, salta giù dal letto e mi butta le braccia al collo.

«Fratellone!» mi dice nell'orecchio, abbracciandomi.

«Sorellina» rispondo, ricambiando l'abbraccio. Jaime esce dalla stanza e chiude la porta.

Lizzy mi lascia andare, ma mi prende per mano e mi trascina verso il suo letto. Mi sorride mentre mi siedo accanto a lei.

«Scusami se non sono potuto venire prima» dico, mentre si rannicchia contro il mio petto. Le circondo le spalle con un braccio.

«Non fa niente. Sapevo che prima o poi saresti arrivato. Lo fai sempre.» Sospira, mentre le accarezzo i capelli.

«Ma dimmi, cos'hai combinato in questo periodo? Un mucchio di guai?» Ridacchia e scuote la testa.

«Noooo.» Comincia a raccontarmi dello spettacolo che sta allestendo insieme alle sue compagne e mi chiede di aiutarla a imparare le sue battute.

«Devo fare molta pratica» dice, con uno sguardo serio. Anche se siamo fratello e sorella, non ci assomigliamo per niente. Ha sei anni meno di me, ma per vari motivi mi sento come se fossi suo padre.

Lizzy è bionda e minuta. Non ho mai visto occhi più azzurri dei suoi. Quando li guardi, vedi risplendere innocenza allo stato puro. È una delle poche persone al mondo a conoscermi per come sono realmente.

Lizzy prende il copione e comincia a declamare le sue battute con grande convinzione. Recitare le viene naturale. Non riesco a non ridere nel vederla camminare su e giù per la stanza, recitando ogni parola in modo impeccabile.

«Non hai bisogno di far pratica, principessa. Sei perfetta» le dico alla fine, applaudendo. Mi fa un inchino e salta nuovamente sul letto.

«Davvero?» chiede.

«Certo» le rispondo, baciandole la fronte.

Trascorriamo insieme qualche ora. Mi dice che ha un fidanzato, ma non rivela il suo nome. La prendo in giro e le faccio il solletico sotto i piedi. Magari potesse essere sempre così. Quando la mamma morì, avrei voluto tenerla con me. Ma ero sempre impegnato con il lavoro e non potevo metterla in pericolo. Ho dovuto trovare una sistemazione che non fosse troppo vicina. Non avevo scelta. Comunque, questo è uno dei migliori istituti della costa orientale e a lei piace stare qui. Ha degli amici, fa ginnastica e la sua stanza è allegra e piena delle sue opere d'arte. È la soluzione migliore che sono riuscito a trovare.

«Mi manca la mamma» dice, mentre guardiamo uno dei suoi film preferiti.

«Lo so, Lizzy, manca anche a me.» L'abbraccio, stringendola forte.

«Perché è morta?» chiede, sussurrando appena l'ultima parola. So che le fa paura.

Potrei dirle che è stata colpa di alcuni uomini

cattivi, ma non lo faccio. Le dico che non lo so.

«Sei triste, fratellone?» mi chiede, sollevando le braccia e facendo finta di asciugarmi le lacrime dagli occhi. Solo una volta ho pianto davanti a Lizzy, ma anche lei stava piangendo.

«No, non sono mai triste quando sono con te» dico, sorridendo e arricciando il naso. Mi fa gli occhi storti e poi cambia discorso.

Alla fine si addormenta, e il cellulare squilla. È una chiamata di Cash. Sguscio fuori dall'abbraccio di Lizzy e mi infilo in bagno, per rispondere.

«Cos'hai scoperto?» chiedo.

«Perché parli sottovoce?» dice, senza rispondere.

«Non ha importanza. Sei riuscito a individuare il cellulare?» bisbiglio. Non voglio che sappia dove mi trovo. Non parlo di Lizzy con nessuno. Nemmeno con Cash.

«No, dannazione. Non mi rimane che distruggere questo maledetto affare e sperare che non succeda di nuovo. Altrimenti dovremo cominciare a usare i piccioni viaggiatori per comunicare. La morale della storia è che dobbiamo stare all'erta. Sempre.» Queste sì che sono cattive notizie. Non mi piace sapere che c'è qualcosa che nemmeno Cash riesce a risolvere. È un autodidatta, ma conosce molti hacker.

«Dici che potremmo chiedere a qualcuno dei tuoi amici?» Sarebbe davvero l'ultima spiaggia.

«Potremmo. Ma sei sicuro di volerlo fare?» Una volta dato il via, non si torna indietro.

«No. Speriamo che sia soltanto un caso isolato, ma se accade di nuovo proveremo quella strada. Ascolta, sono un po' occupato in questo momento, devo andare.»

Se una delle infermiere entrasse, non farei una bella figura.

«Certo. Okay. Volevo solo aggiornarti. Fammi sapere se ci sono novità.» Gli dico che lo farò senz'altro e riattacco. Lizzy sta ancora dormendo quando esco dal bagno. Mi siedo sulla poltrona accanto al suo letto e aspetto. Non voglio andarmene senza salutarla. Il film che stava guardando è rumoroso e caotico. Abbasso il volume e cambio canale finché trovo qualcosa di più tranquillo.

Ripercorro gli avvenimenti della serata precedente, per essere sicuro di non essermi fatto sfuggire niente. Lizzy si muove nel sonno e mormora qualcosa.

Forse mi sto spingendo troppo oltre con Beaumont. Ma è troppo tardi per fare marcia indietro. La prima fotografia che ho visto di Saige mi attraversa la mente. Devo fare altre ricerche su di lei. La sorveglianza che Cash ha messo in piedi mi tornerà utile.

Stasera imparerò le sue abitudini e mi trasformerò nell'uomo dei suoi sogni. Un altro travestimento.

Ma, per il momento, sono felice di essere con Lizzy.

«Frequenta spesso questa caffetteria. Si chiama Da Bruce. Ogni tanto esce con un gruppo di amiche. Per il resto, le solite cose. Caffetterie, librerie, niente di insolito» mi dice Cash più tardi, quando gli chiedo di riassumermi le informazioni che ha ottenuto dal cellulare di Saige.

«Gite fuori città?»

«Ogni tanto va al mare. Sembra una tipa piuttosto comune. Non dovrebbe creare problemi.»

«E le sue amiche?»

«Ti mando le informazioni che ho raccolto. Tranne un paio, appartengono tutte al suo ambiente. Pare sia una ragazza molto popolare.» Non avevo dubbi.

«Grazie, Cash.» Mi aspetta un bel po' di lavoro stasera. Ci salutiamo e accendo il computer per vedere cos'ha aggiunto Cash riguardo alle amiche di Saige. Sono tutte figlie di amici di suo padre, tranne Lauren Hobbes, detta Lo. Non è chiaro come si siano conosciute, ma Saige va spesso a casa sua, non molto lontano da qui. Potrei fare intercettare anche il cellulare di Lo.

Mi pare di capire che Saige frequenti quel bar durante il fine settimana. Comincerò da lì.

Vado a letto presto e Leo si accoccola contro il mio petto. Inevitabilmente, comincio a pensare alla mia famiglia. Mi sento spesso in colpa quando lascio Lizzy e oggi non fa eccezione. Sono l'unico a occuparsi di lei da quando ho tagliato i ponti con i parenti anni fa. In parte per proteggerli, in parte perché non ho bisogno di loro. La famiglia di mio padre ha fatto più resistenza, ma col tempo ha smesso di cercarmi. Dato che vivo sotto pseudonimo, il mio vero nome è praticamente impossibile da rintracciare.

Penso anche a Saige. Che tipo di ragazzo le piacerà? Solare? Oppure tenebroso? Per scoprirlo, dovrò passare un po' di tempo con lei. Forse potrei seguirla e cercare di capire i suoi gusti.

Nei giorni seguenti, come ogni tanto accade, ho un sovraccarico di lavoro *legale*. Non riesco quindi a occuparmi di Saige. Trascorro infatti i pomeriggi e le serate in ufficio.

Martedì incontro di nuovo Beaumont. È cordiale e piacevole come sempre. In genere intuisco subito la personalità di ognuno, ma lui è il tipo di uomo che dietro un'apparenza tranquilla nasconde un mare in tempesta. Devo giocare le mie carte con prudenza e considerare attentamente ogni mia mossa.

Dopo averlo aggiornato sulla sua situazione finanziaria e sulle prospettive future, passiamo a discorsi meno formali. Decido che è meglio evitare di nominare Saige. Non voglio che capisca quanto sono interessato all'argomento.

«Lei è tipo da golf, signor Brand?» Non vorrei esserlo, ma lo sono. Fa parte del mio lavoro.

«Faccio quello che posso» rispondo, sorridendo.

«Dovrebbe venire nel mio club qualche volta. È un ambiente molto discreto. Sono certo che potrei introdurla senza problemi.» Ogni tanto vado a giocare con i miei clienti ufficiali, per mantenere le apparenze, ma non gioco mai con i bersagli. Non è prudente mostrarsi in pubblico in loro compagnia.

«Ci penserò» dico. Mi spiega di quale club si tratta e, ovviamente, è uno dei più esclusivi. Così esclusivo che non ammette donne.

«Be', ora è meglio che torni al lavoro per guadagnare soldi, e farne guadagnare anche a lei.» Sorride di nuovo e mi stringe la mano. Premo il pulsante dell'interfono e Grace si precipita ad accompagnarlo fuori. Mi appoggio allo schienale della poltrona. Sento che mi sta per scoppiare un forte mal di testa.

Afferro due compresse da un cassetto e le ingoio

con l'aiuto di un sorso di caffè freddo. È disgustoso, ma spero che mi farà bene. Chiudo gli occhi e mi massaggio le tempie per qualche secondo, finché non sento la voce di Grace gracchiare dall'interfono.

«È arrivato il suo prossimo cliente, signor Brand.» Inspiro profondamente prima di schiacciare il pulsante.

«Fallo entrare.»

Sfortunatamente, le compresse non fanno nessun effetto e chiedo a Grace di cancellare gli appuntamenti del pomeriggio.

Prendo un taxi e torno a casa. Durante il tragitto, l'emicrania aumenta a tal punto che, una volta arrivato, riesco a stento a trascinarmi a letto. Leo mi si avvicina miagolando, come se sapesse che qualcosa non va e volesse aiutarmi.

«Me la caverò» gli dico. Parlare peggiora le cose. Con estrema difficoltà, mi alzo, chiudo le tende e torno a letto. Abbasso le palpebre e mi sdraio sulla schiena, cercando di rimanere immobile. Ora devo solo aspettare che passi.

Devo essermi addormentato, perché il mio cellulare suona all'impazzata. Apro gli occhi e lo cerco a tastoni. L'emicrania si è placata, ma solo in parte. Ancora qualche ora e passerà del tutto.

Merda. Ho saltato la riunione. Ho mandato un SMS a tutti prima per avvisarli che forse non ce l'avrei fatta, ma mi stanno lo stesso bersagliando di messaggi. Ne ho ricevuti almeno tre da parte di ognuno di loro. Scrivo a Cash di continuare senza di me. Mi aggiornerà lui domani.

Mi alzo lentamente e barcollo fino al bagno alla ricerca di un bicchiere d'acqua. Lo butto giù e a fatica raggiungo la cucina per dare da mangiare a Leo. Se non lo faccio, sicuramente comincerà a miagolare e la mia testa non può sopportarlo in questo momento.

Terminata l'operazione, bevo un altro bicchiere d'acqua e torno a letto.

In quel momento arriva un altro SMS da un numero privato.

Ci hai provato, ma non ti conviene sottovalutarmi.

. 6 .

Serro la mascella. Sembra proprio che questo hacker anonimo si prenda gioco di me. Infierisce sulle mie pene. Mi trascino fuori dal letto e prendo un altro cellulare usa e getta dalla mia riserva personale. Questo tipo ci sta facendo spendere un capitale in telefonia. Per fortuna i soldi non ci mancano, ma è una rottura di palle. Sto cominciando davvero a incazzarmi.

«Cash? Ho ricevuto un altro messaggio. Io non riesco a muovermi, raggiungetemi qui.» In genere evito di farli venire da me, e i ragazzi sanno che devono arrivare in momenti diversi per non destare sospetti.

«Partiamo subito» dice, prima di chiudere la chiamata. Ancora sofferente, mi avvicino al frigorifero e controllo di avere abbastanza birra. In genere, almeno uno di loro ne porta qualcuna, per dare l'idea di una serata tra amici davanti a una partita di calcio. Indossano anche magliette dei Patriots per essere ancora più credibili. La maggior parte della gente è così presa dalla propria vita di merda da non prestare attenzione a ciò che fanno gli altri. Meglio comunque essere prudenti. Sempre.

Cash è il primo ad arrivare e si precipita verso il cellulare. Mi sono sistemato sulla poltrona con un bicchiere d'acqua. Il mal di testa è ora tollerabile, ma se Cash non dovesse scoprire chi è questo hacker, potrebbe aumentare di nuovo furiosamente. Hardy arriva per secondo con una cassa di Bud Light, seguito da Row, da Track e infine da Baz.

«Tutto bene?» mi chiede Track, prendendo posto sul divano e accendendo il televisore. Si sintonizza sul canale sportivo e alza il volume, per poter parlare liberamente. Ho già verificato che non ci siano cimici nel mio appartamento, cosa che facciamo tutti regolarmente.

«Sì, ho solo mal di testa» dico, sollevando un pollice.

«Oh, ma non è possibile» grida Baz al televisore. Lo gelo con lo sguardo e lui indica lo schermo.

«Ma l'hai visto? È una presa per il culo.» Continuo a guardarlo storto e Baz mugugna qualcosa tra sé, ma preferisco lasciar perdere. Cash alza una mano.

«Vi dispiacerebbe chiudere quelle dannate bocche? Sto cercando di concentrarmi.» Baz sbuffa, ma non fiata.

Chiudo gli occhi e mi appoggio allo schienale della poltrona. Row, Hardy e Baz si passano le birre e discutono sulla possibile identità del misterioso hacker. Row comincia a prendere le scommesse. Apro gli occhi e schiocco le dita.

«La volete piantare?» dico. In una situazione normale, li lascerei divertire, ma stasera non ho molta pazienza.

Mi guardano tutti come se fossi un fottuto guastafeste.

«Okay, fate quel cazzo che volete.» Chiudo nuovamente gli occhi e aspetto il grido di vittoria di

Cash. Deve assolutamente risalire a quel numero.

Alla fine, gli chiedo se ha trovato qualcosa. Scuote il capo lentamente.

«Non ho idea di cosa sia. Potrebbe essere qualche fottuto marchingegno militare. Blocca ogni mio tentativo. Mi dispiace, amico, ma non so cos'altro fare.» Be', dannazione.

«Okay, ma puoi sempre sentire i tuoi amici hacker, giusto?» La rete di conoscenze di Cash è sorprendentemente affidabile. Si guardano le spalle l'uno con l'altro.

«Sì, chiederò a qualcuno di darci un'occhiata.» Smanetta ancora un po' mentre gli altri continuano con le loro supposizioni.

Il problema del nostro mestiere è che abbiamo una lunga lista di nemici e questi nemici hanno i mezzi per rintracciarci.

«Non ci rimane che rafforzare la sicurezza» dico e qualcuno brontola.

«Ehi, non prendetevela con me. Credo sia meglio comunicare con i vecchi metodi.» Ciò vuol dire usare il meno possibile cellulari e computer. Come si faceva prima dell'era tecnologica. Con fogli di carta che potevano essere distrutti.

«Continuo a dirvi che dovremmo imparare il codice Morse» interviene Cash, senza sollevare lo sguardo dalla tastiera. Le sue dita si muovono così velocemente che i contorni sono sfumati.

«Il codice Morse è praticamente inutile perché facile da decifrare. È troppo pericoloso» ribatte Hardy. Ha ragione, ma Cash non sembra persuaso. Ancora un'altra sfumatura della sua ossessione per l'antiquariato.

Dopo il tentativo fallimentare con il cellulare,

torniamo ai nostri dannati affari.

«E così, non hai ancora incontrato la ragazza, eh?» dice Baz. «Forse è il momento di fare scendere in campo gli esperti.»

«Ma davvero? E chi sarebbero?» chiede Row. Baz gli dà un colpo sul braccio. Giuro su Dio che se rompono il mio dannato tavolino, sono morti.

«La incontrerò al bar questo fine settimana. Andrà tutto bene. L'ho già fatto in passato.» Sembro quasi depresso, ma mi convinco che si tratti del mal di testa.

«Quanto tempo pensi che potremo stare ancora qui?» chiede Track. Non sopporta di dover cambiare città ogni anno, ma questi sono i patti. Per ogni evenienza, abbiamo un vasto assortimento di identità false per tutti. Passaporti, patenti, ogni documento che dovesse servirci per fuggire all'estero e nasconderci per un po'.

«Non so, ma ho la sensazione che, dopo questo colpo, dovremo andarcene.» Scegliamo le nostre destinazioni molto attentamente e abbiamo già una lista delle prossime tre città. È un argomento che suscita accese discussioni che in genere finiscono male. Spero che questa volta non sarà così.

Cash ci informa che i suoi amici si sono dati da fare e sono riusciti a risalire a un nome.

«John Smith» dice, ridacchiando. «Devi ammettere che è uno spasso.» Io non mi sto divertendo. Neanche un po'.

«Okay, tutto qui?» Scuote il capo.

«No, ci sono altre informazioni, ma tutte inutili. Il cellulare ha solo il tuo numero in rubrica e ha inviato SMS solo a te. Non riesco a localizzarlo perché è spento. Devono avere installato qualche sofisticata diavoleria che scombussola i dati quando si cerca di violarlo. Per quanto ne sappiamo, quel cellulare è ora da qualche parte in fondo a un fiume. In pratica, a meno che non lo riaccendano, siamo fottuti.» Che cazzo di situazione. Mi passo una mano tra i capelli, stringendo tra le dita qualche ciocca scura. Non sono mai stato bravo a gestire lo stress. Adesso che non fumo, è ancora peggio.

Chiedo a Row di disfarsi del cellulare e a Cash di ordinarne altri. Dovremo usarne a palate se questo hacker non la smetterà di seguirmi.

«Aumenterò i livelli di sicurezza dei telefoni. Un mio amico si è appena inventato qualcosa per me» dice Cash, sogghignando. Ecco un'altra cosa da dire sui suoi amici hacker. Ci provano gusto a inventare nuovi programmi e a decriptare codici. Molti di loro lo fanno solo per divertimento.

Quando se ne vanno, torno a letto. Intuendo che ho bisogno di conforto, Leo salta su e si raggomitola sul mio petto. Lo accarezzo con entrambe le mani finché il dolore scompare e il sonno finalmente s'impadronisce di me.

Non ricevo altri messaggi da parte di John Smith. Non nascondo di essere sollevato. Forse i metodi di Cash stanno funzionando.

Sabato sera, indosso una camicia nera, un paio di jeans firmati e dei mocassini. Sistemo con cura i capelli e mi rado con estrema attenzione. Cash mi sta aggiornando in tempo reale sugli spostamenti di Saige. Fino a dieci minuti fa, era in un locale. Probabilmente si sta bevendo qualche drink con gli amici. A dire il vero, spero sia un po' ubriaca. Mi faciliterebbe ulteriormente le cose.

Prendo una delle macchine sportive che teniamo da parte per le occasioni speciali. Una Ferrari rossa che è un sogno da guidare. Quest'auto è come il sesso, come una donna che intuisce i tuoi desideri ancora prima di te.

Raggiungo il bar e parcheggio vicino all'ingresso. Stasera tocca a Row guardarmi le spalle. In caso a qualcuno venissero strane idee sulla macchina, si ferma poco lontano. Non mi preoccupo quindi minimamente che possano rubarla.

Qualcuno sbarra gli occhi o grida frasi di apprezzamento. È solo un'auto, non un parco giochi, ma penso che potrei guadagnare un bel gruzzoletto se facessi fare dei giri a pagamento. Scuoto il capo e lancio un cenno d'intesa al buttafuori.

Scruto attentamente il locale. C'è la fauna tipica dei bar: i clienti abituali che, accampati sugli sgabelli, tormentano il barista; le rumorose comitive di colleghi che sfogano lo stress dopo una lunga settimana di lavoro; infine, la folla di ragazze in cerca di divertimento. L'ultima categoria è quella a cui sono interessato. Qualcosa mi dice che Saige è qui con un gruppo di amiche.

Anche se è piuttosto buio qui dentro e c'è un po' di fumo, individuerei quella chioma rossa dovunque. È una fortuna che possieda un tratto così distintivo. Vedo una donna con i capelli rossi, ma i suoi sono color carota, mentre quelli di Saige hanno sfumature più ramate.

Mi avvicino al bancone e ordino una birra. Mentre mi accomodo su uno sgabello, l'uomo seduto accanto a me mi dà il benvenuto con un cenno del capo. Ha l'aria di uno che passa la maggior parte delle sue serate qui dentro. Schiena curva, berretto da baseball calato sugli occhi, l'unico che guarda negli occhi è il barista, per chiedergli un altro drink.

Scrivo a Cash, che mi conferma che Saige si trova qui. Probabilmente è in bagno. Le donne ci vanno in branco e dev'esserci coda. Posso aspettare. Non ho altri impegni stasera, a parte stabilire un primo contatto con lei. Agganciarla. Attirare la sua attenzione. Fare in modo che si interessi a me.

Dopo mezz'ora, faccio un giro di ricognizione ma non riesco a trovarla. Forse si è tinta i capelli. Comincio quindi a cercare tra la folla i suoi occhi e le fattezze del suo corpo.

Niente. O è morta nel bagno, oppure non si trova in questo locale. Invio un altro SMS a Cash per chiedergli se è assolutamente certo che sia qui. Mi risponde di sì. Be', dannazione.

Forse devo cercare meglio. Scruto di nuovo il locale, passando in rassegna ogni volto. Ci sono un paio di ragazze che le assomigliano, ma non sono lei.

Dove diavolo è?

Qualcosa attira la mia attenzione e guardo verso sinistra, ma non si tratta di Saige.

Senza volerlo, incrocio lo sguardo di una ragazza mora che mi sorride e ancheggia verso di me.

«Ehi, bellezza. Sei solo stasera?» Mi fa scivolare una mano sul petto, ma non mi oppongo.

«Forse» dico. I rapporti con l'altro sesso sono un gioco e a volte ho voglia di divertirmi un po'. Le sorrido appena e si avvicina ancora di più.

«Vuoi compagnia?» chiede con voce roca che, non so come, riesce a sovrastare tutto il baccano che ci circonda.

«Ti stai offrendo volontaria?» Si morde le labbra e annuisce. Fisicamente, non le manca nulla. Possiede le curve giuste nei punti giusti. Ha anche un viso dolce e begli occhi azzurri. Ma la guardo e non provo... niente. Non è del tutto corretto. Non posso negare che mi sento stringere il cavallo dei pantaloni se penso al suo corpo sotto il mio. Oppure schiacciato contro una parete. O piegato sul lavandino. Mi va bene qualsiasi posizione.

A parte questo, mi è indifferente. Se non stessi lavorando, probabilmente la porterei fuori e la sbatterei contro un muro. Alle volte hai solo bisogno di sentire il corpo di una donna intorno al tuo.

Ma sto lavorando, e devo trovare Saige. Distolgo lo sguardo dalla ragazza, le cui mani stanno scivolando sempre più in basso.

«Scusa un momento» le dico, fingendo di dirigermi verso il bagno. Ritrae la mano e va in cerca del prossimo ragazzo disponibile.

Faccio altri due giri del locale e comincio ad agitarmi. Non è certo la fine del mondo, ma è maledettamente frustrante. Quasi due ore sprecate.

Dopo aver scritto a Cash e a Row, esco dal bar. Osservo un'ultima volta il marciapiede e m'infilo nella mia auto, sprofondando nel sedile di pelle.

È la terza volta che mi sfugge. Pare che dovrò mettermi a pedinarla per riuscire ad avvicinarmi a lei.

Con un gemito, m'immetto in strada e mi dirigo verso l'autosilo. Ma, all'ultimo momento, faccio inversione e prendo la direzione opposta. Guido fuori città, verso la campagna.

Mando un altro messaggio a Cash e a Row per avvisarli che sto facendo un giro in macchina. Ho bisogno di schiarirmi le idee. Per una volta che prendo la Ferrari, tanto vale che la usi.

Non appena esco dalla città, espiro e schiaccio l'acceleratore. La macchina ruggisce soddisfatta, come se non stesse aspettando altro. Come un cavallo selvaggio.

Sorpasso un'auto dopo l'altra e la mia mente comincia a vagare.

Accendo la radio e cambio frequenza finché una strana canzone attira la mia attenzione. Parla di un albero e di qualcuno che dev'essere impiccato. Non la conosco, ma l'ascolto mentre guido, con la mente finalmente libera. Non riesco spesso a prendermi una pausa come questa. La mia testa è sempre piena di nomi, di numeri e di pseudonimi. Sempre impegnata a capire se il tizio che mi sta fissando sa chi sono e cosa faccio. Quando ho cominciato, non mi ero reso conto di quanto fosse solitario questo tipo di vita. La maggior parte delle volte mi va bene così. Ma ogni tanto questa consapevolezza mi rode. S'impossessa di me, scaraventandomi in un pozzo nero.

Alle volte mi chiedo come sarebbe la mia vita se fossi andato al college e se avessi intrapreso una carriera onesta. Se fossi diventato avvocato, cuoco o insegnante. Non ho mai capito che genere di studi mi sarebbe piaciuto fare. Poi è successo quel che è successo e i lavori regolari semplicemente non erano più un'opzione.

Non dovrei pensare a queste cose.

Più guido, più le strade diventano deserte. Esco dall'autostrada e comincio a percorrere stradine di campagna, lunghe e tortuose. Perfette per allenare i muscoli di questa macchina.

Abbasso il finestrino e l'aria m'investe, facendomi lacrimare gli occhi.

Saige Beaumont sta dimostrando di essere un osso duro, ma mai quanto me.

Non ha scampo.

. 7 .

Controllo i suoi spostamenti per i dieci giorni successivi. Sorrido tra me e me quando vedo che si dirige nel campus del college che sta frequentando. Va anche spesso in biblioteca, probabilmente per studiare.

Io non sono mai andato al college, ma invidio chi lo frequenta. Quello che so, l'ho imparato da solo e dall'esperienza. Forse un giorno, quando sarà tutto finito, potrò tornare sui miei passi. Se sarò ancora vivo.

Infine, va nella sua caffetteria preferita. Decido che è ora di verificare con chi ho a che fare.

Mi apposto fuori e noto con stupore che porta una parrucca scura e delle lenti a contatto marroni che nascondono i suoi occhi verdi. Non ho idea del perché di questo travestimento, ma ne sono intrigato. La osservo per un po' prima di entrare. Ordino un drink e mi siedo, lanciandole un'altra occhiata. Finge di stare trafficando col cellulare, ma qualcosa mi dice che sta indossando questa parrucca per un motivo ben preciso, non solo per divertimento. Questa ragazza nasconde qualcosa.

Pensavo semplicemente di avvicinarmi al suo tavolo e di parlarle, ma opto alla fine per un approccio meno diretto. Il barista mi chiama e afferro il bicchiere di caffè che mi sta porgendo. Prima di uscire, passo accanto al suo tavolo e la guardo distrattamente.

Ti ho vista, Saige Beaumont, e ora non potrai più sfuggirmi.

Non ho ricevuto altri SMS dallo stalker, quindi allento un po' la sorveglianza. Ho finalmente incontrato Saige, e ora posso passare all'azione. È la parte che preferisco. Il gioco. L'inseguimento. La conquista. È un impulso primordiale. Credo fermamente che gli esseri umani non possano soffocare del tutto la loro istintiva attrazione per la caccia e per la violenza. Forse ora la soddisfiamo in modo diverso, ma ne sentiamo ancora il bisogno. È più forte di noi.

Dico a Cash che l'ho vista, ma non gli parlo del travestimento. Qualcosa mi trattiene dal condividere questo dettaglio.

«E quindi, qual è la tua prossima mossa?» mi chiede, mentre finisco il mio hamburger e scosto il piatto. Sono riuscito ad allontanarmi dall'ufficio per pranzare fuori, un evento piuttosto raro. Molto spesso, mangio seduto alla mia scrivania.

«Incontrarla di nuovo. Attaccare bottone. Il solito.»

Spero che la prossima volta non indosserà parrucche. Ma non posso biasimarla per avere un'altra identità. Non sono nella posizione più indicata per criticare qualcuno.

«Ce la farai, come sempre» mi dice. Cash è così. Un eterno ottimista. «In caso contrario, ci penserò io.»

«Grazie, Cash» rispondo in tono neutro. C'è da dire una cosa su Cash e sul suo modo di fare. Riesce sempre a farmi ridere, perlomeno quando non mi tira scemo. Se avessi un fratello, immagino che sarebbe come lui.

«Era per dire, sai che sono più bravo di te con le donne.» Strabuzzo gli occhi e gli ricordo i suoi recenti fallimenti per il resto della pausa pranzo.

Tornato in ufficio, distribuisco documenti e parlo di cifre fino alla nausea.

Dopodiché vado a casa da Leo, ma passo il resto della serata davanti al computer a seguire i movimenti di Saige.

Non ho praticamente dormito negli ultimi giorni e le cose peggioreranno sempre di più. Sto cominciando a diventare ossessivo. Mi succede quando un progetto è particolarmente difficile. Finché non l'ho portato a termine, non riesco a pensare ad altro.

Il pomeriggio successivo, mentre sono alle prese con alcune scartoffie, Cash mi scrive che Saige è di nuovo in quella caffetteria.

Mi blocco e chiamo Grace con l'interfono.

«Mi dica, signor Brand.»

«Purtroppo devo scappare per un imprevisto. Per favore, avvisi la signora Dayton e organizzi un altro appuntamento per la prossima settimana.» La signora Dayton è una delle mie clienti regolari. Una donna molto gentile che devolve un sacco di soldi in beneficenza. È un vero piacere lavorare con lei.

«Subito, signor Brand» dice Grace. Afferro il soprabito e la borsa per le emergenze. Non voglio che Saige mi veda in giacca e cravatta. Spero di riuscire a entrare nelle sue grazie prima che suo padre lo scopra.

M'infilo in un negozio in fondo alla strada per cambiarmi velocemente, ripiegando con cura il completo all'interno della borsa perché non sia troppo sgualcito quando dovrò rimettermelo addosso. Chiamo un taxi e do all'autista l'indirizzo della caffetteria. Non ho tempo di sbarazzarmi della borsa, ma è così piccola che sembra ci sia solo un computer al suo interno.

Esco dal taxi e la vedo. Niente parrucche stavolta.

La luce del sole fa risplendere la sua chioma rossa, rendendola quasi accecante. Pago il tassista e mi avvicino con disinvoltura all'entrata, come se fossi uscito a prendere una boccata d'aria. Senza nessuna fretta. Devo dare l'impressione di essere qui solo per un bicchierino pomeridiano.

Vado dritto al bancone e ordino da bere, prima di sistemarmi in un tavolo vicino al suo. Ha un computer davanti a sé e a prima vista mi sembra stia studiando. Sta prendendo appunti su un taccuino, e l'immagine di un dipinto impressionista riempie lo schermo.

Sento chiamare il mio (falso) nome. Mi alzo per prendere il caffè e mi risiedo. Tiro fuori il mio cellulare usa e getta per scrivere a Cash.

Lascio vagare lo sguardo per il locale e incrocio il suo proprio mentre solleva la testa dal computer.

Credo nella fortuna, ma non certo nel destino. Sono tutte stronzate.

Eppure accade qualcosa quando i nostri occhi s'incontrano. Rimango immobile, ma mi sento investire da una sensazione che assomiglia a un'ondata, o a una raffica di vento.

Occhi verdi.

Sbatte le palpebre e l'incantesimo si spezza. Le

sbatto a mia volta e inspiro profondamente. Cosa diavolo è successo? Il rumore della caffetteria d'un tratto è quasi insopportabile e mi torna in mente cosa ci sono venuto a fare. Saige mi osserva da sopra lo schermo del suo computer. Cerco di riprendermi e bevo un sorso di caffè. Bene. Ora devo solo aspettare di capire se sarà lei a venire da me, o se devo andare io da lei.

Si alza e ordina qualcos'altro. Nel tornare indietro, punta dritta verso di me.

«Fissare gli sconosciuti è maleducazione, in alcune culture» dice, appoggiando una mano sul tavolo. Sollevo lo sguardo verso di lei, che mi sorride appena. Non ho mai visto degli occhi di un verde così intenso.

Oggi porta i capelli sciolti sulla schiena e ha dipinto le labbra con un rossetto rosso fuoco.

«Be', non ci resta che presentarci» dico, porgendole una mano. «Quinn Brand.» Fa per rispondere, ma il barista la chiama. Mentre si dirige verso il bancone, mi affretto ad alzarmi in piedi.

«Lascia che ci vada io.» Un po' di galanteria non guasta mai.

Prendo il bicchiere di carta e qualche tovagliolino. Nel frattempo, si è seduta al mio tavolo. Buon segno.

«Grazie, Quinn Brand.»

«Prego, Saige...» Lascio la frase in sospeso, come se non conoscessi il suo cognome.

«Beaumont» aggiunge, sorseggiando la sua bevanda e lasciando un segno rosso sul bicchiere. Presto il mio corpo ne sarà pieno. Lo desidero più di quanto dovrei.

«Saige Beaumont» dico. Il suo nome mi lascia una

piacevole sensazione in bocca. Ha un sapore dolce e piccante al tempo stesso.

«Allora, Quinn Brand, perché mi stai fissando *adesso*?» Punta un gomito sul tavolo e appoggia il mento su una mano.

«È impossibile resistere alla tentazione.» Non sto mentendo. È davvero bellissima.

Inarca un sopracciglio ramato e si lascia sfuggire un sorriso.

«Sfoggi questa frase con tutte le ragazze?»

Sorrido anch'io.

«No. Solo con te.» Questa sì che è una bugia. L'ho usata molte volte in passato, ma ora non conta. M'interessa solo di essere qui con lei. Ora.

«Bravo. Sembravi quasi sincero» commenta, divertita. Mi appoggio allo schienale della sedia. È proprio vero. È decisamente diversa da come mi aspettavo. Ottimo.

«Mi crederesti se ti dicessi che non l'ho mai detto a una rossa naturale?»

Si limita a bere un altro sorso di caffè, senza rispondere.

«Cosa stai facendo di bello qui, Saige Beaumont?»

«T'interessa davvero saperlo?» Tocca il mio piede con il suo e non sono sicuro sia per sbaglio. Sta flirtando con me.

«Certo» dico. Un'altra verità.

Alza gli occhi al cielo e in quel momento dimostra meno dei suoi vent'anni.

«Sto studiando. Di certo ora ti sembro meno interessante di prima.» Al contrario, sia Quinn che Sylas sono attratti dalle ragazze colte.

«Niente affatto» dico. «Cosa stavi studiando, prima che cominciassi a fissarti senza ritegno?»

Si sporge appena in avanti.
«Storia dell'arte. Più precisamente, impressionismo.»
«Storia dell'arte, eh?»
«Storia dell'arte» ripete.
«E cos'hai imparato sui quadri impressionisti?»
Sorride prima di rispondere.
«Che se li fissi troppo a lungo, rischi di farti venire il mal di testa.»
Rido alla sua battuta.
«Ma c'è di peggio nella vita. Ho la possibilità di vedere cose bellissime tutti i giorni e di capire perché l'artista ha dipinto un'ombra proprio in quel modo, dove ha tratto l'ispirazione per la sua opera, o cosa simboleggia un certo albero. Ti piace l'arte?»
Decido di rispondere sinceramente.
«In parte. Quella contemporanea mi lascia perplesso. Un giorno ho sentito parlare di una mostra in cui una donna beveva del latte colorato e lo vomitava sopra una tela. Pensavo fosse uno scherzo, finché non ci sono andato e l'ho vista con i miei occhi. Ho dovuto darmela a gambe quando ha cominciato a entrare nel vivo dello spettacolo. Perfino adesso, se ci penso mi viene la nausea. Ciò che alcune persone considerano arte è decisamente discutibile.»
Saige fa una smorfia.
«Nemmeno io sono una fan dell'arte contemporanea. Preferisco delle pitture rupestri vecchie di migliaia d'anni a un quadro fatto di vomito» dice. Annuisco, totalmente d'accordo con lei.
«E tu cosa fai nella vita, Quinn?» Anche se non è il mio vero nome, mi piace il suo modo di pronunciarlo. Quasi con un sorrisetto, come se la divertisse.
«Lavoro nel mondo della finanza» dico. Non è an-

cora il momento di svelarle troppi dettagli sulla mia vita di facciata.

«Quindi sei pagato per spendere i soldi degli altri?»

«Più o meno» ammetto. Mi affascina il suo modo di vedere le cose.

Dalla sua espressione capisco che non trova il mio lavoro interessante.

«Non sei una fan dei soldi?» Mi sembra ironico, visto com'è cresciuta. Le sue feste di compleanno erano sfarzose, non mancavano pony, diademi e grandi balli. Ho visto ogni sorta di fotografia che Cash ha scovato. La mia preferita è quella in cui Saige si trova in groppa a un pony maculato. Dal suo sguardo, si capisce chiaramente che sta andando troppo piano per i suoi gusti.

«Né più né meno degli altri, ma col tempo ho capito che possono creare dipendenza. Probabilmente non dovrei dirlo a qualcuno che con i soldi ci lavora.» Non sono tipo da offendersi così facilmente.

«Non è esattamente così. Non maneggio mai vere e proprie banconote. Gestisco solo cifre su un foglio di calcolo. Percentuali, profitti e perdite. Questo è il vero il segreto dei soldi» dico, facendo ondeggiare le dita davanti a me.

«Sarebbe a dire?» chiede, avvicinandosi.

«Che non esiste.» Continuo a muoverle la mano davanti agli occhi e le sorrido.

Ricambia il sorriso e il bianco dei suoi denti contrasta col rosso delle sue labbra. Ha una bocca perfetta. Spero di poterla assaggiare presto, non vedo l'ora di sentirla contro la mia. Qualcosa mi dice che Saige Beaumont sa come baciare un uomo.

Controllo l'orologio, che non mi sono tolto quando

ho cambiato i vestiti. È un Rolex molto costoso e sono sicuro che lo noterà.

«Ti va di prenderti una pausa dall'impressionismo, bevendo un caffè con me?» le propongo.

Aggrotta la fronte e solleva il bicchiere quasi vuoto.

«Sto già bevendo un caffè con te.»

«Hai ragione» dico, come se mi fossi appena accorto che ci troviamo in una caffetteria. «Be', che ne dici allora di una cena?» In questo modo, potrei tornare a casa, indossare qualcosa di più elegante e prendere un'altra delle mie auto sportive. Qualcosa di meno appariscente stavolta.

«Perché no?» Beve l'ultimo sorso di caffè e getta via il bicchiere di carta.

«Ottimo. Dove ti piacerebbe andare?»

«Oh, vuoi che scelga io?» domanda, rimettendosi seduta.

«A meno che tu non preferisca una sorpresa. Mi va bene anche così. Sono ai tuoi ordini, Saige.» Inspiegabilmente, vorrei pronunciare il suo nome all'infinito.

«Mi piacciono le sorprese.» Sorride e si tira indietro i capelli con una mano.

«Allora sceglierò io. Va bene se ti passo a prendere per le sei?» Annuisce.

«Perfetto. Forse è meglio se ti do il mio numero» dice. Tiro fuori il mio cellulare ufficiale e aspetto. Lo registro sotto *Testolina rossa*.

«Dammi anche il tuo, per ogni evenienza» aggiunge. L'accontento senza esitazioni. Per fortuna ho buona memoria con i numeri. Ovviamente non come Hardy, ma mi difendo bene.

«È stato un piacere incontrarti e fissarti, Saige

Beaumont» dico infine, alzandomi in piedi.

«È stato un piacere incontrarti ed essere fissata da te, Quinn Brand» risponde, prima di tornare al suo tavolo e ricominciare a studiare.

Il piacere è tutto mio, testolina rossa.

. 8 .

Una volta a casa, chiamo immediatamente Cash.

«L'hai già conquistata?» mi chiede.

«Quasi. Usciamo a cena stasera. Vedrai che non resisterà al fascino di un bel ristorante» dico, dirigendomi verso l'armadio per scegliere un abito per la serata.

«Ti consiglio di indossare il completo di Prada, le scarpe nere di Ferragamo e una camicia bianca. Semplice e classico» dice. Pensavo a qualcosa di meno formale, ma forse ha ragione.

«Non te l'ho chiesto, ma grazie per il suggerimento» ribatto. Cash alle volte risponde a domande che non gli faccio. Ormai mi ci sono abituato.

«Figurati. Ora vai a prenderla e tienimi aggiornato.» Chiudo la chiamata e mi vesto. Cash ci ha visto giusto. L'abito valorizza i miei capelli e mi fa sembrare più maturo, oltre che più pericoloso. O forse è solo quello che mi piace pensare.

Infilo una felpa con cappuccio e vado nell'autosilo dove teniamo le auto. Decido per la BMW nera. È ancora una bella macchina, ma non tanto quanto la Ferrari.

Mi sfilo la felpa, la getto nel bagagliaio e mi accomodo nel sedile del guidatore.

È ora di andare dalla testolina rossa.

L'appartamento di Saige si trova all'ultimo piano di un bell'edificio in mattoni. Ovviamente suo padre ne è proprietario e non deve pagare l'affitto. Le scrivo un SMS per avvisarla che sono arrivato e per chiederle se vuole che salga a prenderla. Non ho idea di cosa preferisca.

Sali. Suona il citofono che ti faccio entrare. Parcheggio la macchina e seguo le sue istruzioni. Entro e prendo l'ascensore, per evitare di fare sforzi e sudare.

Busso e sento i suoi passi avvicinarsi alla porta.

La apre e mi sorride. Il cuore si ferma per un attimo.

«Ehi» dice, facendosi da parte. Come se sapesse cosa avrei indossato, si è messa un abito nero senza spalline con del pizzo sull'orlo. Ha raccolto i capelli in un morbido chignon e qualche ciocca ribelle le accarezza le spalle.

Ha messo un po' di ombretto color fumo sulle palpebre e il suo solito rossetto rosso. Nel complesso, è mozzafiato.

«Ehi» dico, dopo averla squadrata da capo a piedi. Non ho potuto evitarlo.

Sorride, scoprendo i suoi denti bianchissimi.

«Sei davvero elegante, Quinn Brand.»

«Anche tu, Saige Beaumont.» Il suo sorriso si allarga e noto che le si formano delle increspature intorno agli occhi. Mi piace. Questa missione si sta rivelando un perfetto mix di affari e piacere e penso che continuerà così.

«Vogliamo andare?» chiedo, porgendole il braccio e offrendole una rosa bianca che tenevo nascosta dietro la schiena. Simboleggia purezza e innocenza, una contraddizione rispetto alle mie vere intenzioni.

«Molto dolce da parte tua» risponde, prendendo la rosa e annusandola, prima di recidere il gambo e infilarla dietro l'orecchio. *Questo* è un gesto dolce. Prende il mio braccio, scendiamo al piano terra con l'ascensore e usciamo dal palazzo. Le apro la portiera, mentre lei fa apprezzamenti entusiasti sulla macchina.

«Grazie. È solo un mezzo per spostarsi da un posto a un altro.»

Quando m'immetto in strada, mi chiede dove stiamo andando.

«Pensavo che ti piacessero le sorprese» dico.

«È così, ma solo quando so di cosa si tratta.» Ridacchio tra me.

«In questo modo non sarebbe più una sorpresa.»

«Ehi, non ho intenzione di spiegarti come funziona il mio cervello. Sta a te capirlo.» Le chiedo se la temperatura è di suo gradimento e lei annuisce.

Durante il resto del tragitto parliamo del più e del meno. Chiacchiere superficiali per conoscersi. Solo che io so già quasi tutto di lei.

Mi fa qualche altra domanda sul mio lavoro e le rispondo in modo vago. Si appoggia allo schienale e la rosa bianca dietro al suo orecchio cattura la mia attenzione. Non sono abituato ad avere una ragazza attraente sul sedile accanto a me.

Mi fermo di fronte al ristorante e il parcheggiatore si avvicina per prendere le chiavi. Gli faccio scivolare in mano qualche banconota perché si prenda cura dell'auto e scendo per aprire la porta a Saige.

«Grazie» dice, sorridendomi. È una serata tiepida e ha solo uno scialle di seta avvolto intorno alle spalle. Tutto questo nero fa risplendere il candore della sua pelle. Noto delle lentiggini sparse qua e là e non vedo l'ora di scoprire quali altri parti del corpo ricoprono.

«Mooooolto bello qui» dice, prolungando la prima parola mentre vede dove ci troviamo. Stasera non ho badato a spese.

«Be', grazie. Ho sentito che lo chef cucina un'anatra arrosto che ti cambia la vita» rispondo. In realtà, sto citando Cash, che è venuto qui qualche settimana fa con una donna che stava cercando di sedurre. Ha funzionato, così ho deciso di portarci anche Saige.

La hostess ci accompagna al nostro tavolo in fondo alla sala. È una sistemazione tranquilla, lontana dagli occhi indiscreti degli altri clienti.

«Fin qui, niente da dire» commenta, mentre allontano la sedia dal tavolo per farla accomodare.

«Spero che il resto della serata sarà altrettanto piacevole.» Mi siedo a mia volta e inarca un sopracciglio.

«Solo *piacevole*?»

«Eccezionale?» Scuote la testa. «Fantastico?» La scuote di nuovo. «Spettacolare?»

«Che ne dici di memorabile?» suggerisce. «Memorabile va bene, è senz'altro meglio di piacevole.»

«Sì, ma memorabile può anche avere un'accezione negativa. Voglio che sia un'esperienza positiva, se possibile» replico. La hostess interrompe la nostra conversazione per darci la lista dei piatti del giorno e la carta dei vini.

«Io prendo un pinot noir e per la signorina...» lascio la frase in sospeso e guardo Saige.

«Lo stesso» dice, sorridendo.

«Vuole che ripassi più tardi per il resto?» annuisco e si allontana. So già cosa voglio ordinare, ma voglio dare la possibilità a Saige di scegliere con calma.

«Quindi immagino tu sia già stato qui, se sai che l'anatra è il piatto forte.» Anche se mi parla in modo spensierato, capisco dove vuole andare a parare.

«Sì, ci ho portato un paio di clienti a cena. Nessun'altra donna, se è quello che volevi sapere. Al momento, sono libero.» Solleva di scatto lo sguardo per incontrare il mio.

«Non m'interessa se vedi altre persone. Era solo curiosità.» Non è così. Comincio a percepire un atteggiamento possessivo. Mi piace.

«Certo» dico, cambiando discorso. «Hai visto qualcosa di tuo gradimento?»

Mi guarda di nuovo.

«Può darsi.»

«Intendevo sul menu.» Stringe appena gli occhi e poggia il menu sul tavolo.

«Credo che opterò per l'anatra, e tu?» Sono d'accordo. Ci portano i nostri calici di vino e ordino per entrambi. Saige si appoggia allo schienale della sedia e inclina la testa di lato.

«Mi stai studiando?» chiedo, sorseggiando il vino.

«Cerco di capire chi sei. Sei un uomo misterioso, Quinn Brand, ma scommetto che lo sai già e che te ne approfitti ogni volta che capita l'occasione.» Le sorrido.

«Mi hai smascherato, Saige.» Non riesco a smettere di pronunciare il suo nome. Beve un sorso di vino, senza distogliere lo sguardo dal mio. La rosa bianca sta davvero bene infilata nei suoi capelli rossi.

«Non credo. Sei un mondo da scoprire, Quinn. Lo sento. Sei come uno stagno la cui superficie sembra calma, ma non sai quanto è profondo finché non ti ci immergi e ti senti annegare.»

Potrei dire lo stesso di lei.
«Ti dà fastidio?» chiede.
«No, mi puoi analizzare quanto vuoi. Mi permette di fissare i tuoi bellissimi occhi verdi.» Mi aspetto che arrossisca e abbassi lo sguardo, ma non lo fa. Serra gli occhi, come se sapesse esattamente a che gioco sto giocando. Sì, ho proprio sottovalutato questa testolina rossa.
Sposto la conversazione su argomenti meno spinosi e le chiedo dei suoi hobby, della sua musica preferita, cose così. Sono informazioni che è difficile procurarsi da soli.
«Sicuramente pensi che ascolto roba vintage e profonda, tipo Joni Mitchell» dice.
«Ho imparato che nella vita è meglio non dare niente per scontato» rispondo. Cerco sempre di evitarlo. «Quindi, cosa ti piace?»
«Be', scherzi a parte, Joni Mitchell mi piace, ma ascolto di tutto, dai Maroon 5 a Taylor Swift, dai Civil War a Frank Sinatra. Non escludo nulla, basta che sia buona musica.» Mi piace il suo modo di pensare e sono completamente d'accordo.
«Qual è la tua canzone preferita?» domando. Alza gli occhi al soffitto.
«È una domanda davvero stupida. La mia canzone preferita in questo momento magari domani non sarà più la stessa. E la canzone che adoravo a dieci anni forse adesso la detesto.» Alzo entrambe le mani, in segno di resa.
«Ero semplicemente curioso. Non sei obbligata a rispondere se non vuoi.»
«Qual è la tua?»
«*Fire and Rain* di James Taylor» mi lascio sfuggire. Non volevo dirle la verità. Pensavo di citare una

canzone degli U2, dei Queen o di Jimi Hendrix.

«James Taylor? Interessante. Suoni la chitarra?» Scuoto la testa. Ho sempre desiderato imparare, ma non mi sono mai deciso a farlo. Ci siamo avvicinati a terreni troppo scivolosi e decido di riportare l'attenzione su di lei.

«Ora tocca a te rispondere.»

Increspa le labbra e sospira.

«Bene. È *Take Me to Church* di Hozier. E, per la cronaca, mi piaceva anche prima che cominciassero a trasmetterla in continuazione alla radio.» Ridacchio. È un buon pezzo, non posso certo criticare i suoi gusti.

Le casse accanto al nostro tavolo diffondono le note di un pianoforte. Ho un'illuminazione.

«Scusami un momento.» Annuisce e beve un altro sorso di vino. La sua gola color avorio ondeggia mentre deglutisce.

Mi avvicino alla hostess e le chiedo un favore. Le porgo delle banconote per convincerla ad aiutarmi. Quanto torno al tavolo, Saige ha quasi svuotato il calice di vino.

«Cosa stai combinando?»

«Niente.»

Dagli altoparlanti comincia a risuonare *Take Me to Church*. Saige la riconosce e mi sorride, arricciando gli occhi. Bene. L'ho piacevolmente stupita.

«Ti va di ballare?» domando, allungando un braccio verso di lei.

«Non è la canzone più indicata per un lento.»

«Balla lo stesso con me» dico. Mi afferra la mano e l'attiro contro di me. Il suo corpo aderisce perfettamente al mio in ogni curva. Sussulta, come se fosse sorpresa.

«Che c'è?» chiedo, posandole una mano sulla parte bassa della schiena.

«Niente» risponde e comincio a farla ondeggiare a ritmo di musica. Ha ragione, non è una canzone adatta, ma non fa niente. Mi stringe le spalle con le dita e inspiro il suo profumo. È dolce e speziato. Come lei. Vorrei che si sciogliesse i capelli.

La gente probabilmente ci sta fissando, ma non m'importa. Tutta la mia attenzione è per la donna bellissima che ho tra le braccia. Penso a quanto sia facile farle fare quello che voglio, guidarla. È duttile, arrendevole. Ma qualcosa mi dice che sotto questa apparenza, c'è qualcosa di affilato e intransigente. Come una lama ricoperta di seta. Mentre ci dondoliamo a suon di musica, cerco di non pensare alle sue anche contro le mie e a quanto vorrei scoparla ascoltando questa canzone.

Il suo cuore martella contro il mio petto. Battiti frenetici che sembrano fare accelerare anche i miei. Sospira dolcemente e si abbandona ancora di più. Per un momento, vedo e sento solo lei. Non esiste nient'altro.

Poi la canzone finisce e mi sorride. Noto che ha quattro efelidi quasi impercettibili sul naso.

«Grazie. È stato bellissimo.» Si scioglie dall'abbraccio e mi ci vuole qualche secondo per decidermi a lasciarla andare. Scuoto la testa per tornare in me e le sorrido. Ci sediamo proprio mentre arrivano i nostri piatti.

Aspetto che tagli un minuscolo pezzo di anatra con il coltello e che lo infilzi con la forchetta.

«Hai paura di mangiarlo?» le chiedo mentre lo esamina.

«Non ho paura di niente» dice, portandosi la for-

chetta alle labbra, lentamente. Mastica per un momento, poi annuisce.
«È deliziosa.» Prendo il tovagliolo e me lo stendo sul grembo, prima di cominciare a mangiare.
«Balli molto bene» mi dice, bevendo un sorso di vino. Fisso per un secondo l'impronta rossa delle sue labbra sul bicchiere.
«Non abbiamo esattamente ballato. Dovresti vedermi su una pista come si deve e con un buon valzer» rispondo, sorridendo. È difficile alle volte trovare la giusta via di mezzo. Se sorridi poco, rischi di sembrare freddo; se lo fai troppo, puoi apparire falso.
«Mi piacerebbe davvero vederti» conclude.
«Forse succederà.»

Non ci sfioriamo più finché non la prendo per mano e ci dirigiamo verso l'uscita. Si appoggia a me quel tanto che basta.
«Grazie infinite per avermi portata qui. Sono stata bene.» Mi stringe il braccio con le dita. L'avvolgo con lo scialle e lei solleva lo sguardo verso di me. I suoi occhi verdi possono essere inquietanti. Ho in mente un piano molto preciso, ma decido d'improvvisare.
«Ti va di fare una passeggiata?» le propongo. Vedo gli angoli delle sue labbra sollevarsi lentamente.
«Sei forse telepatico, Quinn Brand?»
«Solo con le rosse» dico, mentre ci allontaniamo dal ristorante e cominciamo a camminare. «Non avrai problemi con quelle scarpe?»
Si ferma e se ne sfila una, portandosela davanti agli occhi come se volesse esaminarla.
«Le ho usate migliaia di volte, ci potrei correre

una maratona!» Non ho dubbi che sia così. Ricominciamo a camminare e mi attira a sé.

«Hai freddo?» le chiedo.

«No» risponde.

Interessante. Le lascerò condurre il gioco, vedremo cosa mi permetterà di fare. Se fosse per me, la trascinerei nel vicolo più vicino, le solleverei il vestito e la scoperei contro un muro.

Ma non sono certo che Saige sia quel genere di ragazza e non voglio rovinare qualcosa che non è nemmeno cominciata. Se faccio un passo falso, sarà poi difficile recuperare la sua fiducia.

Alcune ciocche di capelli le volteggiano attorno al viso e vorrei catturarne una con le dita.

«A cosa stai pensando?» chiede. Siamo stati qualche minuto senza parlare e non abbiamo provato alcun disagio. È un buon segno.

«A te.» Dico la prima cosa che mi viene in mente.

Si volta verso di me e mi guarda da sotto le sue ciglia nere di rimmel.

«Davvero? A cosa, esattamente?»

Ovviamente non intendo dirle la verità, ma per un attimo ci penso. Mi piacerebbe sapere come reagirebbe.

«Ai tuoi capelli. Non credo di avere mai visto un colore così.» Si sistema una ciocca dietro l'orecchio, quello senza rosa.

«Be', non posso dire che sia merito mio.» Sorrido e arriviamo a un incrocio.

«Dove andiamo?» chiedo.

«Sinistra» risponde, indicando con un dito. Aspettiamo il verde e attraversiamo.

«Quali sono i tuoi programmi per il resto della serata?» domanda.

«Non saprei. Per ora, mi godo questo momento con te.»

«Ottima risposta, Quinn Brand.»

«Grazie.» Saige si ferma e io per poco non inciampo. Non è da me. Questa donna mi ha già sorpreso più di una volta questa sera.

«Ma m'interessa sapere cosa pensi davvero. Non mi rifilare le stronzate che diresti alle altre. Cosa vuoi che accada tra noi? Dimmelo senza timori.» Si volta verso di me e mi afferra il bavero della giacca con le mani. È così vicina che potrei baciarla, ma non intendo farlo. Sono certo che non le farà piacere sapere cos'ho voglia di farle, ma glielo dirò comunque. Solo per vedere cosa accade.

«Pensavo che mi piacerebbe trascinarti nel primo vicolo buio che incontriamo. Accarezzarti, toglierti i fermagli dai capelli, sollevarti il vestito e scoparti contro un muro fino a farti sanguinare la schiena. Poi vorrei portarti in un letto per farlo di nuovo. Soddisfatta?»

La sua bocca è leggermente aperta, ma dai suoi occhi non traspare il minimo sconcerto. Sono pieni di passione e se li fisso troppo a lungo, temo che mi consumeranno. Sbatte le palpebre e cerco di indietreggiare, ma lei non molla la presa.

«Perché non lo fai? Hai paura?» Si sta prendendo gioco di me e comincio a incazzarmi.

«Mi stai chiedendo di scoparti? Non pensare che mi tiri indietro.»

Mi lascia andare e fa un passo indietro.

«Allora scopami.»

. 9 .

Vorrei davvero che la smettesse di sorprendermi. Comincio a esserne infastidito.

«È davvero ciò che vuoi?» chiedo. Il mio corpo è attraversato da fremiti mentre penso a ciò che sto per fare. Mi sento eccitato fin dal primo momento che l'ho guardata negli occhi. E mi ha stuzzicato per tutta la serata.

«Sì. È ciò che voglio» risponde. Non ho bisogno di sentire altro. Lancio un'occhiata a destra e a sinistra, poi l'attiro a me e la trascino nel vicolo più vicino. Gli edifici sono disposti in modo che praticamente nessuna luce arriva dalla strada. Peccato, mi piacerebbe vederla, ma non ha importanza in questo momento.

«Ti avviso, non sarò troppo gentile» le dico, spingendola contro un muro. Saige sussulta per il dolore, ma anche per il piacere. La luce arancione di un lampione mi mostra per un attimo il suo viso. Perfetto.

Mi soffermo brevemente sui suoi occhi sfavillanti prima di premere avidamente la mia bocca contro la sua. Sa di vaniglia e cannella. Calore. Desiderio.

Non perdo spesso il controllo, ma sto premendo il mio corpo contro di lei così forte da lasciarla senza fiato. Non mi respinge, nemmeno quando affondo la mia lingua nella sua bocca. Al contrario, mi avvolge le gambe intorno alla vita e mi afferra per i capelli, esortandomi a continuare.

Le mie labbra scivolano sulle sue, lubrificate dal rossetto. I nostro nasi si scontrano, facendomi lacrimare, ma non la lascio andare. Non voglio fermarmi.

Istintivamente, le mie mani si muovono sul suo corpo. Cerco l'orlo del suo vestito e le strappo di dosso le mutandine perché non ho la pazienza di sfilargliele. Dubito che a questo punto riuscirei a fermarmi, anche se me lo chiedesse. Saige armeggia con i miei pantaloni. Quando tocca il mio membro, mi esplode il cervello e indietreggio bruscamente. La sento mugolare e apro gli occhi di scatto. Vedo che mi osserva con un sopracciglio alzato.

Mi sta sfidando.

Mentre le tiro su il vestito, si morde le labbra. Comincio ad accarezzarla in mezzo alle gambe. È morbida e calda e desidero solo scivolare dentro di lei. Vorrei assaggiarla prima, ma non c'è tempo. Le afferro le gambe e la tengo sollevata. Si tiene a me mentre la penetro.

Gemiamo entrambi. Saige chiude gli occhi e reclina il capo contro il muro sporco. È anche meglio di come l'avevo immaginata. I nostri corpi intrecciati, il suo sesso che avvolge il mio e il suo odore. Pura perfezione. Mi tiro indietro e affondo nuovamente in avanti.

Sapeva a cosa sarebbe andata incontro. Non sono tipo da maniere dolci. Mai.

Resisto però meno di quanto pensassi.

Stiamo entrambi ansimando mentre mi allontano da lei e richiudo la cerniera dei pantaloni.

«Be', devo riconoscere che non sei certo un bugiardo, Quinn Brand.» Sono ancora annebbiato dalla lussuria. La guardo raddrizzarsi, prendere un fazzoletto dalla sua borsetta e pulire ogni residuo del nostro incontro amoroso. Non ho usato protezioni, né lei me l'ha chiesto. Probabilmente avremmo dovuto, ma quel che è fatto è fatto.

Quando si riavvolge con lo scialle, le porgo il braccio e lei l'accetta. Si ferma poco dopo sotto la luce di un lampione.

Mi passa un dito sulle labbra.

«Hai il mio rossetto su tutta la faccia.»

Alzo una mano per toglierlo, ma mi afferra il polso.

«Non farlo.»

L'accontento.

Canticchia tra sé mentre guido verso il suo appartamento. Pensavo che mi avrebbe rimproverato per quello che è successo nel vicolo, ma non l'ha fatto. Accosto l'auto di fronte all'ingresso di casa sua e spengo il motore. Si volta di scatto verso di me, come se all'improvviso si fosse ricordata della mia presenza.

«Vuoi salire?» Sappiamo entrambi cosa implica la sua domanda e sarei più che felice di accettare. Ma il buon senso mi ferma. Non posso perdere il controllo un'altra volta stasera. Ho la testa annebbiata e devo fare chiarezza prima di rivederla.

Non sembra turbata dal mio rifiuto.

«Hai ragione. Forse è meglio di no» dice, afferrando la maniglia della portiera. «Be', grazie per la piacevole serata. È stato... insolito.» Si china in avanti e avvicina le labbra alla mia guancia, sfregando poi con un dito il punto dove mi ha baciato. Come se volesse girare il coltello nella piaga.

«Chiamami.» Scivola fuori dall'auto prima che possa offrirmi di aiutarla. La guardo allontanarsi e salire lentamente i gradini dell'ingresso. A un tratto si gira, mi soffia un bacio e mi fa un cenno di saluto con la punta delle dita.

«Ci vediamo presto, testolina rossa» dico, mentre apre il portone e sparisce all'interno del palazzo.

Chiamo Cash non appena arrivo a casa.

«Non vorrei sembrare l'adolescente che chiede all'amica com'è andato il ballo della scuola, ma dimmi i dettagli» dice. Rido tra me.

«Be', è proprio quello che sembri, ma non importa. È andata bene. Come reagiresti se ti dicessi che, ehm, l'ho scopata contro il muro di un palazzo?»

Cash non batte ciglio.

«Prima o dopo cena?»

«Dopo. Mi ha chiesto cosa avevo voglia di fare e gliel'ho detto. Non mi aspettavo che sarebbe stata d'accordo, ma lo era. Non mi ha nemmeno chiesto di mettere il preservativo.» Cash emette un verso di disapprovazione che ricorda quello di una nonna. Vorrei passare attraverso il cellulare e infilargli un pugno nella trachea.

«Come no, tu ti saresti fermato, le avresti fatto una lezioncina sul sesso sicuro e poi con calma ti saresti infilato un condom. Non ne ho alcun dubbio, Cash.» Parcheggio nell'autosilo e apro il bagagliaio per potermi rimettere la felpa.

«Certo. È importante fare sesso sicuro, lo sai.» Immagino in quanti modi potrei ucciderlo. Ce ne sono così tanti...

«Be', non l'ho fatto, okay? Cristo santo.»

«È stato bello almeno?»

«Sì» rispondo, ma è una bugia. È stato molto di più. Mi ha fatto ribollire il sangue nelle vene, andare sulle montagne russe ed esplodere fuochi d'artificio nel cervello. Era da molto tempo che non mi sentivo così. Ho abbassato le difese e Saige mi ha sedotto con la violenza di uno schiaffo. Sento ancora bruciare la guancia.

«Mmh. Non ti lasciare coinvolgere troppo però.»

«Non succederà. È sexy. Mi è piaciuto fare sesso con lei. Tutto qui.» Non gli dico che abbiamo ballato. Non so perché. Gli racconto il resto della serata mentre mi tolgo lo smoking e tiro la pallina a Leo.

«Quando la rivedrai?» chiede.

«Presto. Molto presto.» Intravedo la mia immagine riflessa nello specchio. Ho del rossetto spalmato su tutta la bocca. Sembra quasi sangue.

«Molto presto» ripeto, prima di chiudere la chiamata.

Il giorno successivo non la chiamo né le scrivo SMS. Voglio che sia lei a cercarmi. Ma in ufficio sono distratto. Non riesco a togliermi l'immagine di Saige dalla testa. Avrei voluto che ci fosse stata più luce in quel vicolo, così avrei potuto vederla meglio mentre la scopavo. Ma almeno ho potuto guardarla negli occhi mentre venivo.

«Signor Brand?» La voce di Grace si fa strada attraverso i miei pensieri nebulosi. Deve avermi già chiamato diverse volte.

«Sì?»

«C'è una persona che desidera vederla. Una certa Saige Beaumont?» Il suo tono freddo non lascia trasparire emozioni. Grace mi chiede se voglio cancellare il mio prossimo appuntamento, ma la interrompo.

«Falla entrare.»

La porta si apre e Grace fa accomodare Saige nel mio ufficio. Mi alzo afferrando i bordi della mia scrivania. Ha i capelli sciolti oggi e i ricci le ricadono selvaggiamente sulle spalle. Indossa un top di raso color crema, dei pantaloni neri, una giacca nera e dei sandali a tacco alto. Ogni dettaglio del suo abbigliamento fa pensare a una ragazza di buona famiglia.

«Saige Beaumont» dico, girando intorno alla scrivania e invitandola a sedersi. «Sono sorpreso di vederti. Qual buon vento ti porta qui?» Il mio stupore iniziale sta svanendo e ora sono un po'... se non nel panico, direi preoccupato. Non dovrebbe essere nel mio ufficio.

«Quinn Brand» dice, sedendosi e incrociando le caviglie. C'è qualcosa di strano nel suo atteggiamento. Come se non fosse naturale. «Ero in giro e ho pensato di venire a trovarti per capire cosa fai durante il giorno. Volevo vederti alle prese con cifre, calcoli e amenità del genere.» Scruta il mio ufficio, soffermandosi sui pochi accessori che lo decorano. L'unico oggetto che porto con me da un posto all'altro è una stampa di Ansel Adams. Si alza in piedi e viene subito attratta dal quadro.

«È molto bello» commenta, indicandolo.

«Grazie.»

Lo esamina con occhio critico e poi sorride.

«È molto bello» ripete, rimettendosi seduta. Il suo profumo comincia a riempire la stanza e le mie narici. Vorrei aprire una finestra per fare entrare dell'aria fresca, ma non mi muovo.

«Posso offrirti qualcosa?» chiedo, e lei scuote la testa.

«Sei sicura? Non credo tu sia venuta senza uno scopo preciso.» Sorride nuovamente e solleva entrambe le mani, in gesto di resa.

«D'accordo, sono qui anche per un altro motivo. Io non... non volevo che iniziassimo quella cosa che prevede che tu aspetti tre giorni per chiamarmi e io rimango in attesa.» Rido tra me, immaginandola seduta accanto al telefono ad aspettare la mia chiamata.

«Non mi sembri il genere di donna che segue queste regole non scritte.» Mi appoggio allo schienale della sedia. Anche lei cambia posizione, rilassa le gambe e la schiena. Molto meglio. Ora la riconosco.

«In genere non lo sono, proprio per questo sono finita qui.» Ride nervosamente. Si capisce che è agitata. Mi piace. Mi fa venire voglia di spingerla contro la mia scrivania e scoparla di nuovo. Scommetto che il tessuto della sua maglietta si strappa con facilità. Seguo con gli occhi i contorni del suo corpo. La notte scorsa ho accarezzato le sue curve, ma ora vorrei osservarle. Vorrei sapere se ha altre lentiggini nascoste. Ho decisamente voglia di assaggiarla, di vederla completamente abbandonata a me.

«C'è qualcosa che desideri, Quinn?» chiede. Sollevo lo sguardo per incontrare il suo. Ha un corpo da sballo, ma quegli occhi... Non ho mai visto degli occhi così.

«Direi che è ovvio che ciò che desidero sei tu, Saige. Basta un tuo cenno e ti sbatto sulla mia scrivania. Con la mia segretaria qui fuori. Sentirà tutto e capirà cosa sta succedendo. Ma non ti preoccupare, è una persona molto discreta» dico.

Non arrossisce nemmeno. Sostiene il mio sguardo come a sfidarmi. Poi sospira lievemente e si alza. Mi si avvicina con fare altero e mi sento paralizzato, come una farfalla imbalsamata in una teca di legno. Non è una sensazione piacevole. So che può vedere quanto sono eccitato. Sorridendo tra sé, mi fa scivolare un dito sul petto, lungo la mia cravatta. Mi guarda da sotto le ciglia, sbattendole più volte.

Quindi indietreggia e si dirige verso la porta, gettandosi i capelli dietro le spalle.

«Be', sono certa che tu abbia molto lavoro da sbrigare. Meglio che vada.» Sta già afferrando la maniglia della porta quando entro in azione. La prendo per le spalle e la faccio voltare, per poterla guardare in faccia.

«Non scherzare col fuoco, Saige Beaumont. Non sai con chi hai a che fare.» Non intendevo essere così sincero, ma tanto non ha idea di cosa voglia dire. Trattiene il fiato e arrossisce. Finalmente sono riuscito a scalfire la sua corazza. Ci guardiamo negli occhi per qualche secondo, come se fossimo incatenati l'uno all'altra e nessuno dei due riuscisse a muoversi.

Riesco infine a indietreggiare e ad allontanarmi da lei. Merda. Ho appena mandato tutto a rotoli? Per fortuna Saige non corre via. Gira semplicemente la maniglia e mi fa un cenno di saluto con la mano.

«Chiamami. Il prima possibile.» Quando la porta si richiude, sento il bisogno di immergere la testa in un lago ghiacciato. Cammino avanti e indietro per l'ufficio e mi verso un bicchiere d'acqua fredda. Devo calmare i miei bollori. Come fa a infiammarmi in questo modo? Non capisco. Senza che faccia niente di particolare, mi viene da urlarle contro o da strapparle i vestiti di dosso. Oppure da urlarle contro prima di strapparle i vestiti di dosso.

Dovrei chiamare Cash e dirgli che ho bisogno di tirarmi fuori. Dovrei affidare a qualcun altro questa missione. Ma, mentre mi avvicino alla scrivania per prendere il mio cellulare usa e getta, so già che non lo farò. Sono troppo testardo per rinunciare. Se comincio qualcosa, devo portarla a termine. Rovinerò suo padre. Lei è solo parte del lavoro. Una parte molto piacevole, misteriosa, frustrante.

La sera la chiamo non appena arrivo a casa. È strano parlare al telefono con lei mentre sono nel mio appartamento. Quasi come se potesse vedermi e capire cosa sto facendo.

Saige non verrà mai qui.

«Pronto?» risponde con un tono dolce e pacato. Sa che sono io.

«Buonasera, Saige Beaumont. Mi hai chiesto di chiamarti, ed eccomi qui, a mantenere fede alla mia promessa.» Mi sdraio sulla mia vecchia poltrona di pelle e sorseggio della birra ghiacciata. Credo che me la caverò meglio stavolta. È più facile pensare lucidamente quando Saige non è di fronte a me a incasinarmi il cervello.

«Bene, mi fa piacere sapere che rispetti la parola data.»

«Sempre.» Come le ho dimostrato la notte scorsa. Non ha ancora parlato di quello che è successo e comincio a chiedermi perché. È forse a disagio? L'ho spinta troppo oltre? O aspetta che lo faccia io?

«È una qualità che apprezzo in un uomo. Molti dicono cose che non faranno mai.» Ottimo, pare che mi stia guadagnando la sua fiducia.

«Affidabile è il mio secondo nome» scherzo.

«Qual è il tuo secondo nome? Quello vero, intendo.»

«Non ce l'ho. Solo Quinn Brand.» Un'altra bugia. Il mio secondo nome è Hudson, come mio nonno. «Qual è il *tuo*?» Lo so già, ma devo chiederglielo comunque.

«Juliette. Con due *t* e una *e* alla fine. Non come il personaggio di Shakespeare.» Ripeto tra me il suo nome intero, anche se è già da un po' che lo conosco. In qualche modo le si addice.

«E dimmi, cos'hai fatto dopo che sono uscita dal tuo ufficio?» Non ho intenzione di dirle che ero così eccitato che ho dovuto masturbarmi prima di rimettermi al lavoro.

«Oh, le solite cose. Soldi. Numeri. Calcoli noiosi.» Ride sommessamente, come se sapesse che sto mentendo.

«Sono certa che hai passato un pomeriggio terribilmente monotono.»

«È così. E tu?»

«Sono andata a lezione.»

«Quali corsi hai seguito?» Ho imparato a memoria la sua agenda, ma non so molto dei contenuti, di quello che studia esattamente.

«Allora, quello di disegno dal vero, che odio. Credo di averlo scelto perché mi sono detta che non è possibile capire l'arte finché non la si sperimenta in prima persona. Abbiamo ritratto un corpo nudo.»

«Uomo o donna?» non posso evitare di chiederle.

Ridacchia in un modo che non ho mai sentito prima. Adorabile. Civettuolo. Giovane.

«Perché lo vuoi sapere? Saresti geloso se avessi

disegnato un uomo nudo?» No. Sì. No. Decisamente no. Lei è solo parte del lavoro, nient'altro. La gelosia non è ammessa. Ma posso fingere per farle piacere.

«Forse, dal momento che sono quello che ieri sera ti ha scopato contro un muro.» Bevo un altro sorso di birra e aspetto la sua risposta.

«Be', volevo solo sapere se eri un uomo di parola. Nient'altro. A proposito, era una donna.»

«Non ne avevi voglia? Avresti dovuto dirmelo.»

Si mette a ridere.

«Devo ammettere che mi è piaciuto. Il mio vestito però la pensa altrimenti. È tutto strappato e non so proprio come potrei spiegare cosa gli è successo.»

«Te ne comprerò uno nuovo. È colpa mia se si è rovinato.»

«No, non ti preoccupare. La prossima volta indosserò qualcosa di più resistente.»

«La prossima volta?»

«La prossima volta» ripete, perentoria.

«Cosa stai facendo in questo momento?» chiedo. L'ho vista ieri sera. E oggi. Ma la situazione si sta evolvendo in fretta e devo approfittarne.

«Niente. Sto studiando. Vuoi sapere cosa indosso?» dice con voce bassa e seducente.

«Può darsi. Dimmelo.» Sento un fruscio, come se si stesse spostando. Me la immagino sdraiata sul letto con un libro in mano, i capelli sciolti e sparsi sul cuscino.

«Vuoi la verità o posso mentire?»

«In base a ciò che dirai, deciderò se sei sincera.»

«Mi piace l'idea. Vediamo, indosso una vecchia maglietta azzurra che mi hanno dato quando facevo l'animatrice in un campo estivo. È così logora che è diventata trasparente, ma non riesco a decidermi a buttarla via.»

«E sotto la maglietta?»

«Niente.» Chiudo gli occhi e la vedo. Mi sbagliavo, anche solo immaginarla mi annebbia i pensieri.

«Pantaloni?» le chiedo con voce roca.

«Un paio di bermuda del college. Hanno un logo a forma di aquila sui lati. E dei calzettoni neri con dei teschi bianchi.»

Dannazione. Non ho idea se è ciò che indossa veramente, ma non m'importa.

«Sarò da te tra un quarto d'ora per controllare se stai mentendo.» Riaggancio prima che possa aggiungere altro. Devo mettermi addosso qualcosa, quindi mi dirigo verso l'armadio e afferro quello che capita.

In un luogo remoto della mia mente, la mia coscienza mi dice non dovrei essere così impulsivo. La metto a tacere e prendo le chiavi della BMW.

«Sei venuto di corsa?» chiede, aprendomi la porta.

«Sei una bugiarda» dico, squadrandola dall'alto in basso.

«Scusa?»

«Non ci sono teschi sulle calze, ma conigli.» A parte questa piccola svista, il resto è esattamente come l'ha descritto. Ha il viso perfettamente struccato e rilassato. Si fa da parte per farmi entrare.

Il suo appartamento è proprio come me lo immaginavo. Semplice, ma con qualche tocco di originalità. C'è uno svuotatasche a forma di teschio sul tavolino nell'ingresso e il disegno di un cuore sanguinante sopra il divano.

In generale, i colori sono tenui e questi pochi dettagli vivaci risaltano ancora di più.

«Ho davvero detto teschi?» domanda, guardandosi i piedi. «Be', comunque...» aggiunge, ma mi chino e la interrompo baciandole la bocca.

«A cosa devo l'onore?» mi chiede mentre mi tiro indietro. Mi sono trattenuto a stento dal caricarmela in spalla e portarla in camera da letto.

«Ne avevo voglia.» Si passa una mano tra i capelli. Sono per aria, come se si fosse appena alzata.

Indietreggia e mi mostra la casa a gesti.

«Ecco qui. Non pensavo che saresti venuto così presto, ma pazienza.» Non capisco perché si preoccupi. La sua casa è piena di roba, ma ordinata.

«È carino qui» dico, mentre lei indietreggia verso la cucina.

«Ti va di bere qualcosa? Un caffè?» Non sono venuto qui per questo, ma perché no.

«Volentieri» rispondo, mentre comincia ad armeggiare con la macchina dell'espresso.

«Forte» dico, avvicinandomi. Colpisce l'aggeggio con una manata e fa una smorfia.

«Sì, quando funziona. La maggior parte delle volte devo ricordarle chi comanda. Ho provato con frusta e manette, ma non ama le pratiche sadomaso.» Scoppio a ridere.

La colpisce di nuovo e la macchina emette un gorgoglio prima di erogare del liquido scuro.

«Vuoi latte o zucchero?» Scuoto il capo e le prendo la tazzina di caffè fumante dalle mani, mentre ripete il procedimento finché non ne ottiene una anche per sé. Aggiunge un pizzico di latte e zucchero e mescola il tutto con un cucchiaino d'argento che ha preso da un cassetto.

«Forse dovrei cambiarmi» dice, guardandosi nuovamente i piedi. Mi sforzo di non fissare la sua maglietta trasparente. Senza dubbio non indossa niente sotto. Sarò impazzito, ma ho l'impressione che abbia dei piercing sui capezzoli.

«Per me stai benissimo così» dico, sorseggiando il caffè. È dannatamente buono. Non ricordo nemmeno più l'ultima volta che ne ho bevuto uno decente. Scrolla le spalle e gira su se stessa, facendo attenzione a non rovesciare il caffè. La seguo mentre si dirige in salotto. Si siede sul divano e tira su i piedi. Sembra così giovane in questo momento. Giovane e vulnerabile. Giovane, vulnerabile e sexy.

Decido però di fare il gentiluomo e mi accomodo all'estremità opposta del divano, tanto che potrebbe sedersi un'altra persona in mezzo.

Questa volta, il silenzio che cala tra noi è imbarazzante. Bevo un altro sorso di caffè e mi schiarisco la gola.

«Non volevi che venissi? In effetti, mi sono autoinvitato.» Scoppia a ridere.

«Credimi, se non ti volessi qui, non saresti seduto sul mio divano. Mio padre è un uomo molto protettivo e farebbe qualsiasi cosa per me.» Lo so.

«Ah, capisco» dico, come se fosse una novità. «Quindi farei bene a tenere a posto le mani.» Appoggia la tazzina e si inclina verso di me.

«Oh, non saprei. Mi sembra egoista. Vuoi tenere le tue mani tutte per te?» Fa forza sulle braccia e scivola nella mia direzione. Devo mettere giù il caffè per evitare di versarmelo addosso, rovinando l'atmosfera.

«Oh, vuoi che le condivida con te, Saige Beaumont?» Allargo una mano davanti al viso e la guardo attraverso le mie dita.

«Sì, mi piacerebbe molto, Quinn Brand. Voglio condividere ogni cosa con te.» Mi avvicino a lei e mi fermo quando i nostri volti sono distanti solo pochi centimetri.

«Be', sai come si dice.»

«Cosa?» chiede con un sussurro.

«Condividere è amare.» Le prendo il viso con entrambe le mani, attirandolo a me. Stavolta il bacio è dolce. Leggero. Allettante.

Ma l'amore non c'entra. M'interessa solo ottenere ciò di cui ho bisogno.

Lo ripeto tra me mentre Saige mi passa la lingua sulle labbra. Apro la bocca per lasciarla entrare. Ma non le permetterò mai di raggiungere la mia anima. Né a lei né ad altri. L'unica persona che ci è arrivata vicino è Lizzy. Forse Cash. Nessun altro. Ho chiuso quella porta molto tempo fa. Saige si allontana e studia il mio volto.

«Stai pensando a qualcosa.»

Non le rispondo. Si morde il labbro inferiore e si regge sulle braccia. Se prima mi sembrava sexy, adesso lo è ancora di più. È sempre dolce e vulnerabile, ma con un pizzico di malizia.

Mi giro appena e lei si mette a cavalcioni sopra le mie ginocchia. Quando si strofina contro di me, ha la conferma di quanto sia eccitato. Le sue dita s'insinuano sul mio petto e si fermano sulla nuca.

«Cosa vuoi da me?» chiede. Un brivido freddo mi corre lungo la schiena e mi sforzo di rivolgerle un sorriso tranquillo.

«Niente.» Sorride a sua volta e oscilla in avanti il bacino. Trattengo a stento un gemito.

«Bugiardo» dice. «Tutti vogliono qualcosa. Dimmi, che cosa vuoi tu?»

Per un secondo di follia, penso di risponderle sinceramente. Solo per vedere la sua reazione. Non commetterei mai una sciocchezza del genere, ma è la prima volta che penso a quello che succederebbe se lo facessi.

«In questo momento voglio che continui a muoverti così» dico, facendo scivolare le mie mani sul suo corpo. È morbida e generosa sui fianchi, abbastanza per agguantarli. Saige abbassa gli occhi verso di me.

«Sono certa che c'è qualcos'altro che vuoi» insiste.

«Hai ragione. Voglio molto di più da te.» Ancora una volta, le sto dicendo la verità, ma non ha idea di cosa intenda.

«Questo, per esempio?» domanda, baciandomi di nuovo.

«Sì, e anche questo» dico, infilandole una mano sotto la maglietta. Eh sì, i suoi capezzoli sono forati da piccole barre. Se non fossi già duro come una roccia, lo sarei diventato immediatamente. Glieli accarezzo con i pollici, succhiandole il labbro inferiore. Riprende a muovere il bacino e inarca la schiena. Le stringo i capezzoli tra due dita finché non si induriscono e il suo respiro cambia.

Allontana nuovamente la sua bocca dalla mia e ne approfitto per assaporare le sue guance arrossate.

«Che ne dici di continuare a letto?» propone.

«Certo» rispondo. Scende dalle mie ginocchia e, prendendomi per mano, mi conduce verso la sua camera. È semplice e luminosa, con morbide tende bianche che scendono dal soffitto e ricordano un baldacchino. Noto dei teschi neri sulle federe dei cuscini.

Lascia andare la mia mano ed esita per una frazione di secondo prima di cominciare a sfilarsi la maglietta.

«Vieni qui» dico, e lei obbedisce. Saremmo dovuti rimanere in salotto. Non è il tipo di stanza adatta al genere di cose che voglio farle. È troppo romantica, troppo delicata. Questa è una camera per fare l'amore, per accarezzarsi a lungo e per addormentarsi l'uno nelle braccia dell'altra. Non ho intenzione di fare niente di tutto ciò, spero che lei ne sia consapevole.

Avvicina le labbra alle mie e parto all'assalto della sua bocca. Per fortuna, la mia iniziativa sembra essere di suo gradimento. Mi toglie i vestiti di dosso con foga, come se non potesse aspettare un secondo di più. In genere, in queste circostanze cerco di svestirmi il meno possibile, ma con lei è diverso. Sono anni che una donna non mi vede completamente nudo e la sua reazione è esattamente quella che immaginavo.

«Oh, wow!» esclama, indietreggiando per osservarmi meglio. Non avrei mai pensato che mi sarei fatto così tanti tatuaggi, è semplicemente successo. Al momento, circa il settanta percento del mio corpo ne è ricoperto. Ma non ne ho nessuno sulle mani, sul viso o sul collo. Quando porto i miei abiti da lavoro, nessuno immaginerebbe cosa nascondo sotto. Ma ora lei ce li ha davanti e li vede tutti.

Rimango in piedi di fronte a lei con indosso solo i miei boxer. Gli occhi di Saige si soffermano sulle mie spalle, per poi spostarsi sulle braccia e giù per il torace, fino alle gambe. Infine, mi gira intorno per esaminare i disegni sulla mia schiena.

«Mi piacerebbe chiederti cosa significano, ma ce

ne sono così tanti» dice, rimettendosi di fronte a me.

«Hai cambiato idea su di me?» le chiedo. Finalmente torna a guardarmi negli occhi.

«Mentirei se ti rispondessi di no. Ma non penso niente di negativo, se è quello che intendi. C'è qualcosa di particolare in te, Quinn Brand. Sei un uomo decisamente misterioso.» Senti chi parla.

«Sei misteriosa anche tu, Saige Beaumont.» So che ha un tatuaggio sulla nuca, ma mi chiedo se ce ne sono altri che non sono ancora riuscito a vedere.

«Sicuramente meno di te» dice, passando un dito sopra l'usignolo tatuato sul mio cuore. Li ho scelti con attenzione, evitando segni facilmente decifrabili. Niente nomi, né ritratti. Questo è per mia madre. Cantare era ciò che amava di più al mondo. Merda. La mia mente sta vagando di nuovo e non è il momento migliore per abbandonarsi ai ricordi.

«Sono bellissimi» continua, accarezzandomi ancora. Devo smetterla di pensare al passato.

«*Tu* sei bellissima» le dico, sorridendo. Come immaginavo, alza gli occhi al soffitto.

«Un'altra frase fatta.»

«Riuscirò a sfangarla anche questa volta?» chiedo, mettendomi in ginocchio e avvicinando il volto al suo ventre.

«Forse» risponde con un filo di voce. Le bacio l'ombelico e vi infilo dentro la lingua. Rabbrividisce e osservo la sua pelle incresparsi. Continuo a baciarla, scivolando sempre più in basso. Non ho avuto la possibilità di sentire il suo sapore la notte scorsa e da allora non riesco a pensare ad altro.

Geme appena e non posso evitare di sorridere. È la prima volta che la sento mugolare così. Passo la lingua poco sotto l'elastico dei bermuda, per sentirglielo fare di nuovo. Geme ancora e mi prende la testa tra le mani. Se avessi i capelli più lunghi, probabilmente li tirerebbe. Mmh. Potrei farci un pensierino.

Afferro i pantaloncini e comincio a tirarglieli giù, scoprendole i fianchi.

In quel momento, suona il campanello.

. 10 .

Con un gridolino, si allontana da me incespicando e si tira su i pantaloncini. Come se ci avessero colto in flagrante. Mi lecco le labbra, godendomi il suo sapore. Sembra agitata mentre raccoglie la maglietta da terra e se la infila, passandosi poi una mano tra i capelli. Il campanello suona di nuovo.

«Vado a vedere chi è. Rimani qui» dice, sollevando una mano come se stesse parlando a un cane. Mi alzo in piedi, ma annuisco. Mi rimetto i vestiti e mi avvicino alla porta della sua camera, in ascolto. Immagino che sia una consegna o qualcosa del genere, ma poi sento una voce femminile. Non riesco a distinguere le parole, ma capisco che Saige sta cercando di zittirla.

Percepisco dei passi e faccio un balzo indietro, chiudendo la porta. Un secondo più tardi, si spalanca e mi ritrovo faccia a faccia con Lo Hobbes. La riconosco da alcune fotografie di Saige che ho visto in internet.

«Già, sembra proprio che tu sia molto occupata con lo studio» dice, guardando indietro verso Saige. «Ciao, *studio*.»

«Mi chiamo Quinn» dico, porgendole la mano. Me la stringe con forza, a dispetto della sua costituzione esile. È alta quasi quanto me e mi ricorda una delle fate del libro preferito di Lizzy. Ha gambe e braccia lunghe e sottili, e un viso dai lineamenti dolci. Anche se in questo momento la sua espressione non è così amichevole.

Si scioglie i lunghi capelli biondi per rilegarseli in una crocchia.

«Lo» interviene Saige con tono ammonitore. Lo si volta verso di lei.

«Che c'è? Eri così strana in questi giorni e ora so perché.» Mi rivolge un gran sorriso con quelle labbra lucide. Saige mima con la bocca la parola *scusa* da sopra la spalla di Lo. In realtà, la situazione è piuttosto divertente.

«A ogni modo, mi fa piacere conoscere un'amica di Saige» aggiungo.

«A occhio e croce, se fossi venuta un po' prima, penso che ti avrei conosciuto ancora meglio» risponde. Da queste parole, decido che mi piace. Mi fido ciecamente delle mie prime impressioni. Mi hanno ingannato solo una volta. Con Cash.

«C'è mancato poco» dico. Saige sembra meno imbarazzata ora.

«Avevi bisogno di qualcosa, Lo?» La ragazza guarda Saige, poi me.

«Solo questo. Mi piacerebbe farti un po' di domande e dirti di non prendere in giro la mia migliore amica, ma purtroppo devo scappare a lavoro.» Ricordo di aver letto che ha un impiego presso un museo locale come curatrice di mostre. Probabilmente è uno dei motivi per cui va così d'accordo con Saige. Condividono la passione per il passato.

Mi dà un pacca sulla spalla.

«Prova a farla soffrire e dovrai vedertela con me. Ho tre fratelli che mi adorano e che farebbero di tutto per me. Capito?» Non può certo sapere che anch'io ho chi mi guarda le spalle. Mi limito a sorriderle.

«Me ne ricorderò.» Si allontana, sussurrando qualcosa all'orecchio di Saige, che stringe gli occhi. Senza aggiungere altro, si dirige verso l'uscita. La sua risata risuona anche dopo che ha richiuso la porta.

Esco dalla camera da letto e mi fermo di fronte a Saige, in corridoio.

«Scusa. Non immaginavo che sarebbe venuta qui.» Il suo disagio si è trasformato in semplice fastidio.

«È tutto a posto, non è successo niente di grave. Ma temo che, se ti farò del male, non la passerò altrettanto liscia» dico, ridendo.

Saige alza gli occhi al soffitto e si sistema la maglietta, in una strana manifestazione di pudore.

«Non darle retta e non credere a ciò che dice. Io non lo faccio mai.» Le appoggio le mani sulle spalle e solleva lo sguardo.

«Forse abbiamo bruciato un po' le tappe» dico. Per quanto desideri dare sfogo alla mia erezione, guadagnare la stima di Saige è più importante. Devo fare in modo che si fidi di me senza che nemmeno se ne accorga, per poter usare tale fiducia a mio vantaggio.

Si alza sulle punte dei piedi e poi torna giù. Mi chiedo se ha seguito dei corsi di danza da bambina. Sfortunatamente non ho accesso a questo genere di informazioni.

«Sì, forse hai ragione. Stiamo accelerando troppo le cose.» Sospira e torna in salotto.

«Ti va di guardare un film? Oppure potremmo uscire per una passeggiata.» Nel secondo caso, dovrei prima convincere il mio uccello a darsi una calmata.

«Un film va benissimo.»

Venti minuti più tardi, stiamo ancora discutendo su quale film di Hitchcock sia il migliore.

«Stai scherzando?» dice Saige. «Non è *La finestra sul cortile,* ma *La donna che visse due volte.* Devi essere matto se non la pensi così.» Non ci posso credere. Le dico che è lei ad avere perso la ragione se crede che *La donna che visse due volte* sia migliore.

«Lasciamo perdere. Non ci resta che guardarli entrambi e poi vedremo chi ha ragione.» Afferra il telecomando e seleziona *La finestra sul cortile*. L'ho visto così tante volte che lo conosco a memoria.

«Ti sbagli, Quinn Brand» dice, mentre battendo i piedi per terra si dirige verso la cucina per preparare dei popcorn. Non la smette di sorprendermi. Non appena mi sembra di averla inquadrata, si trasforma in qualcos'altro. Provare a capirla è come cercare di trattenere l'acqua nella mano tenendo le dita divaricate. Continua a sfuggirmi. La cosa dovrebbe preoccuparmi, ma sono troppo avvinto dalla misteriosità di questa ragazza. Sarà senz'altro un problema, ma ci penserò più avanti.

«Burro?» grida da sopra lo scoppiettio dei popcorn.

«Sì! E sale!» grido a mia volta. A dire il vero, preferisco metterci solo il sale, ma vanno bene anche con il burro.

«Vuoi qualcosa da bere?»

«Un po' d'acqua, grazie.» Torna in salotto con una gigantesca ciotola blu in una mano e un bicchiere nell'altra. Regge un altro bicchiere tenendolo incastrato tra il fianco e il braccio. Mi alzo per prenderlo, in modo che non cada.

«Potevi avvisarmi che avevi bisogno di una mano» le dico mentre torna a sedersi sul divano con le gambe piegate di lato. Sistema la ciotola nel mezzo e noto che ci è andata pesante col burro. Fattene una ragione, Quinn.

«In genere ci metto molte più cose, ma non sapevo cosa ti piace» dice, prendendone una manciata.

«Cosa ci metti?» Tengo gli occhi incollati allo schermo, ma la mia attenzione è su di lei.

«Scaglie di cioccolato, caramello, salsa piccante, peperoncino, glassa, tutto quello che vuoi. Un giorno voglio farti assaggiare la mia ricetta preferita. Ti cambierà la vita.» Ne prendo anch'io una manciata e cerco di non fare smorfie.

«Non mi attira molto» dico. Sono un purista del cibo, preferisco la semplicità.

«Già, be', anche qui ti sbagli. Ti sbagli su un mucchio di cose, Quinn Brand.» Scuoto il capo e prendo un'altra manciata di popcorn.

«E tu vuoi avere sempre ragione, Saige Beaumont.» Non so perché mi piace dire il suo nome per intero, ma ormai è diventata un'abitudine.

«Io *ho* ragione. È diverso.» Lancia un popcorn in aria e lo afferra con le labbra. Mi sorride, stringendolo tra i denti.

«Vedremo» dico.

So di trascorrere troppo tempo con lei. Il piano è conquistarla, ottenere ciò che voglio e filarmela. Invece con Saige sto divagando. Forse perché stavolta è diverso. Lei è diversa. Stranamente, riesce sempre a spiazzarmi. E la cosa non è del tutto spiacevole. Dopo tutti questi giorni passati a fare sempre le stesse cose, finalmente una nuova sfida. Una boccata d'aria.

Abbiamo guardato entrambi i film e l'ora di cena è passata da un pezzo. Per un attimo sono tentato di chiederle se vuole cenare fuori, ma non voglio esagerare. Metto nel lavello la ciotola vuota e i bicchieri. Saige si alza e mi segue in cucina.

«Non ce n'era bisogno.»

«Lo so» dico. Se c'è una cosa che ho imparato sulle donne, è che i piccoli dettagli fanno la differenza. Sparecchiare, portare fuori la spazzatura.

Si appoggia sul piano di lavoro e si avvolge una ciocca di capelli attorno a un dito.

«Sei diverso dagli altri, lo sai?» Non immagina neppure quanto sia vero.

«Anche tu.»

Mi asciugo le mani su un canovaccio decorato da papaveri rossi e sospiro.

«Meglio che vada ora» dico. Mi stupisco di quanto mi costi pronunciare queste parole. Vorrei potermele rimangiare nell'istante stesso in cui le ho dette.

«Sì, hai ragione. Tra l'altro, non era del tutto una bugia, dovrei davvero studiare stasera.» Segue un silenzio imbarazzante, che rompo chinandomi in avanti e baciandole una guancia.

«Chiamami» dico, prima di dirigermi verso la porta. Saige mi segue e vorrei voltarmi, spingerla contro la credenza e scoparla per tutta la notte. Ma non lo faccio. Sembra voler aggiungere qualcosa, invece serra le labbra e sorride.

«Ci vediamo presto» dice semplicemente, richiudendo la porta.

Sospiro e comincio a scendere le scale.

Non appena salgo in macchina, chiamo Cash.

«Cosa c'è che non va? Hai una voce strana» mi chiede ancora prima che possa dirgli il motivo della mia telefonata.

«La mia voce è strana? Di che diavolo parli?» Sarei tentato di chiamare un taxi, ma una passeggiata dall'autosilo fino a casa mi farà bene. Placherà il fuoco che Saige ha acceso dentro di me. Quando chiudo gli occhi, vedo solo il suo viso, il suo seno, i suoi capezzoli forati, come se fossi ancora in ginocchio davanti a lei. La desidero, ma chi non la desidererebbe? Io sono un uomo e lei è una donna. Pura biologia.

«Non importa. Che c'è di nuovo?» Mmh. Cash non si fa mai problemi a dirmi ciò che pensa, ma stavolta fa marcia indietro.

«Volevo solo dirti che l'ho vista di nuovo. Noi, ehm, abbiamo quasi fatto sesso, ma poi è arrivata Lo. Credo fosse preoccupata perché Saige non le ha raccontato niente di me. Quindi ha pensato bene di farle un'improvvisata.» Cash ride.

«Ah, così ti sei dovuto fermare sul più bello. Avresti potuto chiederle di unirsi a voi.» Qualcosa mi dice che né Saige né Lo sono il genere di ragazza che ama condividere in camera da letto.

«Non penso che sarebbe stata una buona idea.»

«Peccato. Anche la sua amica è piuttosto sexy, se ricordo bene.» Alzo gli occhi al cielo e cerco di riportare l'attenzione di Cash su argomenti più seri. A volte pensa troppo con l'uccello invece che con la testa.

«Be', tienimi aggiornato. Oh, Track sta raccogliendo informazioni sul prossimo bersaglio.» Il prossimo bersaglio. Non riesco nemmeno a pensarci adesso. Sono troppo concentrato sulla missione attuale.

«Ne parleremo a tempo debito. Potremmo doverci trasferire a breve.» Temo che dopo questo lavoro, sarà necessario tagliare la corda.

«D'accordo. Ehi, ci vediamo martedì?»

«Sì, a martedì.» Arrivo nell'autosilo, mi tolgo l'abito da lavoro e mi rimetto i jeans e la felpa.

Guardo lo schermo del cellulare e mi viene voglia di chiamare Saige. Subito dopo vorrei prendermi a schiaffi. Cosa diavolo mi prende? Non la vedo da meno di un'ora e mi sento già come un drogato in crisi d'astinenza.

Ho urgente bisogno di disintossicarmi. Devo distrarmi questo fine settimana, per tornare in pista con la mente lucida.

Passeggio fino a casa, ma non mi fermo. Continuo a camminare. Il mio stomaco brontola, ma può aspettare. L'aria gelida mi rinfresca la pelle. Mi aiuta a calmare i pensieri bollenti che mi tormentano. Devo togliermi dalla testa le sue labbra rosse, la sua pelle bianca, il suo sapore. Per non parlare della sensazione che ho provato nello scivolare dentro di lei, facendola gemere.

Dannazione.

Devo piantarla.

Cerco di pensare ad altro e un ricordo di mia madre mi attraversa la mente. È in cucina e canta mentre spazza il pavimento. Quando ero piccolo, pensavo che fosse come Cenerentola, perché cantava mentre sbrigava le faccende di casa e aveva i capelli biondi. Non ho preso i suoi colori, ma ho i suoi stessi lineamenti.

Quando penso a lei, cerco di ricordarla così. Una scopa in mano, la sua voce cristallina che risuona nella stanza e il sole che filtra dalle finestre facendole risplendere i capelli.

Ma poi questa immagine cambia bruscamente e la vedo stesa su quello stesso pavimento. Morta. I suoi occhi azzurri aperti e senza vita. I capelli intrisi di sangue rosso e appiccicoso.

Scuoto il capo un paio di volte, ma non serve a niente. Continuo a camminare per inerzia finché mi rendo conto che è tardi. Dovrei andare a casa. Dare da mangiare a Leo. Dormire.

Sospirando, faccio dietro front e torno verso il mio appartamento.

La solitudine mi assale. Certo, ci sono Cash e gli altri. C'è Lizzy. Ho sempre pensato che per essere forti non bisogna avere bisogno degli altri. Non posso permettermi di affezionarmi troppo a qualcuno, perché le persone a cui tengo prima o poi mi vengono portate via. Lizzy è la sola eccezione.

Sento il cellulare vibrare nella tasca e immagino sia Cash. No. Un altro SMS dal mio persecutore.

Non avrai pensato che mi sarei arreso così facilmente, vero?

«Cazzo» dico tra i denti. Questo stronzo non ha intenzione di smetterla.

Affretto il passo verso il mio appartamento, in allerta. Non appena entro in casa, chiudo a chiave tutte le porte e le finestre. Non ho paura, sono solo prudente. Afferro un altro cellulare usa e getta e chiamo Cash.

«Che c'è?» chiede con un tono vagamente infastidito.

«Ho ricevuto un altro SMS.» Lo sento imprecare.

Poi percepisco un fruscio e una voce di donna. Oh.

«Aspetta un attimo» dice. Seguono dei rumori ovattati, poi riprende in mano il cellulare.

«Stavi facendo qualcosa?»

«Qualcuno, a dire il vero» mi corregge con voce divertita. Cash non ha problemi a portarsi a letto chi vuole. Le donne impazziscono per lui.

«E mi hai risposto lo stesso. Sono commosso» dico.

«Chiudi il becco. Sarebbe stato meglio se avessi aspettato qualche minuto, ma sopravvviverò. Non credo che andrà da nessuna parte. La sto trattando bene. Sarò lì tra poco» continua. Ho l'impressione che sia stanco.

«Sai che ti dico, non preoccuparti. Ci penseremo domani. Torna da lei.» Non avrei dovuto chiamarlo. Sono in grado di difendermi da solo se questo tipo si dovesse presentare a casa mia. Non c'è bisogno che Cash venga qui a tenermi la mano, come fossi un marmocchio.

«Sei sicuro?»

«Sì. Non c'è problema.»

«Okay. Grazie amico, ti devo un favore.»

«Come vuoi. Almeno uno di noi farà sesso stasera.»

«Potresti farlo anche tu, se volessi. Ho sentito dire che una ragazza dai capelli rossi ha un cotta per te.» Alzo gli occhi al soffitto. Mi sembra un ragazzino delle medie.

«Sta' zitto e scopati la tua ragazza.»

Riaggancia senza aggiungere altro. Leo si avvicina e si struscia contro la mia gamba. Vado in cucina per dargli da mangiare.

Il vecchio cellulare usa e getta vibra di nuovo.

Ti spaventi per così poco?

No, non ho mai paura. Non più. Sono solo seccato. Contro ogni buonsenso, decido di rispondergli.

Non ho paura di niente, men che meno di te.

Mi tremano le mani e sento il fastidio trasformarsi in rabbia. Tiro fuori dall'armadio il mio sacco da boxe da pavimento. Mi scaldo per qualche minuto e poi comincio una sequenza di colpi, montanti, ganci e calci.

In men che non si dica, sto grondando di sudore e continuo a strofinarmi gli occhi. Del sangue mi fuoriesce dalle nocche sbucciate e so che domani mi faranno male. Bene. Mi piace avere qualcosa da mostrare dopo un buon allenamento.

Ci do dentro finché resisto, poi faccio una pausa appoggiando le mani sulle ginocchia e riposando i miei polmoni stanchi.

Quando mi raddrizzo, mi accorgo che Leo mi sta osservando. Ha la testa inclinata di lato, come a chiedersi cosa diavolo significa tutto questo casino.

«Tu hai gli artigli. Io no» dico, facendo una smorfia. Non voglio essere quel genere di persona che parla con il proprio gatto. Ovviamente Leo non mi risponde, ma corre verso di me e mi porta la palla. Crollo sul divano e gliela tiro.

La riporta indietro e me la lascia cadere in grembo. Forse dovrei farmi una doccia e andare a letto, ma la mia mente gira ancora a vuoto.

Ho bisogno di prendere aria. Di distrarmi. Anche se sono appena rientrato, mi alzo di nuovo. Leo piagnucola, ma lo accarezzo e gli do qualche crocchetta.

«Mi dispiace» dico, chiudendo la porta e dirigendomi verso l'autosilo per prendere di nuovo la BMW.

All'improvviso cambio idea.

Opto per la Rolls-Royce. È la macchina più costosa che abbiamo ed è riservata alle occasioni speciali. Ma stasera ne ho bisogno. Abbasso la capote e ascolto il ronzio del motore mentre guido in direzione dell'appartamento di Saige.

. 11 .

È molto tardi, ma le luci sono accese. Se lei può sorprendermi, posso farlo anch'io. È solo che... ho bisogno di vederla. Non so spiegare il perché.

Suono il citofono e il portone si apre. Buon segno. Busso alla sua porta, che si spalanca immediatamente. Si è cambiata i vestiti, ma il risultato è più o meno lo stesso. Indossa un'ampia maglietta scollata e un altro paio di pantaloncini. I capelli sono disordinatamente raccolti in una crocchia e ha gli occhi un po' gonfi.

«Scusa» mi lascio sfuggire. Mi sto comportando da vero idiota. Cosa cazzo mi succede?

«Sei fortunato che ero ancora in piedi a ripassare, altrimenti non ti avrei fatto entrare. Proteggo gelosamente il mio sonno, quando riesco a dormire» dice, appoggiandosi allo stipite della porta. Vorrei slegarle la crocchia, passarle una mano tra i capelli e riprendere il discorso interrotto prima da Lo.

«Non so nemmeno io perché sono venuto qui» confesso, rimproverandomi subito dopo per essere così sincero con lei. Sbadiglia e si strofina gli occhi.

«Be', ormai ci sei. Cosa vuoi?» Non immagina nemmeno come sia difficile per me rispondere a questa domanda. Non sarei dovuto venire. Riesco a malapena a respirare con lei davanti.

Mi sta di nuovo incasinando il cervello.

«Ti va di fare un giro in macchina con me?» Le mostro le chiavi.

«Un giro in macchina con te?»

«Sei mai stata su una Rolls-Royce?» Questo sembra motivarla un po'.

«È la macchina preferita di mio padre. Me l'ha prestata per il ballo della scuola quando ero all'ultimo anno.» Le rivolgo un sorriso a trentadue denti e le porgo una mano.

«Dai, vieni. Potrei anche decidere di lasciarti guidare.»

Sorride a sua volta e afferra il cappotto dal gancio vicino alla porta.

«Ho una sola richiesta» dico, senza riflettere.

«Quale?» domanda, abbottonandosi il cappotto. I suoi pantaloncini sono così corti che sembra non indossi nulla sotto. Dannazione. Ci mancava solo questa.

«Voltati.» Saige mi accontenta, perplessa.

Afferro l'elastico che le tiene raccolti i capelli e lo tiro finché non le ricadono sulla schiena.

«Ecco» dico. Volta la testa e mi guarda da sopra una spalla. Trattengo il fiato e le porgo l'elastico.

«Tutto qui?» chiede, infilandoselo in tasca.

«Sì» rispondo, dandole le spalle. Mi segue fuori dal palazzo e le apro la portiera della macchina.

«Wow, è fantastica!» esclama, sfiorando con un dito il cofano.

«Deve esserti costata un bel po' di soldi.» Quest'auto fa parte del nostro arsenale solo per volere di Cash. Ce l'ha proposto e nessuno dei ragazzi ha obiettato.

«Un bel po'» concordo. Saliamo e abbasso la capote. Ecco perché ho voluto che si sciogliesse i capelli.

«Se hai freddo, c'è una coperta sul sedile posteriore» dico, pensando alle sue gambe nude.

«Sto bene così» risponde, osservando il cruscotto e il resto della macchina.

«A mio padre piacerebbe un sacco.» Rabbrividisco tra me. Non voglio parlare di suo padre ora. Accendo il motore e Saige si sistema sul sedile, soddisfatta.

«Quanto tempo abbiamo? Non voglio che tu rimanga indietro con lo studio a causa mia.» Non me ne frega un cazzo dei suoi esami, ma voglio che pensi il contrario.

«Ho quasi finito. Possiamo stare in giro quanto vuoi.» Non mi piace sentirla parlare così. Se seguissi davvero il mio istinto, guiderei a oltranza per non tornare più. In questo momento ci sono solo lei e questa macchina. Ma le cose non sono mai così semplici. Dovrei passare a prendere Leo. E Lizzy. Dovrei andare da Lizzy.

Nei romanzi e nei film, la gente parte lasciandosi tutto alle spalle. Ma questa è la vita vera. Ci sono rapporti, obblighi e legami che non possono essere recisi. Non lascerò che Saige diventi uno di questi. Ma stasera voglio portarla a fare un giro in macchina. Nient'altro.

M'immetto in strada e comincio a guidare. Mi dirigo fuori città e Saige rimane in silenzio. Mette i piedi sul sedile e si appoggia allo schienale. I suoi capelli svolazzano per aria e mi sforzo di non guardarla in continuazione. Quando i fari delle altre auto cominciano a diminuire, lascio sfogare il motore.

Schiaccio il piede sull'acceleratore e Saige ride quando la macchina schizza in avanti. Tira su le braccia e lancia un grido.

Non riesco a non sorridere quando si volta verso di me, raggiante.

Vedo un cartello poco più avanti. Continuando così, raggiungeremo il mare.

«Questa macchina è strepitosa. Non sono riuscita a godermela la sera del ballo. Ero così preoccupata di rovinarla, che ho guidato a passo di lumaca» dice, mentre rallento ed esco dall'autostrada.

«Non la uso spesso, solo nelle occasioni speciali.»

«Ma davvero? E cosa rende questa un'occasione speciale?»

«Dimmelo tu.» Svolto a sinistra in una via residenziale. Le luci delle case sono spente, s'intravede solo il bagliore dei televisori o delle abat-jour sui comodini.

«No, voglio sapere cosa pensi tu» ribatte, cercando inutilmente di togliersi i capelli dagli occhi. «Se te lo dico prima io, posso legarmi i capelli?»

«Certo» rispondo.

In un batter di ciglia, se li raccoglie nuovamente in una crocchia.

«È un'occasione speciale perché... c'è la luna piena.» Sollevo lo sguardo e mi accorgo che ha ragione. Come ho fatto a non notarlo?

La luna è luminosa nel cielo e inonda la sua pelle di luce bianca.

«E poi?»

«E poi cosa? Non ti sembra una ragione sufficiente?»

«Immagino di sì.»

«Tocca a te» dice, scostandosi dal volto una ciocca ribelle.

«È un'occasione speciale perché...» Non voglio dirle la verità, ma non mi viene in mente nient'altro.

«Perché sei qui con me» ammetto alla fine.

Ride di nuovo.

«Ti piacciono proprio le frasi fatte, Quinn Brand. Ma in qualche modo ti credo quando me le dici. Sei sincero, vero?» Ora vorrei ridere io. Non sospetta nemmeno cosa ho in mente.

«Sarò quello che tu vorrai, Saige.» Sbuffa, ma in modo simpatico.

«Sei tremendo, lo sai?» Sì. Lo so. Più di quanto non possa immaginare.

Rimaniamo nuovamente in silenzio. Aspetto che mi chieda dove stiamo andando, ma non lo fa. O lo immagina, oppure non le importa.

Finalmente mi fermo in un parcheggio vuoto vicino a una spiaggia. Le dune di sabbia mosse dal vento e la luce lunare danno l'impressione di essere su un altro pianeta.

Si volta verso di me mentre spengo il motore.

«Ti va di fare una passeggiata?» Sorrido, pensando a cos'è successo l'ultima volta che le ho posto la stessa domanda.

«Certo» risponde, mentre scendiamo entrambi dall'auto. Si sfila le scarpe e le sistema accanto alle ruote. Faccio la stessa cosa, poi mi chino e mi rimbocco i jeans più che posso prima di prenderla per mano e incamminarmi verso la rampa di legno che porta alla spiaggia.

«Non so mai stata in riva al mare a quest'ora» dice, ispirando profondamente. Il profumo dell'oceano impregna l'aria. È uno degli odori che preferisco al mondo. A mia madre piaceva portarci in spiaggia. Ci rincorreva con la crema solare, mentre io aiutavo Lizzy a fare castelli di sabbia, prima di andare verso gli scogli a caccia di granchi.

«Ehi» dice Saige, stringendomi la mano e riportandomi al presente.

«Ehi» ripeto, sorridendole.

«Ti sei di nuovo perso nei tuoi pensieri.»

«Mi hai beccato» dico. Forse non sa leggermi nella mente, ma ci va dannatamente vicino.

«Non c'è problema. So che c'è molto fermento da queste parti.» Mi dà due colpetti sulle tempie, lasciando poi scivolare le dita verso la nuca. Rimango immobile a godermi il suo tocco. È così dannatamente piacevole.

«Probabilmente meno di quanto immagini» dico. Saige lascia ricadere la mano.

«Fai il modesto ora? Interessante.» Non capisco cosa ci trovi di interessante. Mi limito a continuare a camminare e lei mi segue.

La sabbia è gelida senza il calore del sole e spero che non le dia troppo fastidio.

«Vuoi vedere quanto è fredda l'acqua?» le chiedo e ci avviciniamo alla riva. Immergiamo le dita dei piedi e sento Saige trattenere il fiato.

«Sì, è pungente. Non credo che riuscirei a entrarci» dice, facendo una smorfia. «Non so come fa la gente a tuffarsi nell'acqua ghiacciata. Per quanto ne so, è il modo più sicuro per morire assiderati.» Vado avanti finché l'acqua non mi arriva alle caviglie. I miei piedi sono già intorpiditi e mi chiedo cosa accadrebbe se continuassi a camminare fino a scomparire tra i flutti.

«Sei matto» la sento gridare dietro di me. Mi volto e la guardo da sopra la spalla. Si circonda il busto con le braccia. Sta congelando.

«No. Mantengo il sangue freddo» rispondo, con un sorriso.

Alza gli occhi al cielo.

«Vieni, camminiamo un po', così ci scaldiamo.»

Esco dall'acqua e stavolta resto dietro di lei, evitando di proposito di calpestare le impronte che lascia sulla sabbia. Ha dei piedi eccezionalmente piccoli.

«Vuoi la mia giacca?» chiedo.

Scuote il capo.

«No, va meglio adesso che ci siamo allontanati dalla riva.»

Camminiamo in silenzio. Il rumore delle onde mi calma e mi rendo conto di essermi comportato da stupido. Non avrei dovuto tornare da lei. Spero non pensi che sono disperato. O quel tipo di uomo che impone la sua presenza. Anche se è proprio quello che ho fatto, a dire il vero. Non voglio che si accorga che sono ossessionato da lei. Questo tipo di infatuazione è pericolosa e probabilmente la farebbe allontanare.

In poche parole, devo darmi una calmata.

Mi urta leggermente una spalla con la sua.

«A cosa stai pensando?»

«Niente di importante. E tu?»

Sospira.

«Non ti piacciono le domande personali, vero?» Sì, è così. Non voglio rischiare di dirle per sbaglio la verità. Di nuovo.

«A chi piacciono?» Sale sopra un mucchietto di alghe.

«Per alcune persone è indifferente. Poi ci sono quelli che non si stancano mai di raccontarti della loro vita. Infine, c'è la gente come te che fa di tutto per non rispondere.»

«Capisco cosa intendi. È solo che... non voglio che

gli altri si intromettano nelle mie faccende personali.» Non volevo essere così brusco, ma non sembra offesa.

«Mi va bene. Per ora. Ma un giorno mi verrà voglia di aprire la tua testa per vedere cosa c'è dentro, Quinn Brand.» Mi sorride e non riesco a impedire che un brivido mi corra lungo la schiena.

«Sembra doloroso» dico.

«Conoscere qualcuno alle volte può esserlo.» Arriviamo fino in fondo alla spiaggia e mi pare stia morendo di freddo, nonostante quello che mi ha detto prima.

«Torniamo indietro?» dico mentre facciamo dietro front in direzione del parcheggio. Si stringe nelle spalle e infila le mani nelle tasche del cappotto.

«Okay» dice. «Forse avrei dovuto mettermi dei pantaloni.»

«Mi dispiace, avrei dovuto avvisarti.»

«Non fa niente.»

Arriviamo alla macchina e le apro la portiera. Mi affretto poi a scivolare nel sedile del guidatore e ad accendere il motore per mettere in funzione il riscaldamento. Rabbrividisce mentre tiro su la capote.

I bocchettoni soffiano aria calda e vi poggia sopra le dita.

«Perché sei tornato da me?» mi chiede con un filo di voce, tanto che a malapena riesco a sentirla. Non so davvero cosa risponderle. Non mi viene in mente niente di sensato.

«Non so lo» dico infine. «L'ho semplicemente fatto.» Annuisce e sembra soddisfatta della mia risposta.

«Ne sono felice. Temevo che le cose tra noi potessero diventare... strane, dopo il nostro primo appuntamento. In genere non mi comporto così, lo sai.» In realtà, non lo so. Conosco molti aspetti della sua vita, ma non questo.

«Avevo paura che non volessi più rivedermi, che si trattasse di una botta e via.»

Sbuffa e si appoggia nuovamente allo schienale.

«Posso farti una domanda, Quinn Brand?»

«Certo.»

«Chi sei davvero?» Mi si gela il sangue nelle vene, ma riesco a soffocare l'ondata di panico. Non può sapere cosa mi sta chiedendo. Mi sforzo di sorriderle prima di parlare. Per fortuna è buio e non siamo troppo vicini, altrimenti potrebbe accorgersi che il cuore mi sta martellando nel petto.

«Sono un uomo che ti trova dolorosamente bella.» Lo è davvero. L'avevo notato quando l'ho vista per la prima volta in quelle fotografie e ne sono sempre più convinto ora che ce l'ho davanti. Spaventosamente, tremendamente, dolorosamente bella.

Mi dà un pizzicotto sul braccio e alza di nuovo gli occhi al cielo. «Uno di questi giorni riuscirò a farti dire qualcosa di diverso da una frase fatta. Uno di questi giorni, Quinn.» Forse. Ma lo dubito.

«Te la sei scopata al primo appuntamento? Ben fatto, amico» dice Row, sollevando un palmo. Gli lancio un'occhiataccia, ma gli batto comunque il cinque.

«Com'era? Tralascia pure i dettagli» interviene Track, rabbrividendo. «Le passere non fanno per me.»

«Lo *sappiamo*!» esclamano all'unisono Hardy, Row e Baz, alzando gli occhi al cielo.

«Preferisco gli stalloni, come sapete» dice, guadagnandosi un paio di scappellotti, mentre afferra con agio una bottiglia che qualcuno gli ha lanciato.

«Smettila di parlare di cazzi e torniamo alla ragazza» dice Baz.

«Volete che vi racconti tutto nei minimi dettagli?»

«Solo i passaggi piccanti» risponde Cash, sgranocchiando rumorosamente una tortilla.

«Oh, forse avrei dovuto riprendere la scena col mio cellulare, così avreste potuto godervela» dico. Non so perché improvvisamente mi dà fastidio condividere la mia avventura con Saige. In genere, ci raccontiamo tutto delle nostre conquiste, ma questa volta non mi sembra giusto. Non mi va. Voglio tenermi stretto quel momento di passione con lei. Sono pentito perfino di averne parlato con Cash. Ma è troppo tardi per tornare indietro.

«Stiamo solo scherzando, amico. Datti una calmata» mi ammonisce Cash. Non mi piace che parlino di lei in questo modo, ma è meglio lasciare perdere.

«Certo. A ogni modo, tutto procede per il meglio. Non appena avrò altri dettagli, vi farò sapere. Qualcun altro?»

Track apre la bocca e comincia a parlare. Mi lancia un'occhiata e gli rivolgo un cenno di ringraziamento. Poi è il turno di Hardy. Soldi, soldi, soldi. Fanno andare avanti il mondo.

Mi distraggo un attimo mentre gli altri parlano della nostra prossima mossa dopo il signor B. Non è ancora il momento di votare, ma dovremo presto occuparci della questione.

«A proposito, ho bisogno di soldi» dice Baz.

«Per che cosa?» chiedo.

«Niente di particolare. Mi servono e basta.» La sua risposta evasiva ci lascia interdetti.

«Quanto?» chiede Hardy.

«Mezzo milione.»

«Cosa diavolo ci devi fare con mezzo milione? Non puoi chiederci una somma del genere senza darci una spiegazione. Non usiamo un centesimo del nostro denaro senza prima averne parlato insieme. Questi sono gli accordi. Lo sono sempre stati.»

«Non sono cazzi vostri! Datemi solo quei fottuti soldi!» Si alza in piedi e rimaniamo tutti un po' scioccati dalla sua sfuriata. Ci ha già chiesto un prestito in passato, ma non è mai stato così aggressivo. Ci guarda strizzando furiosamente i suoi occhi celesti.

«Calmati, amico» dice Cash, posandogli una mano sulla spalla. Baz se la scrolla di dosso e inizia a passeggiare per la stanza. Row e Hardy si lanciano un'occhiata. Onestamente, trovo inquietante la strana intesa che esiste tra gemelli. Come se fossero un cervello in due corpi.

«Mi servono, okay? Vi sto solo chiedendo un favore. Non succederà più, ma ora ne ho bisogno.» Questa sua disperata richiesta di denaro può voler dire solo due cose: o è nei guai, oppure deve aiutare qualcuno a cui tiene. Non parla mai della sua famiglia. In merito alle nostre vite personali, seguiamo la politica del *tu non chiedi, io non dico.*

Guardo gli altri. È chiaro che fa sul serio e che non ha alcuna intenzione di darci spiegazioni.

«La mettiamo ai voti?» propongo.

«Siamo tutti a favore?» I ragazzi alzano la mano. Tranne Baz, ovviamente. Se ne rimane lì impalato a fissarci, incredulo.

«Okay, la richiesta è accettata all'unanimità. Hardy, ci pensi tu?» Annuisce e Baz crolla sul divano con un tonfo.

«Grazie» dice a voce così bassa che a malapena riesco a sentirlo.

«Prego. Ma sappi che si tratta di un'eccezione. E vedi di non combinare casini.» Spero che servano piuttosto a togliere lui o qualcun altro dai guai.

Track si alza per andare a prendere qualcosa da bere. Si schiarisce la gola e chiede se qualcun altro vuole una birra.

Così facendo, stempera la tensione e mette fine alla parte più seria della nostra riunione. È vero, lavoriamo insieme per raggiungere degli obbiettivi comuni, ma ci vogliamo bene. Si può dire che sono i miei fratelli. La mia famiglia.

Sono l'ultimo ad andarsene. Mentre mi dirigo verso la porta, Cash mi afferra per un braccio.

«Ehi, c'è qualcosa che non va? Sembri un po'... fuori fase.»

Merda. Non mi va di parlarne.

«Nessun problema. Davvero. Sono solo stanco.» Mi scruta per qualche secondo, poi sorride. Ha sempre un'espressione così dannatamente felice. Cash è talmente bravo a fingere di essere allegro, che non sempre riesco a capire quando lo è davvero.

«Meglio così, ero solo preoccupato per te.» Mi dà una pacca sulla spalla e mi tiene la porta aperta.

«Be', non ce n'è bisogno» dico prima di scendere le scale e di uscire nella notte.

. 12 .

«Sei libero a pranzo?» mi chiede Saige al telefono dell'ufficio.

«Perché? Hai qualcosa da propormi?» rispondo. Per fortuna non sono con un cliente, così posso parlarle liberamente.

«Be', ho appena finito una lezione e pensavo che forse ti andrebbe di mangiare qualcosa con me in un piccolo locale messicano appena fuori dal campus. Ma se sei *terribilmente* impegnato, me ne farò una ragione.» L'ultima frase trasuda sarcasmo.

«Credo si possa fare.» Saige mi detta l'indirizzo e lo digito sul cellulare per vedere dove si trova. Dovrò prendere un taxi per arrivarci.

«Ci vediamo lì tra dieci minuti?» dico. Chiudo la chiamata e mi rendo conto di star sorridendo. Devo assolutamente smetterla. Lei fa parte della missione. È solo un bersaglio. Be', la figlia di un bersaglio. Nient'altro. Quando sarà finita, non penserò più a lei. Esattamente come è successo con le altre. I loro nomi, i loro volti, i loro corpi si confondono nella mia mente. Non ricordo nemmeno più quante ce ne sono state. Dovrei sentirmi in colpa per questo, ma non è così.

Ci rifletto un attimo mentre infilo il cellulare nella tasca della giacca ed esco per incontrare Saige.

Ma, poco dopo, il suo viso mi riempie il cervello e cancella tutto il resto.

«Ti sfido» mi dice Saige quando ci servono i nostri taco con tre tipi diversi di salse. Dolce, media ed estremamente piccante.

«Dopo di te» rispondo, prendendo la ciotola di quella più forte.

«Affare fatto.» Immerge la forchetta nella salsa e la lascia gocciolare sul suo taco. Faccio lo stesso ed entrambi ce lo portiamo alla bocca.

«Pronto?» chiede.

«Prontissimo» rispondo, e lo addentiamo contemporaneamente. Merda, non era uno scherzo. Non faccio la femminuccia quando si tratta di mangiare piccante, ma porca troia!

Mastico e ingoio, ma non posso evitare di tossire. Mi si inumidiscono immediatamente gli occhi e lascio cadere il taco nel piatto per afferrare il mio bicchiere d'acqua. So che non servirà a niente, ma non mi viene in mente altro.

«Cristo santo» tossisce Saige. Non riesco a vederla attraverso le lacrime, ma immagino sia nelle mie stesse condizioni.

Che dolore. Se non stessi così male, riderei della sua imprecazione.

Ci vuole un po' di tempo per tornare a respirare normalmente e per riuscire a vedere di nuovo.

«Avete provato la nostra salsa *estremamente piccante*, vero?» ci chiede la nostra cameriera, portandoci un rifornimento d'acqua. Sbatto più volte le palpebre e sorride.

«Già» provo a dire, prima di svuotare nuovamente il bicchiere.

«Be', non dite che non vi avevamo avvisato» ci canzona la ragazza, dirigendosi verso un altro tavolo.

«È stata una pessima idea» commenta Saige, con gli occhi rossi. Ho finalmente smesso di piangere e riesco a vederla adesso. Si è lisciata i capelli e li ha raccolti di lato fissandoli con delle mollette. Oggi è vestita in modo casual, indossa dei jeans e una maglietta nera un poco aderente. Questo stile le dona. Porta dei minuscoli orecchini a forma di teschio. Immagino che questo abbigliamento faccia incazzare suo padre e la cosa mi rallegra. Presto, tutto questo non avrà più importanza. Non dopo che avrò finito con lui.

«Sì, proprio una pessima idea» concordo e scoppiamo a ridere entrambi.

«Credo che ora assaggerò la salsa dolce. Sempre che riesca ancora a sentire i sapori.» Nemmeno io sono sicuro dello stato delle mie papille gustative.

Dividiamo la salsa dolce e finiamo i nostri taco. Come dessert, prendiamo una fetta di torta al cioccolato in due.

«Sono così piena che non riesco più a muovermi» dice, appoggiandosi allo schienale della sedia.

«Anch'io. E sono abbastanza certo che ci vorrà un po' per riprenderci da quella maledetta salsa.» Saige fa una smorfia.

«Devi tornare subito in ufficio?» mi chiede. Controllo l' orologio prima di rispondere.

«No, è ancora presto.» È una bugia. Ho un appuntamento tra venti minuti e ce ne vogliono almeno dieci per tornare indietro in taxi. Prendo il cellulare e scrivo un breve SMS a Grace.

«E dimmi, com'è andata oggi a lezione?» domando.

Ho bisogno di avere al più presto maggiori informazioni, in modo da potermi avvicinare a lei.

Mi descrive la sua mattinata e le chiedo come mai ha scelto quel corso di studi.

«Non ne sono sicura. È stata una decisione presa d'impulso. E credo che una piccola parte di me volesse scegliere qualcosa che mio padre avrebbe odiato.» Parla sempre di suo padre, ma mai di sua madre. Mi chiedo se c'è una ragione. Forse potrei usarla a mio vantaggio.

«E ha funzionato?»

Saige ride.

«Sempre. Mi sono guadagnata una paternale. Ma non mi sono lasciata scoraggiare e sono andata avanti per la mia strada. Non sono più una bambina. Posso fare ciò che voglio.» No, decisamente non è più una bambina. Sospetto che, anche se lo fosse, non si lascerebbe mettere i piedi in testa da nessuno.

«E sei contenta della tua scelta» dico. Non è una domanda. Si capisce da come parla delle lezioni. Be', tranne quella di disegno. So che non le piace molto.

«Mi sembra di fare qualcosa d'importante. Può suonare stupido, ma non m'importa. I dipinti sono gli unici documenti che abbiamo in certi casi. Soprattutto di alcuni personaggi storici. Anche se i ritratti probabilmente non sono così fedeli. Ma chi non mette un filtro alle fotografie pubblicate su Instagram?» L'ultima frase mi fa scoppiare a ridere.

«Non hai tutti i torti. E cosa pensi di fare dopo la laurea? Viaggiare? Andare alla ricerca di te stessa?»

Saige serra le labbra.

«Non ne sono ancora sicura. Ci penserò più avanti. Adesso preferisco concentrarmi sul presente.» Sono d'accordo.

«Brindiamo a queste sagge parole» dico, sollevando il mio bicchiere d'acqua. Saige avvicina il suo e poi mi chiede se mi va di fare una passeggiata.

«La prima volta che abbiamo fatto una passeggiata ti ho sbattuta contro un muro» dico, ma non reagisce. Come se si aspettasse questa mia uscita. Dovrò impegnarmi di più per scuoterla.

«Vero» commenta semplicemente, mentre lascio una generosa mancia alla cameriera, anche se si è divertita alle nostre spalle.

«Intendi dire che potrebbe succedere di nuovo?» le chiedo, mentre le tengo aperta la porta.

«Vedremo» ammicca. Accidenti. Cosa mi sta facendo questa ragazza?

Il sole brilla sui capelli di Saige, rendendoli quasi accecanti.

«Dove andiamo?» chiedo.

«Da questa parte» risponde, indicando la direzione con un dito. È lei a guidarmi, esattamente come la sera del nostro primo appuntamento. Ma solo perché glielo permetto. Sono io a condurre il gioco.

«Raccontami qualcosa di te, Quinn Brand. Mi hai fatto un sacco di domande, ora è il mio turno.» Ho tutta una serie di risposte pronte all'uso. Ho interpretato questo ruolo così tante volte nella mia vita.

«Cosa vuoi sapere?» Si dà qualche colpetto sul mento, come se stesse riflettendo intensamente. Mi vuole lasciare intendere che non ci abbia ancora pensato, ma sono tutte stronzate. Ha detto che le piace concentrarsi sul presente, ma in questo caso so che non è vero.

«Tutto. Dove sei cresciuto? Hai fratelli o sorelle? Com'è tua madre? A quanti anni hai imparato ad andare in bicicletta? Hai mai giocato a *Obbligo o verità*?» Queste sono... davvero tante domande.

«Vuoi che risponda subito a tutte in quest'ordine?» Si mette a ridere.

«Non per forza. Comincia da dove ti pare. Dimmi quello che vuoi.» Preferisco non raccontarle della mia finta infanzia: biscotti fatti in casa, genitori amorevoli e Natali con montagne di regali. Voglio parlarle di qualcos'altro.

«Non ho mai giocato a *Obbligo o verità*.» È una bella sensazione poterle rispondere sinceramente, almeno a questa domanda.

«Mai? Davvero?»

«Davvero.»

«Com'è possibile?»

Scrollo le spalle.

«Non lo so. Non ne ho mai avuto l'occasione. E tu?» Rispedisco la domanda al mittente.

«Cos'altro si poteva fare ai pigiama party, dopo aver fatto scherzi telefonici e aver frugato nell'armadietto dei liquori?»

«Be', che ne dici delle battaglie con i cuscini?» chiedo e Saige mi dà un colpetto leggero sulla spalla.

«Guarda che è solo una fantasia maschile. Non ne ho mai fatta una in vita mia.»

«È un vero peccato.»

«Maiale.»

Raggiungiamo un altro incrocio e Saige mi fa un altro cenno. Non ho idea di dove stiamo andando e non mi interessa. La gente ci cammina accanto e siamo circondati dai rumori della città, ma sono concentrato solo su di lei.

«Qual è la penitenza più assurda che ti hanno fatto fare?» chiedo. Sono davvero curioso di saperlo.

«Ti rispondo se mi racconti del tuo primo bacio.» Dannazione. Non ho nessuna voglia di parlarne e non solo perché si tratta della mia vita personale; è una storia imbarazzante. Anzi, più che imbarazzante.

«Affare fatto» dico. «Ma prima tocca a te.»

Sospira, come fosse un'insopportabile imposizione.

«D'accordo. Ma spero per te che la tua sia una bella storia.» Sono certo che le piacerà, anche se odio raccontarla.

«Lo è.»

Sbuffa e guarda dritto davanti a sé.

«Avevo sedici anni. Oh cielo, è una cosa talmente stupida. Stavamo studiando Amleto a scuola e mi hanno chiesto di declamare con un accento scozzese la scena della morte di Ofelia nel bel mezzo di un centro commerciale. Ti dico solo che non sono riuscita ad arrivare alla fine perché mi hanno gentilmente accompagnata fuori. Ovviamente, non ci ho più messo piede. Per fortuna non c'erano molti cellulari in giro con cui fare video, altrimenti sarei finita su YouTube e tutto il mondo adesso potrebbe godersi la mia performance.» Scoppio a ridere. Non faccio fatica a immaginarmela.

«Caspita, sarebbe bello se esistesse un video. Me lo guarderei volentieri. Magari potresti recitarla per me una volta?» Alza gli occhi al cielo.

«Meglio di no. Ora dimmi del tuo primo bacio.» Adesso tocca a me sospirare e fare i conti con la mia goffa infanzia.

«Avevo dieci anni e mi avevano iscritto a un campo estivo.» Non appena comincio a raccontare, vengo risucchiato nel passato. Vedo quel dormitorio e quella ragazzina. Lacey.

«C'era una ragazzina di nome Lacey. Avevo una cotta per lei fin dall'inizio della vacanza, ma ero troppo timido per approcciarla. Commisi però l'imprudenza di parlarne con uno dei miei amici e in men che non si dica cominciarono a prendermi in giro tutti. Per farli smettere, non mi restava che baciarla. Così, durante il pranzo, le passai un bigliettino con cui le chiedevo di svignarsela dal corso di bricolage per raggiungermi nel dormitorio dei maschi. Ero maledettamente agitato e continuavo a strofinarmi i palmi delle mani sui pantaloncini. Quando finalmente arrivò, pensai che se avessi guardato più film romantici, forse avrei saputo cosa dire. Non ricordo esattamente cosa accadde dopo, ma ci ritrovammo seduti sul mio letto. Mi sporsi verso di lei per baciarla. Sapeva di gomma da masticare e di insetticida. Si tirò indietro così in fretta che per poco non caddi dal letto. E poi mi vomitò addosso.»

Rabbrividisco al ricordo di quell'odore. Dovetti farmi la doccia, cambiarmi i vestiti e cercare in qualche modo di pulire il materasso. Non ci riuscii del tutto e la puzza mi perseguitò per tutta la settimana successiva. Ma perlomeno nessuno mi rinfacciò di non averci provato con lei. La storia del vomito però scatenò l'ilarità generale. Perché ovviamente la notizia non rimase nascosta a lungo.

«Oh Dio, Quinn» dice Saige, divertita. Mi afferra un braccio e ci fermiamo. Poi butta indietro la testa e ride della mia disavventura. Potrei prendermela, ma non lo faccio. Al suo posto, avrei avuto la stessa reazione.

«È il primo bacio più drammatico che abbia mai sentito.»

«Già, non ne dubito. È stata un'esperienza piuttosto traumatica.» Ero terrorizzato dall'idea che avesse vomitato per colpa mia. Per il mio alito, la mia goffaggine o qualcosa del genere. Mi ci vollero quattro anni per trovare il coraggio di riprovarci con un'altra, che per fortuna non vomitò mai durante i nostri baci. Fu la mia prima vera fidanzata.

«Sai che fine ha fatto? Lacey, intendo.»

«Non ne ho idea. Era da un bel pezzo che non pensavo a lei.»

«Dovresti cercarla in internet. Scommetto che la troveresti.»

«Non sono sicuro di volerlo. A volte il passato è meglio che rimanga tale.» Riprendiamo a camminare e mi agguanta il polso per controllare l'ora.

«Merda, devo andare.» Ho perso completamente la cognizione del tempo. Non ho voglia di tornare in ufficio. Vorrei cancellare tutti gli appuntamenti e trascorrere la giornata con lei. E anche la notte. Ma i miei desideri non contano. Far evolvere la nostra relazione è l'unico modo per ottenere ciò che voglio. È l'unica cosa che conta.

«Dividiamo un taxi?» propongo.

«Certo.»

Ne ferma uno e diciamo al conducente le nostre destinazioni. Andiamo in due direzioni opposte e il tassista è un po' contrariato. Gli allungo venti dollari e chiude il becco.

«Allora, che programmi hai per stasera? Qualche incontro galante?» A suo modo, mi sta proponendo di vederci.

«Non so ancora. Tu cosa pensi di fare?»

«Devo studiare. Come sempre. Gli esami si avvicinano e non ho molto tempo libero.» Dannazione.

Mi rivolge un sorriso triste.

«Ti direi di venire da me e guardarmi mentre studio, ma ti annoieresti. E io non combinerei nulla.»

«Non mi annoierei *affatto*. Tu non mi annoierai mai, Saige Juliette Beaumont.» Il suo nome ha decisamente un sapore piacevole.

«Dubito di riuscire a essere interessante mentre sono concentrata su un libro e scrivo al computer, ma grazie per il complimento.» Ancora una volta le si formano delle increspature agli angoli degli occhi e so di averla lusingata.

«Be', se ti venisse voglia di una pausa, fammi un fischio.» Nel frattempo siamo arrivati davanti all'università.

«Lo farò. Ciao, Quinn.» Esita per un momento prima di chinarsi e darmi un bacio sulla guancia.

«Ciao, Saige.» Rimane sul marciapiedi a fissarmi mentre il tassista riparte e si allontana.

. 13 .

Per qualche tempo non ho più ricevuto quegli strani SMS. Proprio quando cominciavo a pensare che quel tipo si fosse stufato di rompermi le palle, me n'è arrivato un altro. Questa volta è una fotografia che mi ritrae mentre esco dall'ufficio. Capisco che si tratta di ieri sera perché mi ricordo che cravatta indossavo.

Non c'è scritto nulla, ma il messaggio è chiaro: ti tengo d'occhio.

Per un attimo mi viene voglia di scagliare il cellulare contro il muro, ma non risolverei assolutamente nulla. Questo misterioso stalker sta esagerando ed è arrivato il momento di chiamare i rinforzi.

Prendo un altro cellulare da sotto il letto e chiamo Cash.

«Ho ricevuto una fotografia. Mi si vede uscire dall'ufficio. Non solo si rintracciano i miei cellulari, ma hanno anche iniziato a pedinarmi.»

«Come se non avessimo abbastanza grane in questo momento!» Perfino un ottimista come lui rischia di perdere la pazienza.

«Lo so.»

«Okay, dobbiamo stanarli. Chiamo i ragazzi per organizzare turni di sorveglianza. So che ci odierai per questo, ma non abbiamo altra scelta.» Abbiamo già affrontato situazioni simili in passato. I nostri danarosi bersagli hanno molte risorse a loro disposizione e non sono molto contenti quando scoprono di avere diversi milioni di dollari in meno sul loro conto in banca.

«Pensi che dovremmo tagliare la corda?» chiedo. È l'ultima cosa che vorrei fare, ma è un'opzione da considerare.

«Non prendiamo decisioni affrettate. Ne parlo con i ragazzi e vediamo cosa si può fare. Inizio io il primo turno, esco subito.» Oltre alle auto di lusso, abbiamo altri mezzi che usiamo per la sorveglianza. Furgoncini di finte aziende di catering, taxi e perfino un camion postale. Non ho idea di come Row l'abbia recuperato, ma l'ha fatto e spesso si è rivelato utile.

«Fammi sapere quando arrivi» dico, prima di chiudere la chiamata. Mi avvicino alla finestra e scosto un poco la tenda, per osservare la strada buia. È tutto tranquillo e immobile, come se la gente fosse in letargo. Vedo passare una macchina solitaria e sento un cane abbaiare in lontananza. Niente d'insolito. Scruto le file di auto parcheggiate su entrambi i lati della strada, ma da qui non riesco a capire se qualcuno mi sta osservando.

Dannazione.

Un quarto d'ora dopo ricevo un SMS da Cash. È qui ed è pronto a cominciare la guardia. I ragazzi seguiranno tutti i miei spostamenti. Ovviamente non me ne accorgerò, ma saprò che saranno lì da qualche parte. A osservare chiunque mi sta pedinando. Non cambierò le mie abitudini, per non destare sospetti. Inizierò anche a portare più armi. Ho sempre almeno un coltello con me e tengo una piccola pistola nella valigetta e un'altra nella scrivania del mio ufficio. Ma dovrò cominciare a tenerne una sempre a portata di mano. Questo complica un po' le cose, ma, come dice Cash, è il prezzo da pagare per continuare a svolgere la nostra attività.

Una parte di me si sente in colpa che i ragazzi debbano mollare le loro vite per pararmi il culo. Ma sanno che farei lo stesso per loro. L'ho già fatto in passato. Più di una notte mi si è addormentato il fondoschiena a furia di stare seduto in macchina ad aspettare.

Infilo l'ormai inutile cellulare in un sacchetto di plastica. Domattina lo darò a Cash, sperando che possa tirarci fuori qualcosa. So che non otterrà nulla. Prima o poi dovrò affrontare questo personaggio ed è meglio essere preparati.

Nonostante l'ora tarda, tiro fuori il mio sacco da boxe e comincio ad allenarmi. Negli ultimi tempi ho rallentato un po', ma devo cercare di tenermi il più in forma possibile, soprattutto adesso.

Leo se ne sta seduto sul davanzale della finestra. Muove la coda freneticamente e mi osserva dare calci e pugni.

«Smettila di guardarmi così» gli dico, grondante di sudore.

Purtroppo, non mi dà ascolto.

Lascio cadere il cellulare nel bidone dei rifiuti davanti al mio palazzo – Cash lo recupererà più tardi. Cammino fino al punto in cui solitamente mi fermo per chiamare un taxi, sforzandomi di non voltarmi. Non posso farlo. Devo mantenere un atteggiamento rilassato.

Arrivo in ufficio senza problemi. Non che mi aspettassi che qualcuno mi sarebbe saltato addosso, ma devo essere pronto a ogni evenienza. Ecco perché ho una pistola fissata a un fianco e un'altra alla caviglia. Per fortuna, il mio completo le nasconde entrambe. Ho tirato un sospiro di sollievo quando le ho indossate stamattina. Come quando incontri degli amici che non vedevi da qualche tempo. Mi fanno sentire più tranquillo. Probabilmente dovrei cominciare ad andare al poligono di tiro almeno una volta alla settimana. Anche gli altri dovrebbero mantenersi in esercizio.

Mi lascio trascinare dalla mia solita routine di appuntamenti, scartoffie e chiacchiere con i colleghi davanti alla macchinetta del caffè. Nel pomeriggio c'è una riunione per discutere la relazione trimestrale. Tengo la testa bassa e aspetto che finisca. Non ho ancora sentito Saige oggi e spero mi scriverà almeno un SMS. A quanto pare ci è impossibile stare più di ventiquattro ore senza avere notizie l'uno dell'altra. Io, perlomeno, non ci riesco.

Finalmente la riunione termina con una battuta terribile (e sessista) del mio capo, che tutti dobbiamo fingere di trovare divertente. Ci sono solo due dirigenti donne nella stanza. Non aprono bocca, ma la loro rabbia è palpabile. Le capisco benissimo. Non vedo l'ora di andarmene da qui. È uno dei peggiori ambienti lavorativi in cui mi sia mai trovato. Forse prima di lasciarli andrò a dire a questi maiali cosa penso davvero di loro, per tagliare tutti i ponti. Sarebbe una grande liberazione.

Quando rientro nel mio ufficio, trovo proprio un SMS di Saige. Non posso evitare di provare un brivido di piacere, ma preferisco non fermarmi ad analizzare questa sensazione.

Come stai oggi, Quinn Brand?

Avrei voglia di sentire la sua voce, ma immagino sia in università e non possa parlare al telefono.

Molto bene, grazie. E tu, Saige Beaumont?

O scrive molto lentamente (cosa improbabile), o effettivamente è impegnata.

Scusa per l'attesa, sono a lezione. Forse farei meglio a concentrarmi. Sto bene.

Faccio per risponderle, ma ricevo un altro SMS.

Senti, so che ti sto dando poco preavviso, ma sei libero questo fine settimana?

Interessante. Mi farebbe molto piacere uscire di nuovo con lei. E questa volta gradirei non essere interrotto sul più bello.

Cosa avevi in mente?

Be'...

Adesso mi ha decisamente incuriosito.

Te la sentiresti di indossare uno smoking?

Dipende.

Vorrei davvero sentire la sua voce.

Lo indosseresti per me? Per la serata di beneficenza di un amico di mio padre?

Lo immaginavo. Pare che ne organizzino una ogni fine settimana. È buffo che mi chieda di accompagnarla. Me ne sono già sorbite due proprio per vederla, e lei non c'era.

Si può fare.

Non mi risponde subito, così appoggio il cellulare sulla scrivania e aspetto. Dopo cinque minuti, accendo il computer e comincio a scrivere qualche e-mail. Come si dice, il desiderio rende lunga l'attesa.

Scusa ancora. Okay, fantastico. Più tardi ti mando i dettagli.

Le scrivo che aspetto sue istruzioni. Potrebbe essere un buon modo per smascherare il mio persecutore. I ragazzi non saranno affatto contenti, ma se ne faranno una ragione. Li avviso che avrò bisogno di loro nel fine settimana.

Stranamente non mi mandano nessun SMS di protesta. In questi casi non esitano a lamentarsi. Non è da loro.

Indico una riunione per la sera successiva, per parlare dello stalker e organizzare la sorveglianza. Arrivo per primo e trovo Cash seduto al suo scrittoio.

«Credevo che l'avessi comprato solo per ammirarlo.»

«Sì, be', me ne sto qui proprio per osservarlo meglio.» Accarezza la superficie del mobile e solleva lo sguardo verso di me. Ha un'aria maledettamente ridicola, come un adulto incastrato in una sedia per bambini.

«Se lo dici tu.» Mi dirigo verso il suo ufficio. Ho decisamente bisogno di bere qualcosa.

Cash mi segue.

«Cosa ti succede ultimamente? Sembri sempre incazzato.» Stappo una birra ghiacciata e gli lancio un'occhiataccia.

«Ma non lo sono. E anche se lo fossi, credo che ne avrei il diritto, data la situazione.» Alza una mano in segno di resa.

«Okay, okay. So che sei teso. Lo capisco. È solo che ti comporti in modo diverso dal solito e non riesco a individuarne il motivo.» La sua espressione sinceramente preoccupata mi fa sentire uno stronzo. Sono poche le persone che tengono a me e non dovrei trattarle di merda.

«Scusa. Stanno succedendo troppe cose in questo periodo e mi sento un po' sopraffatto.» Non mi piace ammetterlo, perché fino a poco tempo fa mi annoiavo e desideravo che accadesse qualcosa.

Fai attenzione a ciò che desideri.

Baz arriva subito dopo, seguito da Track, Row e Hardy.

«Va bene ragazzi, abbiamo a che fare con un vero e proprio stalker» annuncio, mentre si siedono.

«Ci sarà da divertirsi» dice Cash, sfregandosi le mani l'una contro l'altra. La profondità di poco fa è svanita ed è tornato a essere il solito ottimista.

«Sì, per quelli che non dovranno sorbirsi il turno di notte» replica Baz, un po' imbronciato.

«Ehi, lo sapevi fin dall'inizio che questo mestiere non ammette pause né vacanze. Non puoi andartene ai Caraibi ogni volta che sei stressato. Questo lavoro è la tua vita.» Non intendevo essere così duro. Non so cosa mi sia preso.

Il mio sproloquio è seguito da un attimo di silenzio. Poi Cash si schiarisce la gola e inizia a distribuire gli incarichi. Mi limito a sorseggiare la mia birra e a starmene zitto.

Devo davvero darmi una regolata.

. 14 .

Opto nuovamente per il completo di Brioni, che Saige non ha mai visto. Track mi fa da autista, mentre gli altri si occupano della sorveglianza. Cash viene alla festa con me, così se qualcosa dovesse andare storto, saremo in due. Ha indossato uno smoking nero con camicia e cravatta dello stesso colore, che lo rendono al contempo affascinante e minaccioso. Per l'occasione, ha messo da parte il suo solito sorriso.

«Che ne dici della mia espressione seria?» mi chiede mentre saliamo sulle nostre auto. A me tocca la Ferrari, mentre lui prende una delle BMW.

«Efficace. Ce la fai a tenerla tutta la sera?»

«Stai parlando con un professionista» risponde sorridendo, prima di scivolare sul sedile del conducente. Alza un pollice e avvio il motore. Cash mi segue alla giusta distanza.

Ho lo stomaco quasi... in subbuglio e mi rendo conto di essere nervoso. Ma che cazzo mi succede? Non mi sono mai sentito così le altre volte che sono andato a prendere Saige. Perché stasera dovrebbe essere diverso?

Avrei bisogno di un goccetto per allentare la tensione.

Mi fermo davanti al suo palazzo e le mando un

SMS. Poco dopo, la vedo scendere velocemente i gradini dell'ingresso. Mi affretto a scendere dall'auto per aprirle la porta.

Indossa un sinuoso abito dorato, che esalta le sue forme. Morbidi e ampi boccoli le ricadono lungo la schiena. Come al solito, si è messa dell'ombretto color fumo e del rossetto rosso. È semplicemente perfetta.

«Ma guardati! Se avessi saputo che stavi così bene con lo smoking, ti avrei invitato prima a una di queste serate.» Mi gira intorno, come ad ammirare la mercanzia. Poi allunga una mano e mi strizza il sedere.

«Mmh. Sì. Mi piace molto. Gli uomini spesso non si rendono conto del potere di un abito di buon taglio.» Mi tasta di nuovo il fondoschiena e il mio uccello si indurisce all'istante.

«Se continui così, non arriveremo mai a questa maledetta festa.»

Ride piano, prima di tornare sui suoi passi e guardarmi negli occhi. Dio, è bellissima.

«Non mi dispiacerebbe» dice in tono civettuolo. «Ma temo che mio padre non sarebbe contento.» So già che il signor Beaumont parteciperà all'evento perché Cash è entrato nel database del country club per visionare la lista degli invitati. Avrei preferito incontrarlo un po' più avanti, ma prima o poi doveva succedere.

L'aiuto a salire in macchina e mi metto al posto di guida.

«Sei agitato all'idea di incontrare mio padre?» mi chiede mentre mi immetto in strada.

«Mi prendi in giro? Certo che lo sono.» Ho deciso che è meglio non dirle che lo conosco già. Non prima di capire cosa pensa lui. La situazione è delicata e devo essere prudente. Basta un passo falso per mandare tutto a monte.

«Sei splendida, Saige» dico, per cambiare discorso.

«Grazie. Anche tu stai benissimo, come ti ho già detto.»

«Ho solo una domanda.»

Si volta a guardarmi, accennando un sorriso.

«Vale a dire?»

«Dov'è la cerniera? Sarebbe un peccato rovinare un così bel vestito nel togliertelo.»

Ride e solleva un braccio.

«Eccola qui» dice, passandosi un dito lungo il fianco.

«Buono a sapersi.»

Si appoggia allo schienale del sedile.

«Vuoi ascoltare un po' di radio?» chiedo. Ci vogliono venti minuti per arrivare.

«Certo. Ma niente musica country» dice, sussultando.

«D'accordo.» Cerco la frequenza rock e aspetto una sua reazione.

«Bella» commenta, muovendo la testa a tempo di musica.

Questa ragazza è incredibile.

Non posso permettermi di pensare queste cose. Cerco di concentrarmi sulla strada, controllando di tanto in tanto lo specchietto retrovisore. Ci sono parecchie auto dietro di me e in una di queste c'è Cash.

«L'altro giorno ti ho pensato» dice, cercando di farsi sentire nonostante la musica. Abbasso il volume per poter parlare con più agio.

«Come mai?»

«Sto seguendo un corso di storia della fotografia e al momento stiamo studiando la tecnica paesaggistica. Ovviamente è saltato fuori Ansel Adams. Mi ha fatto pensare all'immagine appesa nel tuo ufficio.» A essere sincero, mi fa davvero piacere che pensi a me quando è a lezione. Mi odio per questo. Non è salutare.

È un bersaglio, nient'altro. È solo un mezzo per raggiungere il mio obiettivo.

Se non fosse così maledettamente adorabile, sarebbe tutto molto più facile. Non si tratta solo del suo aspetto, anche se ovviamente ha la sua importanza. È la sua voce, il suo modo di ridere e la sua passione per l'arte. È una persona interessante.

Cazzo, devo smetterla subito.

Serro la mascella e mi sforzo di pensare solo alla guida.

Come l'altra volta, un parcheggiatore viene a prendere in consegna la mia auto. Ma stasera vado ad aprire la portiera del passeggero e porgo il braccio a una bellissima donna.

«La ringrazio, gentile signore» dice, scuotendo la testa e facendo ricadere nuovamente i capelli sulla schiena.

«Non c'è di che, graziosa signorina.» Sorride per il complimento e ci incamminiamo verso l'ingresso del palazzo. Mi ricorda una vecchia casa colonica. Non mi stupirei di vedere Rossella O'Hara precipitarsi fuori dall'edificio con la sua enorme gonna.

Sempre più eccesso, sempre più opulenza. Ma mi sento meno infastidito del solito. Potrebbe avere a che fare con la donna che mi cammina al fianco.

«Pronta?» chiedo.

«Assolutamente» risponde e saliamo gli ampi gradini che conducono verso le porte già spalancate. Veniamo accolti dalla musica di un quartetto d'archi e da un cameriere che regge un vassoio di calici di champagne. Uno si immagina che ogni tanto cambino tipo di bevanda, ma non è così. È sempre la stessa solfa.

Ne afferro due e ne offro uno a Saige. Mi ringrazia mentre entriamo nella sala principale.

«Vedi quel tipo laggiù?» domanda, piegandosi leggermente per parlarmi nell'orecchio. Il suo fiato caldo mi stuzzica la pelle.

«Sì» rispondo.

«È un feticista dei piedi. Paga delle prostitute perché glieli facciano adorare e leccare.» Mi volto di scatto verso di lei, che mi sorride.

«Come lo sai?»

«Questi ricevimenti sono come delle piccole città di provincia. Si sa tutto di tutti.» Non ha tutti i torti. So un sacco di cose su molte persone in questa stanza. Specialmente su di lei.

«Oh, ecco mio padre. Meglio andare a salutarlo.» Ora è lei a farmi strada, trascinandomi. Cerco di darmi un contegno e in quel momento vedo Cash al bar. Si sta bevendo un drink. Probabilmente qualcosa con del whisky. Beve solo superalcolici quando si trova in posti del genere.

Riporto l'attenzione su Beaumont e noto sua moglie accanto a lui. Bridgette Beaumont. A parte il colore dei capelli, è molto diversa da Saige. Sembra... fragile. Come un bellissimo mazzo di fiori dentro a un vaso di vetro da maneggiare con estrema attenzione.

Il suo sorriso risplende sotto le luci. Ha un'aria estremamente falsa.

Ci avviciniamo e mi rivolgo prima a Bridgette.

«Saige, tesoro, non ci presenti il tuo amico?» Ovviamente a sua madre non sfugge nulla. Parla con voce amichevole ma ha uno sguardo indagatore. Mi scruta dalla testa ai piedi. Esamina il taglio del mio abito, i miei capelli, le mie scarpe, i gemelli, per assicurarsi che sia all'altezza dei suoi standard. Spero di non avere un filo fuori posto perché questa donna lo noterebbe.

«Mamma, ti presento Quinn Brand. Quinn, questa è mia madre, Bridgette Beaumont.» Saige ha assunto un tono talmente simile a quello di sua madre da risultare inquietante. Mi chiedo se si è esercitata da piccola o se le viene naturale imitarla.

«Piacere di conoscerla, signora Beaumont» dico e mi stringe debolmente la mano.

«Il piacere è tutto mio, signor Brand. Non posso dire che Saige mi abbia parlato molto di lei.» Bridgette lancia un'occhiata fulminea a sua figlia, che si limita a sorridere dolcemente.

«Hai ragione, mi dispiace. Ma ci siamo conosciuti da poco.» Brava. Molto brava, Saige.

«Be', spero ci sarà modo di sapere qualcosa in più su di lei» dice Bridgette. È arrivato il momento di affrontare il signor Beaumont.

Come immaginavo, si volta verso di me senza lasciare trasparire nulla.

«Piacere di conoscerla, Quinn Brand.» Mi porge la mano. La sua stretta è appena più forte di quella che mi ha dato il giorno in cui ci siamo conosciuti. Mi vuole fare capire che devo essere prudente. Non si preoccupi. Lo sarò.

«Piacere mio, signore» dico con un po' troppa enfasi.

«Be', ora che abbiamo terminato le presentazioni, andiamo a ballare. A più tardi.» Saige mi afferra una mano e mi tira via prima che possa aggiungere altro. Mi lascio trascinare verso la pista da ballo che è stata allestita per l'occasione. Un quartetto d'archi sta suonando dei valzer. D'un tratto torno bambino. Mi trovo nella mia cucina d'infanzia e una vecchia radio diffonde musica classica. I miei piedi sono sopra quelli di mia madre, che conta il tempo e si muove in quello spazio ristretto.

Inspiro profondamente mentre Saige mi appoggia una mano sulla spalla, stringe l'altra nella mia e prende posizione.

«Mi hai decantato le tue doti di ballerino durante il nostro primo appuntamento, Quinn Brand. È arrivato il momento di mostrarmi ciò che sai fare» dice sorridendo. Le cingo la vita e aspetto una pausa nella musica per poter cominciare.

Eccola.

Faccio un passo e lei mi segue. Poi un altro e un altro ancora. Saige si muove con me senza soluzione di continuità, come se fossimo una coppia affiatata. I suoi movimenti sono aggraziati e armoniosi. Sollevo un braccio e Saige si esibisce in una giravolta, con un'espressione radiosa dipinta sul volto.

Torna in posizione e ricominciamo da capo.

«Okay, ti credo. O sei un talento naturale, o hai fatto molto esercizio» dice, mentre ci spostiamo avanti e indietro per la pista. Ci sono altre coppie intorno a noi, ma ho occhi solo per lei.

«Ho fatto molto esercizio» ammetto, cercando di non farmi risucchiare dal passato. Stranamente, quando sono con Saige, è quasi impossibile. Non so come, riporta a galla quei ricordi. Non mi piace affatto.

«Be', chiunque ti abbia insegnato, ha fatto un ottimo lavoro» commenta, come se avesse intuito che non mi va di parlarne. Decido di riportare la conversazione su di lei.

«E tu da chi hai imparato?»

«Da mio padre» dice con un altro sorriso. «Quando ero bambina, ci mettevamo in cucina e mi faceva salire sui suoi piedi.» Per poco non inciampo, ma in qualche modo riesco a riprendermi.

«C'è qualcosa che non va?» chiede. Si dev'essere accorta del mio attimo di smarrimento.

«Niente. Ho perso l'equilibrio un istante» dico, stendendo le labbra in un sorriso imbarazzato.

«Be', ti aiuterò io a ritrovarlo» dice, stringendosi a me.

Saige è una danzatrice provetta. Balliamo a lungo, chiacchierando del più e del meno. Continuo a osservare i suoi genitori, ma sembrano troppo occupati a parlare tra di loro per accorgersi di noi. Non mi lascio ingannare. So che mi stanno tenendo d'occhio. Non mi freghi, Beaumont.

Cash mi passa accanto per un'altra capatina al bar, ma fa finta di niente. Tiene a braccetto una donna stretta in un abito rosso brillante. A prima vista, sembra totalmente concentrato su di lei. Non si comporta però nel suo solito modo allegro. Stasera, per passare il più inosservato possibile, indossa la maschera del tipo riservato. È ormai abituato a interpretare quel ruolo.

Alza una mano e si sfrega la nuca, che è il suo

modo di chiedermi se va tutto bene. Aspetto qualche secondo e sollevo il braccio, come se mi stessi sistemando l'orologio sul polso. Gli sto rispondendo che non ci sono problemi di nessun tipo.

Afferro qualche stuzzichino da un vassoio poco distante. Non c'è mai abbastanza cibo in questi ricevimenti, solo pochi assaggi disposti in piatti giganteschi. Magari servissero hamburger o qualcosa di altrettanto sostanzioso.

«Sto morendo di fame» mi sussurra Saige all'orecchio. Sembra avermi letto nel pensiero. Si porta il bicchiere alle labbra e fa una smorfia.

«Già, colpa del cibo dei ricchi.»

Sbuffo appena e bevo un sorso di champagne. È sicuramente di qualità superiore, ma preferisco comunque la birra.

«In che senso?» le chiedo.

«Oh, lo sai» risponde, svuotando il bicchiere e appoggiandolo su un vassoio. «Quegli enormi piatti bianchi con sopra dei minuscoli assaggi. Se almeno usassero dei piatti più piccoli, la quantità di cibo sembrerebbe maggiore.» Mi ha rubato le parole di bocca.

«Sai che ti dico? Se alla fine della serata avrai ancora fame, ci fermiamo a mangiare qualcosa.»

«Hamburger?» chiede, improvvisamente raggiante in volto.

«Assolutamente sì.»

Finalmente prendiamo posto a tavola. Accanto a me c'è Saige e dall'altra parte una coppia che non conosco. I suoi genitori si sono seduti di fronte. Non è una situazione facile, ma niente che non abbia già affrontato in passato.

Parliamo del più e del meno. Per la maggior parte del tempo mi fanno domande sulla mia vita. Beaumont sa già tutto, ma ripeto le stesse informazioni che gli ho dato durante il nostro primo incontro.

Saige aggiunge qualche commento qua e là e in più di un'occasione devo trattenermi dal ridere.

Avevamo ragione sul cibo. Non so come sia possibile, ma mi sento più affamato adesso di quando abbiamo cominciato.

Dopo qualche altra chiacchiera di cortesia, non vedo l'ora di squagliarmela. Dovrei andare in bagno, ma so che se mi allontano da Saige, Beaumont approfitterà dell'occasione per affrontarmi. Quindi rimango al mio posto.

Saige sbadiglia e si appoggia a me. Mi sorprende il fatto che si lasci andare in questo modo davanti ai suoi genitori, ma mi limito ad appoggiarle un braccio sulla spalla.

«Sono distrutta.»

«Vuoi che ti accompagni sotto casa?» le propongo, scegliendo con cura le parole.

«Mi faresti un gran favore» risponde, abbassando le palpebre come se non riuscisse più a tenere gli occhi aperti.

Si alza e va a parlare con i suoi genitori. Rimango in disparte mentre li bacia entrambi su una guancia.

«È stato un piacere conoscervi» dico e loro annuiscono.

Quando usciamo dall'edificio, Saige mi sorride.

«Non sono davvero stanca, è solo che non ne potevo più di stare qui. Non mi fraintendere, mi piace vestirmi bene e sorseggiare champagne, ma fino a un certo punto.»

Saltella sui tacchi mentre raggiungiamo il parcheggio.

«Ti capisco perfettamente.» Qualche istante dopo ci portano l'auto e le apro la portiera.

«Hai fame?» le chiedo, mettendomi al volante.

«Da morire» risponde e schiaccio il pedale dell'acceleratore.

. 15 .

«Il signor Beaumont è qui» mi avvisa Grace lunedì mattina. A dire il vero ero certo che mi avrebbe contattato prima, ma sono pronto a riceverlo.

«Fallo entrare» rispondo. Prima di sollevare lo sguardo dal mio computer, aspetto che apra la porta del mio ufficio e lo faccia accomodare.

«Sono lieto di rivederla così presto» dico senza sbilanciarmi.

«Già» risponde, accomodandosi senza aspettare un mio cenno. «Non sapevo che ti portassi a letto mia figlia.»

Incasso il colpo senza battere ciglio.

«Non è come pensa. Non sapevo chi fosse quando ho attaccato bottone con lei. Ci siamo conosciuti in un bar.»

«Presumo che lei sappia che tu lavori qui.»

«Sì, ma non le ho detto che suo padre è un mio cliente. La riservatezza fa parte del mio mestiere» dico senza lasciare trasparire alcun tipo di emozione.

«D'accordo.» Segue un silenzio carico di tensione mentre aspetto che rifletta e decida il da farsi.

«Non posso dire che questa situazione mi faccia piacere, ma apprezzo la tua discrezione.» Annuisco e lo lascio continuare.

Sospira prima di andare avanti.

«Sarà meglio che questo non interferisca con il nostro rapporto d'affari.»

«Le assicuro che non succederà. Tengo sempre separata la mia vita privata da quella professionale.» Mi scruta per qualche istante.

«Immagino di dovermi fidare sulla parola. Se dicessi a Saige di non vederti più, sortirei l'effetto contrario. Quindi non farò nulla, ma ti terrò d'occhio, Quinn Brand.» Non ne ho alcun dubbio.

«Sono certo che tu preferisca non avermi come nemico» aggiunge, riducendo gli occhi a due fessure. Messaggio ricevuto.

«Non è affatto mia intenzione, signor Beaumont.» Sostengo il suo sguardo per qualche istante. Lo devo avere convinto, perché si alza in piedi, si abbottona la giacca e mi porge la mano.

«Sono contento che ci siamo chiariti. Mi rifarò vivo per avere notizie dei miei investimenti. Ti prego di continuare a tenerla all'oscuro di tutto.»

Annuisco e lo guardo infilare la porta.

Sento le gambe cedere e mi risiedo. Non so perché questo incontro mi preoccupasse tanto, ma mi sento come se avessi appena schivato un proiettile che mi poteva costare la vita. Certo, è importante non fare incazzare Beaumont, ma la mia relazione con Saige lo è ancora di più. È il mio asso nella manica.

Chiudo gli occhi un istante e respiro lentamente, per riprendermi. Finalmente le cose stanno andando per il verso giusto, ma devo davvero accelerare i tempi con Saige. È arrivato il momento di passare una notte insieme.

Mi basta qualche telefonata per organizzare tutto. Grace arriva con un mazzo di rose bianche, una camicia e una cravatta. Precisa come sempre.

«Grazie, Grace» dico, cogliendo un'impercettibile nota di gelosia nel suo modo di fare. Se le chiedessi di sedersi sulla mia scrivania e di sollevarsi la gonna, probabilmente lo farebbe. Ma non è lei che voglio.

«Non c'è di che, signor Brand» risponde, tornando alla sua postazione. Raccolgo la mia roba e scendo nel parcheggio.

Tramite il cellulare, vedo che Saige si trova nella caffetteria dove ci siamo conosciuti. Bene.

Raggiungo il locale e parcheggio sul bordo della strada. Con i fiori in mano, spingo la porta d'entrata. Se ne sta seduta nello stesso tavolo del nostro primo incontro.

Mi dà le spalle e ho tutto il tempo per avvicinarmi senza essere notato. Cammino lentamente per non farmi sentire. Poi allungo una mano e le tocco una spalla.

Si è di nuovo arricciata i capelli, che le ricadono morbidamente sulla schiena. Vorrei poter attorcigliare una ciocca intorno a un dito e tirarla un po'. Se tutto andrà secondo i piani, potrò farlo presto.

Si volta e mi guarda con un'espressione stupita, mentre le porgo le rose.

«Sorpresa!» esclamo, sorridendo.

«Che significa?» chiede, prendendo i fiori.

«Spero che tu non abbia impegni stasera, perché ho intenzione di portarti via con me.» Solleva un sopracciglio ramato.

«Pensi sul serio di poter irrompere qui con dei fiori e pretendere che ti segua dovunque?»

«Avresti preferito dei cioccolatini? Un orsacchiotto di peluche?» chiedo.

Increspa le labbra e scuote la testa.
«Non mi lascio comprare così facilmente, Quinn Brand. Non sono il tipo da venirti dietro scodinzolando.» Si alza in piedi.
«Potresti fare uno sforzo.» Fa un passo nella mia direzione e mi appoggia una mano sul petto. La fa scivolare verso la cintura e oltre.
Mi ritrovo con un'erezione nel bel mezzo del locale.
«Vedi, è evidente che tu abbia più bisogno di me di quanto non ne abbia io di te.» Mi rivolge un sorriso malizioso e toglie la mano.
«Sei proprio una bambina cattiva. Avevo in mente di farti trascorrere una serata romantica, ma ora ti dovrò punire per la tua insolenza» sussurro. I suoi occhi ardono di desiderio ed è esattamente quello che voglio. A Saige piace giocare e sono ben felice di accontentarla.
«Mmh, non saprei. Dipende dalla punizione.» Mi chino verso di lei e prendo a mordicchiarle il lobo di un orecchio. La sento rabbrividire e pregusto la vittoria.
«Oh, ne sceglierò una che piacerà a entrambi.»
Indietreggio e aspetto una sua reazione.
«Immagino...»
«Lo prendo come un sì» dico, allungando una mano verso la sua.
«Dammi solo un attimo per recuperare la mia roba» dice, voltandosi verso il tavolo.
La desidero. Subito. È bastato un suo tocco per eccitarmi e se non ce ne andiamo immediatamente, sarei capace di saltarle addosso proprio qui.
«Sbrigati.» Fa apposta a prendere tempo e a chinarsi lentamente.

«Stai mettendo a dura prova la mia pazienza.» Mi guarda da sopra una spalla e mi strizza l'occhio.

«Scusami.» Finalmente si dà una mossa. Non mi resta che aspettare, anche se ogni secondo è un'agonia. Dopo qualche minuto, si alza in piedi. L'afferro per un braccio e la tiro verso di me, avvicinandole nuovamente la bocca all'orecchio.

«Se non usciamo subito di qui, in meno di un minuto ti ritroverai nuda e stesa su un tavolo.» Il suo respiro si fa affannoso, ma rimane immobile.

«Allora andiamo» dice, con voce appena strozzata. Bene. Devo cercare di tenerla a bada. Non posso permetterle di mettermi i piedi in testa. E uno dei modi migliori per avere il controllo della situazione è portarla a letto.

In qualche modo riesco a mettermi al volante e guidare fino all'hotel dove ho prenotato una stanza. Saige rimane in silenzio mentre parcheggio e l'aiuto a scendere dalla macchina.

«Non ho vestiti di ricambio» si lamenta.

«Ti assicuro che non ne avrai bisogno.» Mi stringe la mano e ci incamminiamo verso la reception per il check in. Non appena ci troviamo soli in ascensore, parto all'assalto della sua bocca.

Ansima, prima di abbandonarsi a me. Muove la lingua contro la mia e mi tira a sé. Il suo corpo combacia perfettamente con il mio. Come se fosse stato pensato apposta per me. È una coincidenza fortunata di cui non mi posso certo lamentare.

Brucia di passione. Le sue labbra sono calde e dolci.

Sento confusamente il suono dell'ascensore e la porta che si apre, ma sono troppo concentrato su

Saige e sulle sue curve. Mi allontana leggermente, interrompendo i nostri baci.

«Siamo arrivati» dice con voce roca. Cazzo. Dovremmo farlo più spesso.

Senza pensarci due volte, le cingo la vita e me la carico sulla schiena. Si mette a gridare, ma non ci faccio caso. Cammino verso la porta della nostra stanza, inserisco la chiave magnetica e me la richiudo alle spalle.

Mi avvicino al letto matrimoniale e ce la butto sopra. Rimbalza sul materasso e solleva lo sguardo verso di me. Ha il volto arrossato, ma sorride.

«Tu porti guai, Quinn Brand» dice a mezza voce mentre i capelli si sparpagliano sul cuscino. Spero che non si accorga che le mie mani tremano leggermente mentre traffico con la cravatta e mi dirigo verso di lei.

Si mette a sedere.

«Cosa faresti se adesso ti dicessi di no?» Mi fermo.

«Direi che è un peccato, ma nessuno ti costringe a stare con me, se non ti va.» Lascio cadere le braccia lungo i fianchi e intreccio le mani dietro la schiena. Mi costa una fatica immane, ma so che è una prova che devo superare.

«Quindi non cercheresti di convincermi? O, peggio, non mi obbligheresti a farlo?» Fa dondolare le gambe oltre il bordo del letto. La desidero da impazzire. Ma rimango immobile.

«Non lo farei mai.» Rabbrividisco, al ricordo... No. Non mi approprierei mai con la forza di qualcosa che non è mio.

Rimane in silenzio per pochi secondi che sembrano un'eternità. Poi sorride lentamente.

«Vieni qui.»

Ricomincio a camminare verso il letto. Saige si alza in piedi e mi viene incontro.

«Togliti la camicia» dice. Mi allento la cravatta e me la sfilo da sopra la testa. Comincio ad armeggiare con i bottoni della camicia. Non si offre di aiutarmi, si limita a osservarmi mentre mi spoglio. Mi tolgo anche la maglietta bianca che indosso sotto.

«Hai così tanti tatuaggi» mormora. Li ha già visti prima, ma è difficile esaminarli tutti in una volta sola. Mi gira intorno, senza toccarmi.

«Vorrei fotografarli e poi cercare di scoprire cosa significano. Sei un'opera d'arte ambulante. E io adoro l'arte.» Quasi sobbalzo quando mi sfiora il dorso con la punta delle dita. Alla caffetteria, il mio bisogno di lei era impellente. Ora è sempre forte ma più gestibile. Forse perché so che in questo modo il piacere sarà più intenso. L'attesa può avere i suoi vantaggi.

«Tu faresti un tatuaggio per me?» domanda, concludendo il giro d'ispezione e guardandomi negli occhi.

«Cosa ti piacerebbe?» chiedo. Dovrebbe essere qualcosa di relativamente piccolo. Non c'è molto spazio libero.

«Non lo so. Ma lo faresti?»

«Forse.» Se per lei fosse davvero importante, non mi tirerei indietro. Sto facendo un sacco di promesse a questa ragazza. Ma sono disposto ad acconsentire a qualsiasi sua richiesta.

«Mmh, ci penserò su. Adesso, togliti i pantaloni.»

«Dopo di te» dico, risoluto.

«Non ti ha mai detto nessuno che è meglio non fare incazzare le donne con i capelli rossi?»

Alzo le spalle.

«Amo il rischio» ribatto, strappandole un sorriso.

«Togliti quei dannati pantaloni, Quinn. Altrimenti me ne vado.» È proprio una bugiarda, ma sto al gioco e inizio a slacciarmi la cintura. Lo faccio per accontentarla, ma anche per trovare un po' di sollievo.

Il rumore della chiusura lampo risuona nella stanza silenziosa. Lascio cadere i pantaloni sul pavimento e rimango con addosso solo i miei boxer neri. Mi guarda dalla testa ai piedi, come se volesse divorarmi. Vorrei fare la stessa cosa con lei, nonostante abbia ancora tutti i vestiti.

«Spogliati» dico, sbarazzandomi dei pantaloni e camminando verso di lei. È arrivato il momento di riprendere il controllo. Mi aspetto che si opponga, ma afferra l'orlo della sua maglietta e se la sfila dalla testa. Si toglie anche il reggiseno, i jeans e le mutandine, fino a rimanere irresistibilmente nuda.

Cazzo, è davvero perfetta. Ha un corpo sinuoso e una pelle morbidissima, che vorrei perlustrare millimetro per millimetro.

Saige indietreggia verso il letto e io... balzo in avanti. Le nostre bocche si scontrano e la bacio intensamente, soffocando il suo gemito. Risponde con passione e mi abbraccia, conficcandomi le unghie nella schiena.

In qualche modo, ci ritroviamo distesi sul letto. Allontano le mie labbra dalle sue, ma solo per assaporare altre parti di lei. La bacio con foga dappertutto. Dietro le orecchie, alla base del collo, sulle clavicole, sull'ombelico e poi oltre.

Divarica le gambe ancora prima che glielo chieda. Scendo pregustando il sapore del suo sesso e, poco prima di cominciare a leccarla, sollevo lo sguardo per incrociare il suo. Mi sta fissando, con gli occhi spalancati e luminosi. Verdi. Così verdi.

Comincio a solleticarle il clitoride con la lingua, continuando a osservarla. Butta la testa all'indietro e stringe le lenzuola nei pugni.

Cazzo, potrei farlo per sempre.

Vado avanti, cercando di capire cosa le piace, ciò che la fa gemere di più, che le fa tremare le gambe e aggrapparsi alla mia testa. Mi infila le dita nei capelli, guidandomi nei punti giusti.

Non le do tregua e sembra piacerle. Sento che sta raggiungendo l'apice e la porto all'orgasmo. Il suo gemito è così intenso che per poco non vengo anch'io. Vorrei imbottigliare questo suono e conservarlo per sempre.

La faccio venire una seconda volta. E una terza.

«E... tu?» ansima, mentre appoggio la testa nella parte interna della sua coscia.

«Io? Potrei continuare così per tutto il giorno, testolina rossa.» Non volevo chiamarla così.

«Vieni qui» dice, tirandomi per le orecchie. Mi trascino sopra di lei, finché ci troviamo faccia a faccia.

«Non ti va di scoparmi?» chiede, passandomi una mano tra i capelli. La sua pelle è arrossata e lucida. Adoro sapere che è merito mio. Voglio che se lo ricordi. Che si ricordi di cosa posso farle.

«Da morire» ammetto, scostandole delle ciocche umide dalla fronte.

«Perché non lo fai?» Sembra... confusa. Come se avessi fatto qualcosa d'insolito.

«Perché volevo prima assaggiarti.» Mi studia per qualche secondo, poi solleva il viso e mi bacia. Ho la bocca piena del suo sapore ed è una sensazione da capogiro. Sono terribilmente eccitato.

Mi accarezza la schiena, il petto e poi più giù. Mi

passa una mano sui boxer, prima di tirarmeli giù sui fianchi. Per sfilarmeli devo mio malgrado staccarmi dalla sua bocca. Mi decido a farlo e li lancio per terra. Riavvicino le labbra alle sue, ma mi blocca.

«Hai un condom?» Merda. Avrei dovuto pensarci prima di spogliarmi.

«Sì» dico, saltando giù dal letto come un idiota e tastando i miei vestiti. Ne trovo uno dei tanti che ho messo nella tasca posteriore dei miei pantaloni e me lo infilo il più velocemente possibile.

«So che la prima volta non l'abbiamo usato...»

La interrompo con un bacio. È stato un errore e non intendo commetterlo di nuovo. Non posso correre il rischio.

Nessuno dei due parla più. La bacio lentamente e intensamente. Saige muove le gambe e allunga una mano verso il mio membro. Una volta in posizione, comincio a spingere. Piano. Geme mentre la riempio e vorrei solo affondare con un unico colpo dentro di lei, ma resisto. La penetro poco alla volta, finché non posso andare oltre. Inarca la schiena, tremando, e mi chiede di continuare. Lo tiro fuori con molta calma e prendo tempo.

«Più veloce» ansima, e mi lascio andare. Glielo sbatto dentro così forte che fa un balzo indietro sul materasso. Ma, come la prima volta, non disdegna affatto. Mi conficca le unghie nella schiena, mi circonda il bacino con le gambe, mentre con i fianchi mi sprona ad andare avanti.

Vorrei durare di più, ma mi eccita troppo. L'orgasmo è così intenso che temo possa provocarmi dei danni cerebrali. Crollo in avanti, ma devio verso destra, per non schiacciarla.

«Cristo santo!» esclamo, cercando di riprendere fiato.

«L'hai detto.» Volta la testa di lato per guardarmi. Non riesco quasi a muovermi.

«Scusa per il morso» dice, toccandomi la spalla.

«Cosa?» Faccio fatica a capire il significato delle parole. Ripete quello che ha detto e abbasso lo sguardo. Mi accorgo che ci sono segni di denti sopra ad alcuni tatuaggi. Non ci ho nemmeno fatto caso.

«Nessun problema» dico. Si vedono a malapena, con tutto quell'inchiostro che mi colora la pelle.

«Meno male. Avrei dovuto dirti che mi piace mordere. Non riesco a farne a meno.»

«Non mi dà alcun fastidio. Davvero. Mi puoi mordere quanto vuoi, testolina rossa.» Dannazione, l'ho fatto ancora. Devo riprendere il controllo di me stesso. Questa ragazza mi ha riempito il cervello e ha annientato tutto il mio buon senso.

«Okay. Forse lo farò.» Si gira di lato e ho l'opportunità di osservarla come si deve.

«Passiamo la notte insieme?» mi lascio sfuggire. Pensavo di proporglielo dopo cena, ma non ho potuto resistere. Non riesco a tenere a freno la lingua dopo una scopata. Come se fossi ubriaco.

Sorride dolcemente e mi accarezza il petto con le dita.

«D'accordo.»

. 16 .

Dopo un altro round (o due), siamo entrambi affamati.

«Vuoi uscire oppure chiediamo il servizio in camera?» le domando mentre si mette a sedere e si passa una mano tra i capelli arruffati. Vorrei che non se li pettinasse, così tutti saprebbero cosa abbiamo fatto nelle ultime ore.

«C'è tempo per una doccia?» Si alza, permettendomi di ammirare il suo corpo nudo. Non è per niente a disagio e questo la rende ancora più sexy.

«Certamente.» Sorride, ma poi aggrotta la fronte.

«Non ho niente di pulito da mettermi addosso.» Adesso tocca a me sorridere.

«Non ti preoccupare. Vai pure a fare la doccia.» Muoio dalla voglia di andare con lei, ma, se lo facessi, sono certo che non riusciremmo più a uscire da questa stanza. Potrei scoparla per tutto il giorno e per tutta la notte. Smetterei di andare in ufficio, di dormire, di mangiare. Ho ancora il suo sapore in gola e sulla lingua. Sento su tutto il corpo l'odore della sua pelle ed è un peccato che proprio in questo momento lei si stia lavando via il mio. Ma ho in programma di rimetterglielo addosso molto presto.

Mi guarda perplessa, ma si dirige verso il bagno e comincia a far scorrere l'acqua. Sperando che non mi senta, prendo il cellulare e chiamo la reception. Meno di due minuti dopo, bussano alla porta. Apro e mi trovo davanti un fattorino che mi porge varie borse. Contengono un cambio completo per Saige e uno per me.

So che è stupido, ma ho chiesto un vestito color argento per lei e una cravatta grigia per me. Non sono fissato con gli abbinamenti, ma mi piacciono questi piccoli dettagli che rendono l'insieme coordinato. Mi sono fatto portare anche dei cosmetici. Non avevo idea di cosa prendere, ma sembra esserci un buon assortimento di prodotti Sephora.

Devo giocarmela bene, per non spaventarla. Non che Saige sia il tipo da spaventarsi facilmente.

Nel frattempo ha finito di fare la doccia e aspetto che esca dal bagno. Si è avvolta in un asciugamano e i capelli scuri e bagnati le ricadono lungo la schiena. Adesso il suo volto è arrossato per il calore e non per il sesso.

«Vai pure» dice, passandomi accanto con un sorriso. «Cos'è questa roba?» Indica le borse abbandonate per terra.

«Ho prenotato un tavolo in un ristorante e, per quanto tu mi piaccia molto con quell'asciugamano addosso, ho pensato che volessi indossare qualcosa di più elaborato e che non fosse fatto di spugna.» Si china per sbirciare nei sacchetti, facendo sollevare un lembo dell'asciugamano. Se lo spostassi poco più su, potrei godere di un panorama mozzafiato.

«Vado a fare la doccia. Spero che ti piaccia quello che ho preso. Altrimenti richiamiamo la reception e ci facciamo portare qualcos'altro.» Si raddrizza e ride piano.

«Che c'è?»

«Niente. Mi è venuta in mente la scena di un film con Julia Roberts. Ma tu non assomigli molto a Richard Gere.» So di che film sta parlando, Lizzy ne va matta. Preferirei che la mia sorellina non lo guardasse, dato che parla di prostitute, ma a lei piace.

«Be', se andremo a una partita di polo, eviterò di lasciarti da sola con il mio socio d'affari» dico entrando in bagno. Scoppia a ridere mentre chiudo la porta, ma sento il suono sfumare dall'altra parte della parete.

Quando riemergo dalla mia rapida (rispetto al solito) doccia, Saige è ancora avvolta nell'asciugamano, ma il vestito è disteso sul letto, insieme alla biancheria intima e a un paio di scarpe. Seduta poco lontano, si pettina i capelli.

«Mi passeresti il phon per favore?» chiede, senza guardarmi.

«Certo» rispondo, porgendoglielo. Solleva lo sguardo e fissa il mio petto nudo prima di prendermelo di mano.

«Hai bisogno di qualcos'altro?» domando. L'atmosfera nella stanza sembra... cambiata. Aleggia su di noi un pizzico d'imbarazzo e non capisco perché.

«No, sono a posto, grazie. Non avresti dovuto disturbarti. Saremmo potuti passare da casa mia.» Oh. Forse è a disagio perché le ho comprato degli indumenti. Ma perché dovrebbe?

«Saresti forse più a tuo agio con addosso i tuoi vestiti? Non voglio sembrarti presuntuoso.» Devo aver oltrepassato un confine di cui non conoscevo l'esistenza. Le relazioni sono sempre complicate, ci sono trappole nascoste dappertutto. Ti rendi conto solo troppo tardi di averci messo il piede sopra. Poi non ti resta che valutare i danni e capire se è possibile uscirne vivi.

«No, no. Va bene così. In genere... non importa.» È evidente che sta cercando di dirmi qualcosa. Non l'ho mai vista ammutolirsi in questo modo prima d'ora.

«Parla senza problemi» dico, sedendomi accanto a lei sul bordo del letto.

«Alcuni dei ragazzi con cui sono uscita, nel momento in cui spendevano dei soldi per me, cominciavano a crearsi delle aspettative.» Oh. Capito. Devo cercare di convincerla che sono preoccupazioni senza fondamento.

«Saige. Non è così. Sono diverso da loro. Non mi aspetto niente in cambio di un regalo. Altrimenti, che regalo sarebbe? Se vuoi che ti porti a casa, ci andiamo subito. Se preferisci che me ne vada, lo farò. Ogni tuo desiderio è un ordine. Se desideri mangiare nuda in camera, sarò ben lieto di accontentarti.» Cerco di sdrammatizzare e il mio tentativo sembra funzionare.

«Mi dispiace. Non avrei dovuto pensare male di te. So che non te lo meriti.» Si rasserena un poco e appoggia una mano sulla mia spalla nuda. Gocce d'acqua mi scorrono sulla pelle. Non ho ancora avuto modo di asciugarmi.

«Ho voglia di uscire. E adoro questo vestito. Chi l'ha scelto, ha senz'altro buon gusto.» Le bacio il dorso della mano. È un gesto stupido, non so perché l'ho fatto.

«Bene. Speravo ti piacesse. Non ero certo della tua taglia.» A dire il vero, se n'è occupato Track, basandosi unicamente sulle fotografie. La sua passione per i vestiti alla moda ci torna utile molto spesso.

«È proprio quella giusta.» Si lascia sfuggire un sospiro e ricomincia a pettinarsi.

«Preparati con calma. Vado a radermi e a vestirmi.» La barba del tardo pomeriggio comincia a spuntarmi sul viso. Faccio per tornare in bagno, ma mi afferra un braccio.

«Non ti radere.»

«Non mi devo radere?» ripeto.

Si alza in piedi e mi accarezza una guancia.

«Esatto.» Le agguanto un polso e le lecco il palmo della mano.

«Okay.»

In pochi minuti sono pronto, ma aspetto un attimo prima di uscire dal bagno. Mi piace l'idea di trovarla agghindata di tutto punto. Tipo quelle foto con il prima e il dopo.

«Sei presentabile?» chiedo, aprendo delicatamente uno spiraglio di porta.

«Dipende cosa intendi con presentabile» ribatte. «Ma puoi venire fuori se vuoi.» Spalanco la porta e rimango senza parole.

«Ti piaccio?»

«Moltissimo» rispondo.

«Devo dire che anche tu stai davvero bene» afferma, passando una mano sul mio volto non rasato. «Ti dona. Forse dovresti farti crescere la barba.» Ce l'ho avuta in passato.

«Forse.» Non è molto adatta al personaggio di Quinn Brand. È più nello stile di Sylas.

Non riesco a distogliere lo sguardo dalle sue labbra rosso fuoco. Immagino quel rossetto spalmato su tutto il mio corpo e le sue labbra intorno al mio uccello. Devo smetterla, altrimenti non riusciremo a uscire da qui.

«Sei pronta?» chiedo, sperando che il mio tono di voce non mi tradisca.

«Sì, signore» risponde, prendendomi sottobraccio.

Il rumore dei tacchi di Saige sul pavimento di marmo risuona nella hall dell'albergo. Stasera ho noleggiato una macchina. È uno strappo alla regola, ma ne valeva la pena.

«Vuoi dire che possiamo divertirci sul sedile posteriore senza preoccuparci di fare incidenti?» mi sussurra all'orecchio mentre l'autista ci apre la portiera.

Le stringo la mano.

«Solo se non ti dispiace che ti rovini il trucco e l'acconciatura.» Non riesco a essere romantico con lei né a scoparla con delicatezza. Non appena la sfioro, mi viene voglia di strapparle i vestiti di dosso e sprofondare dentro di lei.

Sospira tristemente.

«Hai ragione. Magari al ritorno.» Puoi giurarci. Mi fa l'occhiolino prima di infilarsi dentro la macchina. Entro dopo di lei e l'autista richiude la portiera.

Conosce già la nostra destinazione, quindi sarà una sorpresa per Saige.

«Dove andiamo?» domanda, guardando fuori dai finestrini oscurati.

«Lo scoprirai presto» rispondo, prendendole una mano. Sento il bisogno di toccarla.

Mi sto lasciando coinvolgere troppo da questa ragazza. Dovrei fare un passo indietro, ma sarebbe un peccato buttare via tutto il terreno guadagnato finora. Saige è un bersaglio. La guardo e mi ripeto mentalmente che si tratta solo di lavoro. Nient'altro.

«A cosa stai pensando?» chiedo.

Si volta verso di me.

«Alla fortuna che ho avuto a incontrarti in quel bar. Pensi mai a quanto sia strano conoscere una persona per puro caso? Se tu avessi scelto un'altra caffetteria, o se vivessi in un'altra città, non ci saremmo mai frequentati.»

Sì. Penso spesso alle piccole coincidenze della vita. Sono quelle che hanno fatto sposare i miei genitori, influenzando la mia vita e quella di Lizzy. Causando la morte di mia madre.

«Credi nel destino?» chiede, guardandomi intensamente con quei magnifici occhi verdi.

«Sì» mento, con un sorriso.

«Durante il proibizionismo era un bar clandestino» le spiego, aiutandola a scendere dall'auto venti minuti dopo. L'ingresso del ristorante non è niente di speciale. Si tratta di un vecchio edificio in pietra arenaria situato in quello che ha tutta l'aria di essere un quartiere residenziale.

«Stai scherzando» dice mentre saliamo i gradini e busso alla porta.

«No.» Un uomo apre quel tanto che basta per chiederci se abbiamo prenotato.

«Brand. Un tavolo per due» rispondo e ci lascia entrare. Saige si lascia sfuggire un gemito. Lo spazio è angusto. E buio. Illuminato solo da piccole luci rosse che penzolano dal soffitto.

«Seguitemi» ci dice, facendoci strada lungo un corridoio di assi di legno scricchiolanti. Il rumore è ovattato e mi chiedo se hanno fatto dei lavori di insonorizzazione, o se faceva parte della costruzione originale.

Arriviamo a un'altra porta, che l'uomo apre con una vecchia chiave di metallo. L'atmosfera è misteriosa ed elettrizzante.

Quando la spalanca, il rumore della stanza ci investe ed è come essere risucchiati in un'altra epoca.

«Wow» mormora Saige dietro di me.

Il locale è arredato con tonalità rosso scuro e bordeaux, in un elegante connubio di cuoio e mattoni a vista. Il bar è composto da vecchie botti, probabilmente fatte a mano.

Dagli altoparlanti risuona una musica ruvida e graffiante, volutamente distorta per essere in sintonia con l'ambiente.

L'uomo ci conduce verso il fondo della sala, in un angolo con due vecchie sedie in pelle e un tavolino anch'esso montato su una botte. Le luci sono soffuse e osservo Saige guardarsi intorno.

«È davvero eccezionale» mi dice, raggiante. «Ottima scelta.»

«Grazie» rispondo, mentre il cameriere ci serve dell'acqua e ci porge il menu e la carta dei vini.

«Desiderate conoscere i piatti dei giorno?» Annuiamo entrambi e ce li elenca a memoria, aggiungendo quali sono i suoi preferiti.

«Sembrano uno meglio dell'altro» commenta Saige, guardando verso di me. Concordo. Vorrei ordinarli tutti, cocktail compresi.

«Vi lascio qualche minuto per decidere» dice, allontanandosi.

Oh mio Dio, Saige mima con la bocca. «Questo posto è veramente forte.»

«Immaginavo che ti sarebbe piaciuto.»

Sapevo che, data la sua passione per l'arte, avrebbe apprezzato la storia del locale, che tra l'altro è raccontata sul retro dei nostri menu.

«È come tornare indietro nel tempo» dice, mentre gli altoparlanti nascosti in giro per il locale diffondono la voce di Louis Armstrong. «Ti ringrazio di avermi portata qui. Non l'avrei mai scoperto se non fosse stato per te.» Si allunga sul tavolo e le prendo la mano. Questa volta è lei a baciarmela sul dorso, facendomi rabbrividire. Siamo decisamente troppo lontani. Mi piacerebbe tenerla seduta sulle mie ginocchia, ma temo che daremmo nell'occhio.

«È un vero piacere» dico. «Hai deciso cosa ordinare?»

«Be', da bere prendo sicuramente un Mary Pickford.» Passo in rassegna i drink e scelgo un Sidecar. Come antipasto, optiamo per i canapè di aragosta. Il nostro cameriere torna a prendere le ordinazioni.

«Al proibizionismo» dice Saige, alzando il suo Mary Pickford. Sollevo il mio Sidecar e brindiamo.

«Al proibizionismo» ripeto, facendole l'occhiolino.

L'atmosfera del ristorante è seducente e tranquilla. I drink vanno giù con facilità e le risate abbondano. Mi sento libero di parlare qui. Quasi come se potessi essere un po' più Sylas e un po' meno Quinn.

Saige è radiosa. Lo è sempre, ma sotto queste luci e con i sensi annebbiati dall'alcol, non riesco a toglierle gli occhi di dosso.

«Mi stai fissando, Quinn Brand.»

«Sei bellissima, Saige Beaumont» dico. Alza gli occhi al soffitto, ma sorride.

«Un'altra frase fatta.»

«Il mio scopo è quello di usarle tutte con te.»

Sorseggia il suo drink e inarca le sopracciglia.

«Tutte?»

«*Tutte*.»

Scuote la testa e poi sento il suo piede risalirmi sul polpaccio.

«Fai attenzione, Saige Beaumont» l'avverto, strizzando gli occhi.

«Non capisco di cosa tu stia parlando.» La musica mi pulsa nelle orecchie e a fatica resisto alla tentazione di rovesciarla sul tavolo e prenderla proprio qui. Abbiamo appena fatto sesso più volte, ma non sono mai sazio di lei.

È solo un bersaglio.

Nient'altro.

«Adoro questa canzone» dice, chiudendo gli occhi e oscillando sulla sedia. Abbiamo finito di mangiare e mi chiedo se voglia prendere un dessert. O se è pronta per tornare in albergo e lasciarsi scopare ancora un po'.

Ma mi alzo in piedi e le tendo una mano. Abbiamo ballato durante il nostro primo appuntamento e mi sembra giusto farlo anche adesso.

Non conosco questa canzone, ma è un brano jazz, abbastanza lento per ballare abbracciati. La prendo tra le braccia e cominciamo a muoverci a tempo di musica. Chiudo gli occhi, sopraffatto dall'emozione. Alle volte quando sono con lei perdo il controllo di me stesso.

Solo un bersaglio.

Saige sospira e mi appoggia una guancia sul cuore.

La stringo a me e mi sforzo di essere Quinn. Per tutelarmi da questa donna, devo smetterla di comportarmi come Sylas.

Non sono mai stato innamorato. Bisogna lasciarsi

andare per farsi amare da un'altra persona. Invece io non voglio aprirmi con nessuno. Non in senso romantico, perlomeno. Voglio bene a Lizzy e questo mi basta. Quando si ama qualcuno gli si dà un enorme potere e non permetterò mai che accada.

Saige inclina la testa e solleva lo sguardo.

«Quinn, ci sai davvero fare con gli appuntamenti galanti.»

Trattengo il respiro sulle ultime due parole.

«Vuoi sapere se è questo che stiamo facendo? Mi stai chiedendo di definire il nostro rapporto?» *Codifica la relazione,* come dice Cash.

«Solo se sei d'accordo anche tu. Possiamo continuare a frequentarci senza impegno, se preferisci.» No. È una parte importante del piano. Fare in modo che si fidi ciecamente di me.

«Sarei onorato di cominciare a frequentarti in modo ufficiale, Saige.» Sorride e affonda nuovamente il viso nel mio petto.

«Bene. Anch'io. Ma a una condizione.» Alza i suoi occhi verdi verso di me, seria.

«Quale?»

«Non puoi spezzarmi il cuore.» La guardo e per un attimo inciampo nei miei passi. È proprio quello che succederà. Le spezzerò il cuore. Ma le sorrido nel modo più convincente possibile.

«Credo che se proprio un cuore si dovrà spezzare, sarà il mio» dico. Si allontana con fare scherzoso.

«Farò di tutto perché non succeda» dice piano, appoggiando una mano nel punto in cui batte il mio cuore, che comincia a martellarmi nel petto. Sembra sempre sapere quando Saige è nei paraggi. Non posso fare nulla per controllare la reazione del mio corpo a questa donna bellissima, divertente e sexy. È il mio bisogno biologico di accoppiarmi e continuare la specie.

«Sei un uomo di buon cuore, Quinn.» Non voglio parlare del mio cuore, né del suo. Meglio non pensare a quanto siano entrambi pericolosamente coinvolti in questa storia.

Una cosa è certa, quando il lavoro sarà terminato, me ne dovrò andare. Non posso rimanere nella sua stessa città e rischiare d'incontrarla. Semplicemente... non posso.

«Vuoi ordinare il dolce, o preferisci tornare in albergo?» le chiedo, cercando di mantenere un tono di voce neutro.

«Potremmo tornare in albergo e mangiarlo a letto. Nudi.» Indietreggia e la lascio andare.

«È un'ottima idea.»

Pago il conto e le offro il braccio mentre ci incamminiamo verso l'auto che ci aspetta fuori dal ristorante.

«È stata una serata fantastica, Quinn. Assolutamente fantastica.»

«Memorabile?» chiedo.

«Senza dubbio. E non è ancora finita.»

. 17 .

Torniamo in albergo e ordiamo tutti i dolci sul menu. Devono aver pensato che stiamo dando una festa.

«Non ce la faremo mai a mangiare tutto» dice Saige indicando il carrello che ci hanno lasciato. C'è una torta red velvet, un tiramisù, un pudding di pane, un cheesecake e una crostata al limone. Hanno un aspetto strepitoso, ma senza dubbio avanzerà qualcosa. Va bene così. Non è certo lo scopo della serata.

Le porgo una forchetta e ne prendo una anche per me. Ci siamo tolti gli abiti da sera e indossiamo dei morbidi accappatoi che ho trovato nell'armadio.

«Da dove vuoi cominciare?» le domando, mentre scruta il carrello.

«Dalla torta red velvet» sentenzia, afferrando il vassoio. «E non ho intenzione di dividerla con nessuno.»

«Va bene» dico, optando per la crostata al limone. Un'altra cosa che mi ricorda mia madre. In passato non avevo problemi a togliermela dalla testa. Riuscivo a non pensare a lei per giorni. Invece ora sembra che ogni momento trascorso con Saige sia legato a un ricordo. Scuoto la testa. Sto perdendo colpi. Forse ho bisogno di una vacanza. O forse devo semplicemente farmene una ragione e rimettermi al lavoro.

È di turno Row stasera, e spero si stia godendo il pernottamento in albergo. Baz è appostato fuori in macchina e sono abbastanza certo che sia incazzato per questo. Ma il misterioso stalker non mi ha più inviato né messaggi né fotografie.

Facciamo tintinnare le nostre forchette e cominciamo a mangiare. Saige si spazzola un'intera fetta di torta e poi attacca il pudding di pane.

«So che abbiamo appena cenato, ma, non so come, ho ancora spazio» dice, guardando estasiata il secondo vassoio.

«Credo che abbia a che fare con la chimica, ma non ne sono certo.» Mi fa una linguaccia e si porta alle labbra una forchettata di pudding. Alla fine, ci scambiamo i vassoi e mangiamo quasi la metà dei dessert.

«Oh mio Dio, sono così piena che non riesco più a muovermi» dice, crollando con la schiena sul letto e incrociando le mani sullo stomaco. «Credo che più tardi me ne pentirò, ma non importa». Mi stendo accanto a lei.

«I veri amanti dei dolci non conoscono misura. E poi, se non ora, quando?» Ride piano.

«Sono d'accordo.» Rotola a pancia in giù e si solleva appoggiandosi sui gomiti.

«Temo che per il momento non riuscirò a dedicarmi a quell'altra cosa che avevamo in mente. Non ce la faccio proprio, con tutto quello che ho mangiato. Forse avremmo dovuto pensarci prima.» Forse. Ma non mi dispiace aspettare un po'. Nemmeno io me la sento di scopare, malgrado il mio uccello la pensi diversamente. Magari con lei sopra...

«Non c'è problema. Anch'io ho bisogno di rimanere sdraiato per un po'.»

«Guardiamo un film?» propone, afferrando il telecomando e accendendo il televisore.

«Basta che non sia vietato ai minori. A lui non interessa che il resto del corpo non sia pronto all'azione.» Indico il mio uccello.

Saige ridacchia.

«Okay, niente porno allora. Che ne dici di una commedia romantica?»

«Dipende.» Comincia a fare zapping tra i vari canali disponibili, saltando a piè pari quelli di sport e d'informazione.

«Questo proprio no, non mi va di piangere stasera» dice, dopo aver guardato qualche scena di un film. Non ho idea di cosa sia e non so come lei l'abbia individuato così in fretta.

«Conosci *Game of Thrones*?» mi chiede, fermandosi di nuovo.

«Non so cosa sia, mi spiace.» Non guardo spesso la televisione e non ho la TV via cavo.

«Davvero? Non sai cosa ti perdi. Una sera ci dobbiamo guardare insieme un po' di episodi. Devi recuperare. E *Spinal Tap*?» Alzo le spalle. Non ho mai visto nemmeno quello.

«Dannazione, che cosa guardi, a parte Hitchcock?»

«Non molto.»

«Oh!» esclama, mettendosi seduta. «Ecco il film che fa per noi.»

«Che cos'è?» chiedo, mentre scorrono i titoli di testa. Neanche a farlo apposta, sta cominciando proprio ora.

«*Il mio grosso grasso matrimonio greco*. È molto divertente, ti piacerà.» Non l'ho mai visto, ma almeno ne ho sentito parlare. Saige cambia posizione e si mette nuovamente a pancia in giù. Invece dello schermo, osservo lei che fissa il televisore.

«Non ti stai concentrando» mi rimprovera, continuando a guardare davanti a sé.

«Scusa» dico, riportando l'attenzione al film.

Saige è molto presa, ride ancora prima che una battuta venga pronunciata. Devo ammettere che la storia è coinvolgente, anche se non è il mio genere. Ma senza dubbio è divertente. Scoppio a ridere più di una volta, specialmente quando Tula presenta Ian alla sua famiglia e dice loro che è vegetariano.

«Adoro questo film» dice Saige mentre Tula e suo marito ballano alla loro festa di nozze.

«Sì, è piaciuto anche me. Grazie per avermelo fatto vedere.»

«E dimmi, se non guardi film, cosa fai nel tuo tempo libero, Quinn Brand?» Non molto. Mi alleno. Cammino. Mi vedo con Cash. Dormo. La mia vita al di fuori del lavoro non è granché. Non è nemmeno davvero una vita. Ma non posso dirglielo.

«Mah, dipende dai periodi.» Spero che lasci cadere l'argomento.

«No, davvero» insiste, mettendosi seduta e focalizzando la sua attenzione su di me. Merda. «Voglio conoscerti meglio. Sapere cosa fai quando non sei con me.» Sorride e mi tocca una spalla con fare scherzoso.

«Allora... leggo, gioco con la playstation, vado a correre. Le solite cose.»

«Qual è l'ultimo libro che hai letto?» È una domanda facile, perché di tanto in tanto leggo veramente.

«*L'ombra dello scorpione* di Stephen King. È uno

dei suoi romanzi più belli, secondo me.»

Alza un sopracciglio, come se fosse sorpresa.

«Che c'è?»

«Niente. E il penultimo?» Testolina rossa, sono certo di poter superare questa prova.

«*L'amore bugiardo* di Gillian Flynn.» Sorride della mia risposta.

«Scelta interessante.» Decido di ribaltare la situazione a mio favore.

«E tu? Quali sono gli ultimi due libri che hai letto? A parte quelli che ti danno da studiare.» Mi sento in dovere di precisare. Alza un dito.

«*Uomini che odiano le donne* e... *L'amore bugiardo*» dice, sollevandone un altro.

«Davvero?»

«Sì. Pare che abbiamo gli stessi gusti in fatto di libri.»

«Pensa un po'.»

«Ma non disdegno il genere fantasy o un buon romanzo storico. Comunque, niente supera la saga di Harry Potter.»

«Non l'ho letta.» Mi guarda come se avessi bestemmiato.

«Qual è il tuo problema?» Ne ho talmente tanti che nemmeno lo immagini, Saige. «Come puoi far parte del genere umano e non avere letto Harry Potter?» Alzo di nuovo le spalle. Credo di averlo fatto un sacco di volte stasera.

«Be', vai in biblioteca, Quinn Brand. O rubane uno a un bambino. Te li presterei io, ma i miei libri non sono autorizzati ad allontanarsi da casa, se non in mano mia.» Trovo che in un certo senso sia... tenera.

«Farò il possibile.» Dovrò almeno informarmi sulle trame, per essere preparato nel caso si dovesse ripresentare l'argomento. Sono certo che me ne parlerà di nuovo. Saige è il tipo di persona che non dimentica queste cose.

«Bene. Ti piaceranno, vedrai.» Sospira felice. Forse potrei leggerli con Lizzy. Ho in programma di andare a trovarla questo fine settimana. In questo periodo ho la testa nel pallone e mi farà bene qualcuno di familiare che mi riporti con i piedi per terra.

Parliamo ancora un po' dei libri che abbiamo (o non abbiamo) letto e dei film che abbiamo (o non abbiamo) visto. Non so chi dei due cominci a sbadigliare per primo, ma ben presto ci ritroviamo sdraiati sui cuscini nei nostri accappatoi. La distanza tra una risposta e l'altra si allunga sempre più, mentre entrambi cerchiamo di resistere al sonno.

Alla fine, soccombiamo entrambi al mix di cibo e cocktail e ci addormentiamo.

Mi sveglio a pancia in giù, con un braccio sulle spalle di Saige, che è rannicchiata il più possibile contro di me. Non ha un'espressione serena, ha la fronte aggrottata ed emette dei piccoli versi che probabilmente sono il motivo per cui mi sono svegliato. Il suo corpo è scosso da lievi contrazioni muscolari, come se stesse facendo un incubo.

Aspetto un attimo prima di scuoterla delicatamente.

«Saige. Svegliati.» Spalanca gli occhi e sussulta, facendo un balzo indietro.

«Saige! Sono io. Sono Quinn. Era solo un sogno.» Balbetta qualcosa e sbatte le palpebre un paio di volte, prima di tranquillizzarsi.

«Scusa» dice, scostandosi i capelli dagli occhi. Erano lisci ieri sera, ma cominciano ad arricciarsi di nuovo. Come se non potessero essere domati, nemmeno con il calore.

«Stai bene?» Allungo una mano verso di lei, ma mi blocca.

«Sì. Devo... andare in bagno.» Si alza, richiude la porta alle sue spalle e gira la chiave nella serratura.

Mi strofino gli occhi e guardo l'ora. Sono le cinque del mattino. Vorrei alzarmi presto, portarla a fare colazione e passare da casa sua perché possa prepararsi. Pensavo poi di accompagnarla all'università in tempo per la prima lezione delle nove e andare in ufficio un po' più tardi del solito.

Sento l'acqua scorrere nel lavandino, ma il flusso è costante, come se servisse solo a camuffare i rumori. Dopo qualche minuto, mi avvicino piano alla porta e busso.

«Saige? Tutto okay?»

«Sì» risponde, ma è chiaro che sta mentendo.

«Fammi entrare.»

«No.» Sarei tentato di prendere a pugni la porta e gridarle di aprire, ma non penso che questa tattica funzionerebbe con lei.

«Dai, per favore. Sono solo preoccupato per te» dico, e in parte è vero.

Dopo qualche secondo, chiude l'acqua e apre la porta.

Sta piangendo. Ha gli occhi rossi e gonfi. Il rimmel che ieri sera non ha avuto il tempo di togliersi le riga le guance.

«Che cos'hai?» chiedo. Non so bene cosa fare. Non ho idea del perché sia triste né di come aiutarla.

«Niente» dice, appoggiandosi al lavandino e pulendosi il viso con il dorso della mano.

«Se così fosse, non staresti piangendo. Hai avuto

un incubo?» Alza gli occhi al soffitto.
«Capita solo ai bambini.»
«Non è vero» ribatto, chiudendo la porta e sedendomi sul bordo della vasca da bagno. «Succede anche agli adulti. Abbiamo tutti paura di qualcosa.» Incrocio il suo sguardo e mi sembra... giovane. Triste. Spaventata.
«Tu di cosa hai paura?» La sua voce risuona nel bagno, mentre una goccia dal rubinetto cade nel lavandino.
«Di te» rispondo, e anche questo è vero. Ho paura di lei. Di come mi fa sentire. Posso continuare a ripetermi che è solo un bersaglio, ma quando le sono vicino perdo il controllo del mio corpo.
È una tortura. Una sorta di punizione divina per quello che ho fatto. Avrebbe senso, visto come si è svolta la mia vita fino a ora. Mi trovo in una sorta di inferno rosa.
Fa una smorfia e le porgo della carta igienica perché possa soffiarsi il naso.
«Non hai paura di me. Scommetto che non hai paura di niente.» Scuoto il capo.
«Ti sbagli. E stai anche cambiando discorso. Cosa ti ha turbato? Se vogliamo frequentarci seriamente, dobbiamo cominciare a parlare di queste cose.» Odio questa parte. Convincerla a fidarsi di me, ben sapendo che dovrò tradire la sua fiducia.
Non ci ho mai riflettuto così a lungo in passato. Mi limitavo ad annullare le mie emozioni e ad andare avanti a testa bassa.
Non mi fermavo mai per non dover riflettere su ciò che stavo facendo.
«È una cosa stupida» dice, soffiandosi il naso e mettendo su il broncio.

«Non può essere stupida se riguarda te, Saige» dico, porgendole altra carta.

«Evidentemente non mi conosci così bene.» Aspetto che si riprenda un po'. Solleva lo sguardo ed espira.

«Okay. Io... alle volte faccio degli incubi. Non sono niente di che e quando mi sveglio non ricordo quasi nulla, ma al momento mi sembrano terrificanti.» Rabbrividisce e si circonda il busto con le braccia.

«Io invece mi ricordo sempre di ciò che sogno» dico piano. «Ma non sempre è una fortuna.»

«Se riuscissi a ricordare, magari mi convincerei che non è il caso di avere paura. Ma non appena apro gli occhi, è come se il mio cervello si resettasse.» Si strofina le braccia con i palmi. «Comunque, mi sono spaventata. Spesso mi sveglio piangendo, in questi casi.»

Rimango seduto un attimo a chiedermi cosa potrei fare. A essere sincero, le lacrime mi mandano fuori di testa. Non so come gestirle. Riesco a capire la rabbia. L'odio. Ma la vulnerabilità è qualcosa che non mi sono mai concesso e faccio fatica a immedesimarmi quando si tratta di qualcun altro.

Cash è molto più bravo di me in queste cose. Sa essere rassicurante e interpretare la parte del fidanzato affettuoso. Forse sarebbe stato meglio se si fosse occupato lui di questo incarico.

Ma non appena penso a Cash e Saige insieme, mi viene voglia di prendere a pugni il muro. Quindi faccio l'unica cosa che so di poter fare. Mi alzo e l'abbraccio.

Si irrigidisce un attimo, poi si lascia andare. Sì, ho il controllo. La tengo tra le braccia e posso plasmarla a mio piacere. Se la baciassi ora, con le difese abbassate, mi lascerebbe fare. Potrei scoparla proprio su questo lavandino.

Qualcosa mi blocca. Saige muove le braccia e mi cinge la schiena. Appoggio il mento sopra la sua testa. Se qualcuno ci fotografasse così, avremmo l'aria della coppia perfetta.

«Grazie per essere stato così comprensivo» sussurra. «Mi dispiace di averti svegliato.»

«Ssh, non ti preoccupare, non c'è problema.» Comincia a sciogliersi dall'abbraccio. Non vorrei lasciarla andare, ma mollo la presa e indietreggio per darle spazio. Ha il volto ancora rosso, ma non è meno bella per questo. Niente potrebbe intaccare la sua bellezza.

«Bene, questione risolta» dice, ridendo piano, leggermente a disagio.

«Hai voglia di tornare a letto o preferisci che ti riaccompagni a casa?»

«Non mi va di dormire, ma nemmeno di tornare a casa.» Solleva lo sguardo verso di me e noto qualcosa di... implorante nei suoi occhi. Come se mi pregasse di capire cosa desidera senza dovermelo dire.

Tiro a indovinare. «Vuoi fare sesso?»

Annuisce e tira su col naso.

«Selvaggio?» chiedo, per sicurezza. Annuisce di nuovo.

«Vado a prendere un condom.»

Esco dal bagno e mi dirigo verso il comodino dove li ho lasciati ieri sera. Ripensandoci, meglio prenderne due. Ne infilo uno nella tasca dell'accappatoio.

Trovo Saige nella stessa identica posizione di prima. Senza dire una parola, la sollevo sul lavandino. Si lascia sfuggire un gridolino.

«È freddo» spiega, mentre le slaccio la cintura dell'accappatoio e glielo faccio scivolare lungo le spalle.

«Alzati» dico e salta giù, appoggiando i piedi per terra. Allargo l'accappatoio sul lavandino e la rimetto sopra. Lascio cadere per terra il mio accappatoio e la guardo negli occhi.

«Pronta?»

«Sì.» Mi avvicino.

Le nostre labbra si incontrano e si uniscono. Sa di scintille, di incubi e di parole non dette. La bacio con trasporto, facendo scorrere le mie mani sul suo corpo. Viene in avanti col bacino per sentirmi meglio.

Ho in mente di scoparla selvaggiamente, ma prima voglio eccitarla, in modo che sia lei a chiedermi di prenderla. È un piacere unico farsi implorare da una donna. Sentire che ha talmente voglia del tuo uccello che potrebbe morire se non glielo dai. Voglio che Saige mi supplichi.

Mi stacco dalle sue labbra per scendere più in basso. Non mi stancherò mai di assaggiare il suo sapore. Appoggio le ginocchia per terra e mi faccio strada tra le sue gambe, toccandola con le dita e con la lingua. Dimena il bacino sopra la mia faccia, tanto che quasi non riesco a respirare. Ma non importa. Voglio solo sprofondare dentro di lei.

Mi tira per i capelli mentre la divoro con avidità per farle raggiungere l'orgasmo in tempo record. Poco dopo inarca la schiena e la sento pulsare sulle dita e sulla lingua. Aspetto che si calmi, poi mi alzo per prendere un preservativo.

«Un attimo» mi dice e quasi non la sento. Sono al limite della sopportazione. Voglio affondarle dentro e farle dimenticare il suo incubo.

«Saige, non ce la faccio più» ringhio. Le mani mi tremano mentre afferro il preservativo, pronto a strapparne l'involucro.

Non aggiunge altro, ma allunga una mano verso il mio membro e lo stringe tra le dita. Basta questo a farmi quasi esplodere. Poi comincia a muovere il braccio su e giù, lentamente. Molto lentamente. Serro la mascella mentre continua a toccarmi, ruotando appena il polso.

«Voglio venire dentro di te» dico. Non che non mi piaccia quello che sta facendo, ma una scopata con lei vale cento lavoretti di mano.

Molla la presa e mi afferra il viso. Mi dà un bacio, prima di appoggiare la schiena al lavandino. In genere non è così silenziosa, ma non ho il tempo di pensare a queste cose. Il mio uccello sta ragionando al posto mio.

Mi metto il preservativo e le divarico le gambe. Mi strofino un paio di volte contro di lei, per stuzzicarla. La desidero da matti, ma voglio che anche lei mi desideri con la stessa intensità.

Le sfioro nuovamente il sesso con il mio ed emette un gemito di frustrazione. I nostri sguardi si incrociano e aspetto che mi chieda di scoparla.

«Ti prego» dice con un filo di voce, ed è tutto ciò di cui ho bisogno. Prendo posizione, le afferro i fianchi e la penetro con forza. Saige urta lo specchio con la schiena. Spero che non si sia rotto. Mentre lo tiro fuori, la trascino in avanti sul bordo del lavandino e affondo nuovamente dentro di lei. Non appena trovo la posizione ideale, comincio a scoparla come mi ha chiesto. Non rallento il ritmo e lei non mi domanda di farlo. La prendo con foga e mi sollecita a continuare.

Allunga una mano verso il suo pube per toccarsi, eccitandomi da morire. Viene di nuovo e a questo punto non resisto più.

Voglio venire dentro di lei. O su di lei. Mi piacerebbe vedere la sua pelle bagnata del mio sperma. Sì. È una cosa che devo decisamente fare prima di dirle addio. Mi imprimerò quell'immagine nella memoria per poterla tirare fuori quando ne avrò voglia.

Si china in avanti e si riposa sulla mia spalla. La sua pelle, bagnata di sudore, si appiccica alla mia.

«Grazie» dice, sollevando una mano e posandola sulla mia guancia.

«Per averti scopata? Ti assicuro che non è stato difficile» rispondo, quasi ridendo.

«No, grazie per... non importa.» Mi dà un buffetto e la prendo tra le braccia per portarla a letto.

Mangiamo il resto dei dolci, anche se non sono stati messi al fresco e sono rimasti sul carrello tutta la notte. Non interessa a nessuno dei due. Facciamo sesso di nuovo, poi è davvero ora di tornare alle nostre vite normali. O meglio, alle vite che conduciamo quando non stiamo insieme.

«Era proprio quello che ci voleva. Come facevi a saperlo?» domanda, rimettendosi i vestiti di ieri. Ci siamo già fatti la doccia e i suoi capelli, ancora umidi, stanno cominciando ad arricciarsi di nuovo.

«Ho solo pensato che avevamo bisogno entrambi di una serata lontano da tutto.» Mi sorride e spero che riusciremo a farlo molte altre volte. La fase successiva del mio piano è di entrare a fare parte della sua vita. Metterla a suo agio in modo da avere accesso a tutto, compreso suo padre. Devo scoprire i suoi segreti. Mi servono per difendermi da lui. Li indosserò come un giubbotto antiproiettile per proteggermi dai colpi che mi sparerà quando salterà fuori la verità.

Tempo. C'è bisogno di altro tempo. Più appuntamenti, più notti insieme, più momenti trascorsi con Saige. È un prezzo che sono assolutamente disposto a pagare.

. 18 .

Nei giorni successivi, mi vedo con Saige altre due volte. La prima andiamo al cinema, la seconda rimaniamo a casa sua. C'è del sesso in entrambe le occasioni.

«Cosa fai nel fine settimana?» mi chiede mentre ci crogioliamo nel languore postcoitale. Mi aveva detto di dover studiare, ma ha cambiato idea quando l'ho ribaltata sul divano e le ho abbassato i pantaloni per frugare tra le sue gambe.

«Niente, perché?» Se le rispondessi che ho da fare, vorrebbe sapere di cosa si tratta e allora dovrei inventarmi qualcosa di convincente. Tenerla all'oscuro della mia vita privata è fondamentale. Sapere tutto di lei senza rivelarle niente di me.

«Curiosità. Potremmo uscire con i miei amici, Lo compresa. Non si può certo dire che vi siate conosciuti nel migliore dei modi e sarebbe carino organizzare un nuovo incontro, cosa ne pensi?» Farmi benvolere dai suoi amici fa parte del piano. Quindi sono assolutamente d'accordo.

«Certo, quando?»

«Ti andrebbe bene sabato sera?» Potrei andare a trovare Lizzy al mattino e tornare indietro nel pomeriggio.

«Perfetto. Vuoi che ti passi a prendere qui?» Annuisce e dice che mi invierà un SMS con l'orario. Mi alzo per andare in bagno, ho trascurato gli stimoli della mia vescica ed è ora di rimediare. Questa ragazza mi assorbe completamente. Le ore volano via senza che nemmeno me ne accorga.

«Ehi, il tuo cellulare sta vibrando» mi dice Saige attraverso la porta aperta. Mi precipito fuori dal bagno e per poco non mi rompo il collo. Devo ricordarmi di portarmi sempre dietro entrambi i cellulari, ma non è facile tenerli nascosti quando si è nudi.

«Caspita, c'è un incendio?» mi prende in giro, porgendomi il telefono. Merda. L'ha tolto dalla tasca dei miei pantaloni e per fortuna è quello ufficiale. Tiro un sospiro di sollievo. Non deve scoprire che ne esiste un altro, né tanto meno prenderlo in mano.

Controllo il numero ed è uno di quegli stupidi numeri verdi. Probabilmente mi volevano comunicare che ho *vinto* un viaggio in Giamaica, a patto che dia loro tutte le mie informazioni personali. Li ignoro e blocco nuovamente il cellulare.

«Aspetti una chiamata?» chiede, mettendosi seduta e pettinandosi i capelli con le dita.

«Ehm, sì. Ma non è niente d'importante» rispondo, cercando di recuperare il controllo dei battiti cardiaci e rivolgendole quello che spero sia un sorriso tranquillo.

«È tutto a posto?» domanda e mi maledico per essermi ficcato in questa situazione. D'ora in poi terrò sempre i pantaloni addosso, tranne ovviamente quando facciamo sesso.

«Certo.» Le faccio l'occhiolino e decido di distrarla tuffandomi in avanti e strofinandole il naso sul petto, proprio tra i suoi seni.

Ride, prendendomi la testa tra le mani. La spingo

sul letto e il cellulare è dimenticato.

«Ciao, sorellina!» esclamo entrando nella stanza di Lizzy.

«Fratellone!» urla, prima di gettarsi tra le mie braccia. Indossa un golfino blu elettrico con l'immagine di un gattino sul davanti e ha i capelli intrecciati. Mi chiedo quale infermiera l'abbia pettinata. Tutte adorano Lizzy. Ha un modo di fare che attrae la gente, che ti fa venir voglia di prenderti cura di lei. Di fare qualsiasi cosa pur di vederla sorridere.

«Ti ho portato qualcosa» dico, liberando una mano da dietro la schiena e porgendole un libro che ho comprato venendo qui.

«Harry Potter!» grida, saltando su e giù e battendo le mani. «Dopo possiamo vederci anche il film?»

«Certo» Le poso un braccio sulle spalle e andiamo a sederci sul letto. «Come stai oggi?»

Mi guarda raggiante. Trovo buffo che le due persone a cui tengo di più siano le più solari che conosco. Lo loro allegria un tempo avrebbe potuto contagiarmi, ma ormai credo di essere diventato immune.

«Bene. Callie mi ha fatto una bellissima acconciatura» dice, voltando la testa per farmi ammirare l'elaborata treccia alla francese attorcigliata e fermata sulla sommità del capo.

«Lo vedo. È davvero stupenda.» Le sfioro i capelli e questo gesto mi ricorda dolorosamente nostra madre.

«Vorrei poterla mostrare alla mamma. Mi manca» dice, girandosi verso di me e mettendo il broncio.

«Lo so, lo so. Manca anche a me.» Lizzy allarga le braccia e mi stringe a sé.

«Stai bene, fratellone?»

«Sì, sto bene» Mi appoggia un dito sulle labbra e mi accarezza la nuca.

«Stai tranquillo» dice, come se volesse consolarmi. «Si sistemerà tutto.»

Mi aggrappo a mia sorella, l'unica famiglia che mi è rimasta. Sono anni che non piango, ma in questo preciso momento mi piacerebbe abbandonarmi alla tristezza. Non abbastanza da farlo davvero, ma il magone che mi chiude la gola e il prurito che sento negli occhi potrebbero trasformarsi in lacrime.

Dopo un paio di profondi respiri, la sensazione svanisce e torno in me. Mi sciolgo dall'abbraccio di Lizzy, che però mi afferra il viso con entrambe le mani, incollando i suoi occhi ai miei. Capita spesso. È inquietante quanto sia perspicace alle volte.

«Perché sei felice e triste allo stesso tempo?» Non sono sicuro di cosa legga nel mio sguardo, ma certamente non sono felice. Non sono felice da... non mi ricordo nemmeno più l'ultima volta.

Un'immagine di Saige che si contorce sotto di me in preda all'orgasmo mi attraversa la mente, ma la metto da parte.

«Sono felice perché sono qui con te e sono triste perché non posso fermarmi molto» dico, ma Lizzy continua ad accarezzarmi le guance con le dita.

«Tengo a te più di qualsiasi altra cosa al mondo. Lo sai, vero?» Annuisce lentamente e mi lascia andare.

«Ti mangerei da quanto ti amo» cita a memoria da *Il paese delle creature selvagge*. Nostra madre era solita rincorrerci per tutta la casa fingendo di volerci mangiare le mani o i piedi quando la sera non volevamo andare a letto.

«Ti mangerei da quanto ti amo» ripeto, inclinando in avanti la testa. Lizzy fa lo stesso finché le nostri fronti si toccano.

Sorride e afferra il libro.

«Me lo leggi?»

«Certo» dico.

Ma ancora prima di aprire il libro, ricevo un SMS sul cellulare usa e getta. Merda. Ho seminato il mio guardaspalle oggi (Hardy) ed è proprio lui che mi chiede dove diavolo sono finito. Questa faccenda dello stalker mi sta incasinando la vita e deve finire.

«Purtroppo mi tocca parlare un attimo al telefono. Comincia da sola, poi quando torno mi fai un riassunto» dico, dirigendomi verso il bagno. Annuisce e inizia a sfogliare il libro. Per fortuna Lizzy non fa mai molte domande.

Rispondo e aspetto che la smetta di imprecare contro di me. È il più discreto dei due gemelli, ma è meglio non farlo incazzare, perché ha la lingua tagliente. E ora mi trovo a gestire la sua ira.

«Ascolta, dovevo occuparmi di un paio di questioni personali, per questo me la sono svignata, okay? È una rottura di palle avere sempre qualcuno alle costole. Datemi un po' di tregua» dico con voce calma, ma ferma. Segue un silenzio glaciale.

«Cazzo, Sylas, non puoi fare così. E lo sai. Tutti noi abbiamo riorganizzato le nostre vite per proteggerti e tu ti comporti come se ti dessimo fastidio. Piantala di fare il coglione.» Sembra essersi calmato, ma so che non la passerò liscia. D'accordo. Per Lizzy questo e altro. Non direi dove sono stato oggi nemmeno sotto tortura. Mai. Lizzy non si tocca.

«Okay. Sarò di ritorno tra qualche ora.»

«Sai che posso rintracciare la tua posizione. Devo solo chiamare Cash.» Lo so. Avrei dovuto gettare via il mio cellulare prima di venire qui, ma non avevo scelta.

«Non succederà più. Mi assumo la responsabilità del mio gesto, ma non mi pento. Era qualcosa che dovevo fare. Come Baz e il denaro che ci ha chiesto. Nessuna domanda. Capito?» Sto cominciando a innervosirmi e se non mi do una calmata, rischio di rompere il cellulare.

Hardy inspira profondamente un paio di volte.

«Fottiti.»

«Anche tu.»

Rimane in silenzio per qualche secondo e poi sospira.

«Va bene. Per questa volta lascerò perdere. Non farò niente e non lo dirò a nessuno. Ma mi devi un favore.» Quasi mi cedono le gambe per il sollievo. Posso contare sul suo silenzio.

«Ora devo andare. Ma ti prego... fallo per me. Non te lo chiederò di nuovo.»

«Sarà meglio per te. E mi ricorderò ogni singola parola di questa conversazione.» Hardy non dimentica niente di ciò che legge, vede, o sente. Litigare con lui è un incubo perché ha quasi sempre ragione. Mi correggo. Ha sempre ragione. È una certezza.

«Lo so. Ti ringrazio.»

«Mmh, certo.» E chiude la chiamata.

Prendo fiato, poi mi infilo il cellulare in tasca e torno da Lizzy. Ha il libro in grembo e legge muovendo piano le labbra. Non solleva lo sguardo, nemmeno quando mi risiedo accanto a lei.

«Com'è?» chiedo.

«Cosa vuol dire questa parola?» chiede indicando

un punto sulla pagina. Sembra una forma imbastardita di latino. Provo a pronunciarla e fa una smorfia.

«Ti va di ricominciare da capo?» propongo, mentre torna indietro di varie pagine. Prendo il libro e comincio a leggere ad alta voce. Lizzy si sdraia su un fianco e mi guarda dal sotto in su. Non ricordo l'ultima volta che ho letto per lei. Devo venire a trovarla più spesso. Almeno una volta alla settimana. Ma ora non è prudente. Non con lo stalker a piede libero.

Mi sforzo di mettere da parte queste preoccupazioni e mi concentro sul romanzo. Devo ammettere che è divertente e mi godo la storia insieme a Lizzy. Leggiamo vari capitoli e poi arriva il momento di salutarci.

«Mi dispiace dover andare via così presto.» Non solo devo mantenere la promessa fatta a Hardy, ma devo uscire con Saige e i suoi amici stasera. In realtà, non vedo l'ora. Voglio fare una buona impressione su di loro, così potremo tornare tranquilli nel suo appartamento e fare sesso.

«Non fa niente» mi rassicura Lizzy, abbracciandomi. «Ti voglio bene lo stesso.» Scoppio a ridere e ricambio l'abbraccio.

«Io ci sarò sempre per te. E farò di tutto per proteggerti.»

«Lo so» dice, con il viso schiacciato contro la mia camicia. «Non ti preoccupare. Posso tenere il libro?» Annuisco.

«Certo, basta che ti ricordi dove siamo arrivati. Possiamo continuare a leggerlo insieme la prossima volta.» Evito di dire *la prossima settimana*. Non so se sia il caso di venire così spesso. «Mi puoi telefonare se vuoi, okay?» L'infermiera ha il mio numero per ogni evenienza.

«Okay, fratellone.» Le stampo un bacio sulla fronte e me ne vado, lasciandola in compagnia del maghetto.

. 19 .

«Ma guardati, stai benissimo» dice Saige qualche ora dopo, aprendo la porta. Mi sono vestito in modo più informale del solito stasera, ma indosso comunque dei jeans firmati e un pullover nero con le maniche lunghe vergognosamente costoso. Ma mi sono messo ai piedi i miei stivali di pelle preferiti. Sono neri e mi fanno sentire un po' più Sylas. È un rischio indossarli, ma non mi importa. Ho fatto anche in modo di coprire tutti i miei tatuaggi. Non mi va di condividere questa caratteristica di Quinn con gli amici di Saige. Con lei è inevitabile.

«Potrei dire lo stesso di te» rispondo. Anche lei indossa abiti casual. Jeans attillati, un ampio top grigio e una sciarpa gialla. I capelli ricci le ricadono sulle spalle e dei piccoli diamanti le punteggiano le orecchie. Ovviamente le sue labbra sono rosso fuoco.

«Sei pronto?» chiede, afferrando la borsetta e chiudendo a chiave la porta.

«Prontissimo. Mi dici di nuovo come si chiamano i tuoi amici?» Mentre ci dirigiamo verso l'ascensore, mi ripete i loro nomi.

«Lo, che hai già incontrato, Sadie, Beck e il suo ragazzo JR, Ilsa e la sua ragazza Amelia.» In realtà li ho già imparati a memoria, per non trovarmi impreparato. Ho anche visto alcune fotografie che li ritraggono. Dovrebbe quindi essere un gioco da ragazzi.

«Sei sicuro di sentirtela? Ti sto praticamente dando in pasto ai leoni.» Se posso gestire i ragazzi, non avrò problemi con loro. Ma non posso dirglielo.

«I tuoi amici sono anche i miei» dico, aprendole la portiera della BMW.

«Dici così perché non li conosci.»

«Be', se qualcosa va storto farò finta di avere un'ulcera e di dover tornare a casa.» Ride mentre mi allaccio la cintura di sicurezza.

Mi aspettavo di finire in un club alla moda, invece arriviamo in un bar di infima categoria. Una band sta suonando in un angolo, ma il volume non è troppo forte e non ostacola la conversazione. L'arredo è tutto in legno e regna un'atmosfera country. Più del genere stivali da cowboy e speroni che musica tecno e luci stroboscopiche.

«Proviamo sempre posti diversi. Il nostro obiettivo è quello di berci un drink in ogni locale della città» mi spiega Saige quando si accorge della mia espressione stupita. «Questo era in fondo alla lista, per ovvi motivi.» Un paio di tizi con in testa dei veri cappelli da cowboy ci passano accanto e Saige scoppia a ridere mentre ci dirigiamo verso il piano soppalcato.

Subito dopo delle braccia femminili me la strappano via e la trascinano in una girandola di abbracci. Non appena si libera, mi torna vicino.

«Amici, lui è Quinn. Quinn, ti presento Lo, che hai già incontrato, Amelia, Ilsa, JR, Beck e Sadie.» Stringo la mano a tutti e Lo mi rivolge un sorrisetto prima di lasciarla andare. È un interessante mix di persone. Sadie e Beck appartengono all'alta società, ma gli altri no. In genere questo tipo di accostamenti non funziona, ma sembrano andare d'accordo.

Afferro due sgabelli per Saige e per me e ci uniamo alla combriccola.

«Cosa bevi, Quinn?» mi chiede JR, che si è alzato per andare a ordinare un altro giro per tutti.

«Vediamo, uno shot di Jack Daniels e una Bud Light» dico. Solleva un pollice verso l'alto, prima di chiedere a Saige, che mi sorride.

«Prendo la stessa cosa» dice. Lo ridacchia, sorseggiando il suo cocktail rosa e arancione. Scommetto che è un Sex on the beach.

«Vuoi sbronzarti, Saige?» le chiede. Saige fa spallucce.

«Forse. È un problema?»

«Assolutamente no.» Lo mi guarda dritto negli occhi e so che sta pensando alla prima volta che mi ha visto. Sono certo che Saige le abbia già raccontato ogni più sordido dettaglio della nostra relazione. Se crede che mi senta a disagio per questo, si sbaglia di grosso.

«Allora, Quinn, dove lavori?» mi chiede Beck. Il suo abbigliamento è più adatto a un cocktail party che a una bettola. Morbidi capelli castani intrecciati all'indietro, orecchini di perla e una camicia rosa che trasuda lusso.

«In centro» rispondo, sorridendo.

«Quinn per vivere spende i soldi degli altri» racconta Saige, stringendomi il braccio.

Beck sorride.

«Dev'essere divertente.»

«Alle volte. Ma è molto peggio commettere un errore con il denaro altrui che con il proprio.»

«Soldi, soldi, soldi» interviene Lo, cambiando immediatamente argomento. «Che cosa ti piace fare nel tempo libero?» Cos'è, una fissa? Le rivolgo un sorriso smagliante.

«Leggo, corro e colleziono auto.» È una risposta buona per tutte le occasioni. Solleva le sue sopracciglia bionde. Devo averla sorpresa.

JR torna con i nostri drink. Alzo il bicchierino di whisky verso Saige, che afferra il suo.

«Salute.» Li sbattiamo sul tavolo prima di vuotarli d'un fiato. Sento la gola bruciare e mi godo questa sensazione. Saige esegue il rituale senza battere ciglio.

Subito dopo bevo un sorso di birra e lei fa lo stesso.

«Complimenti» dico, facendola ridere.

«Non è certo la prima volta che lo faccio.»

Le agguanto le spalle e la bacio, assaggiando il sapore del whisky sulle sue labbra. Non mi fermo a riflettere. Lo faccio e basta. Quando la lascio andare, noto che mi stanno fissando tutti. Saige si limita a sorridere e a bere un altro sorso di birra.

Lo ha affilato lo sguardo e so che sarà la più difficile da impressionare. Sollevo la mia birra verso di lei e la porto alla bocca.

«Oh mio Dio, il banjo no» dice Amelia, rabbrividendo nel guardare oltre la balconata. Al piano di sotto la band successiva sta allestendo il palco.

«Che fastidio ti dà il banjo?» chiede Ilsa.

«Se me lo stai chiedendo, vuol dire che non puoi capire» replica Amelia. Sono una coppia ben assortita. Entrambe sono minute e carine, ma Amelia ha i capelli color lilla, mentre Ilsa è bionda con qualche ciocca blu. Ilsa ha un piercing sul labbro e Amelia al naso. Sono sedute vicine e si tengono la mano mentre osservano la scena sottostante.

«Sai suonare qualche strumento, Quinn?» mi domanda Lo, terminando il suo drink.

«No, pare che io non abbia orecchio musicale, purtroppo.»

Quinn non è portato per la musica. Sylas sì. Ho ereditato da mia madre il talento per il canto e la capacità di riprodurre una melodia dopo averla sentita solo una volta. Se avessi avuto un'infanzia diversa, avrei potuto imparare a suonare uno strumento. Ma non l'ho fatto.

«Che peccato» interviene Saige. «Ma non importa. A me piaci lo stesso.» Mi appoggia il mento sulla spalla e mi chiedo se lo faccia per consolarmi o per mostrare ai suoi amici che facciamo sul serio. Non sapevo che la nostra relazione fosse già così avanti, ma Saige sta decisamente inviando questo tipo di segnali.

La band comincia a suonare e ci dà qualcosa di cui parlare. La musica di per sé non è male, ma non è di certo il genere che ascolterei se non fosse per Saige. Sembra che anche gli altri la pensino quasi tutti allo stesso modo.

«Saremmo dovuti andare in quell'altro locale» dice Beck, sussultando al suono del banjo.

«Io penso sia divertente. Fa bene sperimentare cose nuove» replica Saige. «Osare.»

«Sono d'accordo» dico, senza riuscire a staccare lo sguardo da lei.

È magnifica sotto queste luci soffuse, con gli occhi che le brillano per l'alcol. La sensazione delle sue mani su di me è impagabile. Senza ombra di dubbio faremo sesso stasera.

Beck e JR iniziano a chiedersi quali situazioni

siano più appropriate per indossare un cappello da cowboy.

«Che ne dite di... mai?» suggerisce Amelia.

«Penso invece che ti donerebbe» la prende in giro Ilsa, dandole qualche colpetto sul capo.

«A me dona tutto» replica Amelia con un sorrisetto.

«Be', non ha tutti i torti» dice Lo e Amelia solleva il suo bicchiere di mojito verso di lei.

«Salute.»

«Credo che starebbe bene anche a te, malgrado tu non sia un vero cowboy» dice Beck a JR.

«Grazie, signora» risponde, fingendo di inclinare un invisibile cappello.

«Per quanto mi riguarda, sono totalmente a favore, purché non manchino dei copripantaloni in pelle» interviene Saige, appoggiandosi alla mia spalla. «Quinn, saresti uno schianto con quegli affari che lasciano scoperto il sedere» mi dice, facendomi andare di traverso la birra.

«Questa è un'immagine di cui non sentivo il bisogno» borbotta Lo con una smorfia.

«L'hai detto» concordano Ilsa e Amelia.

Più alcol consumiamo, più le lingue si sciolgono, e la cosa non mi stupisce affatto. Discuto di sport con JR e Beck, poi di serie televisive con Lo.

«Come vuoi, ma secondo me sei matto» dice, quando sostengo che *Seinfeld* è meglio di *Frasier*.

«Probabilmente è così» le rispondo sorridendo. L'alcol mi sta dando alla testa e devo darmi una calmata.

«Oh Dio, ancora il banjo» geme Beck, osservando il bicchierino davanti a lei. Lei e Amelia hanno iniziato un gioco. Ogni volta che suona il banjo, bevono. Ogni volta che viene cantato un pezzo di Conway Twitty, bevono. Si stanno sbronzando parecchio, e molto in fretta.

Saige è stata piuttosto silenziosa per tutta la serata, come se mi stesse studiando. Ma ha sempre cercato il contatto. Una mano sulla schiena, il mento sulla spalla, le dita sulla nuca. Faccio fatica a pensare, a respirare, e resistere alla tentazione di trascinarla in bagno e scoparla fino allo sfinimento.

«A cosa stai pensando?» mi chiede.

«Al fatto che mi sto divertendo e che sono felice di essere uscito con voi stasera» rispondo, serafico.

«Ti va di ballare?»

«Basta che non sia un passo doppio» rispondo, alzandomi e prendendola per mano. Non presto attenzione agli altri, ma spero che Lo apprezzi il gesto. Se riesco a dimostrarle che faccio sul serio con Saige, non mi darà problemi.

La canzone è di quelle che ti fanno sgambettare, ed è proprio quello che cominciamo a fare.

«Come sto andando?» chiedo. Voglio sapere cosa pensa.

«Benissimo. Anche se a un certo punto ho temuto che Lo ti mettesse al tappeto. Credo sia ancora un po' infastidita dall'altra sera. Può essere molto protettiva alle volte.» È un eufemismo.

«È un bene che ci sia qualcuno che si preoccupa così tanto per te.» Non so cosa farei senza l'appoggio dei ragazzi.

«Mi fa piacere che tu non ti senta minacciato da lei. Alcuni ragazzi non apprezzerebbero.»

«Non mi fa paura» dico con un sorrisetto, che Saige ricambia subito.

«Bene. Perché voglio che andiate d'accordo. Davvero.»

«Ce la metterò tutta. Anche se preferisce *Frasier*.» Faccio una smorfia e Saige ridacchia.

«Su questo devo ammettere che hai ragione. *Seinfeld* era molto meglio.»

La prendo sottobraccio e continuiamo a sgambettare insieme. La canzone finisce e torniamo al nostro tavolo.

«Ben fatto, signore, davvero ben fatto» commenta Lo, applaudendo piano. «Forse l'ho sottovalutata.»

«Credo sia un complimento» dico.

«Lo è» conferma Saige.

«Allora, io avrei un'idea. Cosa ne dite di tagliare la corda e trasferirci in un posto un tantino più vivace?» propone Beck, appoggiandosi a JR. Anche lui, con la sua polo e i pantaloni color cachi, ha l'aria del figlio di papà. Ma almeno non si comporta da stronzo.

«Sono d'accordo» dice Amelia, oscillando.

«Anch'io» concorda Saige. Annuisco.

«Va bene, va bene. Qual è il prossimo sulla lista?» chiede Lo. Saige afferra il suo cellulare e controlla qualcosa.

«Vediamo, è a pochi isolati di distanza. Potremmo andarci a piedi.»

È una serata mite e siamo quasi tutti appena sbronzi. Invio a Cash (la mia guardia del corpo) un SMS per avvisarlo che ci stiamo spostando. Nonostante la stazza, è incredibilmente bravo a passare inosservato.

«Andiamo» dice Beck. Ci dirigiamo verso il bancone per pagare e poi usciamo in strada. Saige si rannicchia contro di me.

«Mi piaci davvero tanto» dice, come se la cosa la stupisse.

«Anche tu.» Non è una bugia. È proprio così. È sexy, divertente, sarcastica e bellissima. Le accarezzo il collo nel punto in cui si trova il suo tatuaggio.

«Quando te lo sei fatto? Mi hai chiesto dei miei, anch'io voglio sapere qualcosa dei tuoi.» A dire il vero, è l'unico che ha.

«Qualche anno fa, durante le vacanze di primavera. Eravamo in Irlanda e mi è sembrata una buona idea. Il secondo nome di mia madre è Shea.» Ovviamente, sapevo già anche questo.

«Be', sei stata fortunata. Molti tatuaggi come il tuo si rovinano col tempo.» Ne ho visti anche troppi fatti con dell'inchiostro scadente. Un vero peccato.

«Grazie. Spesso mi dimentico perfino di averlo.» Si strofina una mano dietro al collo.

«Ti dona molto.»

«Grazie» risponde, rabbrividendo.

«Hai freddo?»

Scuote il capo e continua a camminare.

Il nostro gruppetto si fa sempre più rumoroso e turbolento a mano a mano che ci avviciniamo alla nostra destinazione, ma non mi dà fastidio. Nemmeno quando Amelia comincia a cantare in francese a pieni polmoni.

«Lo fa solo quando è ubriaca fradicia» mi spiega Ilsa, cercando di sorreggerla.

Questo locale si avvicina di più all'idea che mi ero fatto delle serate di Saige e dei suoi amici. Si sente la musica a centinaia di metri di distanza e all'ingresso c'è un corpulento buttafuori che controlla i documenti d'identità.

Sgomitiamo verso l'interno, talmente pieno che si

respira a malapena. Ci troviamo davanti a una moltitudine di corpi sudati che si dimenano nei pressi di enormi casse acustiche, appoggiate al pavimento come monoliti.

«Ora si ragiona» dice Beck, facendo ondeggiare la testa ed eseguendo una giravolta, che le riesce solo per metà a causa della mancanza di spazio.

Ci dirigiamo nuovamente al piano di sopra. Trovare un tavolo sembra impossibile, ma JR in qualche modo ne conquista uno. Ci fiondiamo verso di lui, mentre Beck si offre di andare a ordinare da bere per tutti. Chiedo un'altra birra, per non esagerare.

Brindiamo al cambiamento di musica e finiamo in fretta i nostri drink per raggiungere la pista. Non ho mai ballato in questo modo con Saige, ma la cosa non mi preoccupa. Ballare insieme è quasi come fare sesso, e in quel campo ce la intendiamo alla grande.

Contrariamente alla maggior parte dei ballerini presenti, ci mettiamo l'uno di fronte all'altra. Le appoggio le mani sulla vita e lei mi circonda il collo con le braccia. Stavolta lascio che sia lei a condurre le danze e mi adeguo a lei.

Cazzo. Cazzo, cazzo. CAZZO.

Non è *quasi* come fare sesso. Penetrazione a parte, è esattamente la stessa cosa. La desidero fin dall'inizio della serata e, non appena strofina le anche contro le mie, mi diventa talmente duro da annebbiarmi il cervello. Saige se ne accorge e sembra divertita. Solleva lo sguardo verso di me, mi sorride e continua a muoversi al ritmo pulsante della musica. Poi mi afferra la nuca, attirandomi a sé in direzione della sua bocca.

«Mi desideri, Quinn Brand?» Non importa quanto

sia alto il volume della musica. Anche se sussurrasse, la sentirei lo stesso.

«Secondo te?» dico, girando appena il capo in modo che le mie labbra le sfiorino il lobo. Continuo a premere il bacino contro il suo e so che può sentire la mia erezione attraverso i jeans.

«Penso proprio di sì» risponde. «Hai in mente di fare qualcosa a riguardo?» Accarezzo per un attimo l'idea di scoparla proprio qui, su questa pista da ballo, ma i suoi amici potrebbero non apprezzare. Così mi limito ad allontanarmi leggermente da lei.

«Ballare con te, Saige.»

Solleva le braccia in aria e fa roteare il bacino, come a dire *non sai cosa ti perdi.* Oh, testolina rossa, lo so bene.

Per tutta risposta, le afferro i fianchi e assecondo i suoi movimenti. Voglio eccitarla tanto quanto lo sono io.

«Perché non scopate e la fate finita?» grida una voce nelle vicinanze. Mi sono completamente dimenticato di essere in un locale pieno di gente.

Ci voltiamo entrambi e ci ritroviamo davanti il volto corrucciato di Lo. Sta ballando con un tizio che sembra più interessato al suo sedere che al suo viso.

«Lo» la ammonisce Saige. Comunicano qualche istante solo guardandosi negli occhi, poi Lo cede, sbuffando. «E va bene. Fai quello che ti pare.»

Ma il messaggio è chiaro. Mi sta tenendo d'occhio. D'accordo. Devo ammettere che la stimo per questo. Saige merita un'amica che la protegga, costi quel che costi.

La musica continua a pulsare e balliamo stretti l'uno all'altra fino a rimanere entrambi senza fiato, madidi di sudore. Non aiuta il fatto che ci sia gente dovunque intorno a noi e che sia impossibile prendere una boccata d'aria.

Saige, sulle punte, mi dice che ha bisogno di bere dell'acqua. Annuisco e la prendo per mano, provando un immenso piacere nel farle strada tra la folla. So di poter incutere timore, quindi la gente tende a farsi da parte al mio passaggio. Trovo un piccolo spazio libero vicino al bar dove riposarci e parlare con più agio.

«Vuoi anche un altro cocktail, o solo un bicchiere d'acqua?» le chiedo mentre si fa aria con una mano e si scosta i capelli dal collo.

«Solo acqua. Preferisco non avere postumi domani. Sono abbastanza sicura di aver ormai smaltito gli altri drink con tutto questo movimento.»

Attiro l'attenzione del barista e gli chiedo due bottiglie d'acqua. Ne allungo una a Saige, che se l'appoggia sul collo e sospira, chiudendo gli occhi.

«Non hai caldo con quella addosso?» domanda, indicando la mia camicia. Da morire, ma non ho alcuna intenzione di togliermela.

«Sto bene così.» Mi rivolge un'espressione stupita. «Non mi piace condividere i miei tatuaggi con gli altri. Solo... con le persone di cui mi fido.» In questo momento non saprei dire se sia vero oppure no.

«Perché te ne sei fatto così tanti se non vuoi che la gente li veda?»

«Perché» dico, avvicinandomi a lei in modo da non dover gridare. Sto cominciando a perdere la voce. «Non li ho fatti per gli altri, ma per me stesso. Avevo tutte queste emozioni dentro di me e... sentivo il bisogno di tirarle fuori. Ma non volevo dimenticarmene, così me lo sono fatte tatuare sulla pelle.» Questa... è la verità.

Solleva lo sguardo verso di me, stupita.

«È al tempo stesso straziante e poetico, Quinn.» Vorrei che mi chiamasse con il mio vero nome, e non è la prima volta che lo penso. Mi piacerebbe poterle dire che si tratta di un soprannome o qualcosa del genere, ma non posso correre questo rischio. Per lei sono solo Quinn. I miei tatuaggi sono tutto ciò che le è concesso sapere di me.

L'atmosfera è diventata troppo seria, e non mi piace. Per fortuna veniamo salvati da Amelia e Ilsa, che incespicano fino a noi, ridendo. Chiedono a Saige se ha voglia di andare in bagno con loro. Meglio con le sue amiche che da sola. La osservo avanzare tra la folla, i boccoli rossi illuminati dalle luci stroboscopiche.

Scruto la gente intorno a me e incrocio lo sguardo di Cash, nascosto nell'ombra. In un'altra circostanza, si troverebbe nel bel mezzo della pista da ballo, a spassarsela. Ma non stasera. Deve farmi da balia e so che gli devo un favore per questo. Gliene devo così tanti che ho perso il conto. Tenendo lo sguardo fisso davanti a sé, inclina la birra verso di me. Sollevo la mia bottiglia d'acqua. Tutto tranquillo.

Una ragazza ubriaca mi si avvicina e mi accarezza un braccio. Lo ritraggo e la sospingo verso le sue amiche. Da come ridono, è evidente che siano tutte sbronze. Spero che arrivino a casa sane e salve. Faccio un cenno al barista.

«Forse è meglio chiamare un taxi per quelle signorine.»

«Ricevuto» dice, mentre le ragazze barcollano fuori dal locale.

«Ti ho visto» dice una voce poco lontano, mentre dita familiari mi toccano nuovamente il braccio.

«A cosa ti riferisci?» chiedo, facendo lo gnorri.

«Ho visto che ti preoccupavi per quelle ragazze ubriache. È stato molto gentile da parte tua. Sai essere davvero tenero quando vuoi.» Non è vero, ma non c'è bisogno che lo sappia.

«Non mi piace l'idea che qualcuno si approfitti di loro» dico. Un'altra verità.

«Buono a sapersi» dice, appoggiandosi contro di me. «Oh mio Dio.»

«Che c'è?» Indica un punto della pista da ballo, dove Lo sta ballando con quattro ragazzi diversi. Due davanti e due dietro.

«Questa è Lo» commenta Saige scrollando le spalle. «Non ha mezze misure. O tutto o niente.»

«Da quanto tempo siete amiche?»

«Un paio d'anni, ma mi sembra molto di più. Capisci cosa intendo? C'è stata subito sintonia, per questo ho l'impressione di conoscerla da una vita.» Sì. Capisco perfettamente.

«Certo» dico, mentre finisce di bere l'acqua.

«Vieni, torniamo in pista.»

Non ce ne andiamo prima delle due del mattino. Ciononostante, è un'impresa trascinare fuori Amelia.

«Ci penso io a portarla a casa e a metterla a letto» dice Ilsa, strattonando Amelia (che borbotta un mix di varie lingue). «È stato un piacere conoscerti, Quinn.» Faccio un cenno di saluto con la mano, mentre il resto del gruppo si divide e ognuno si dirige alla propria auto.

«È andata bene» dice Saige.

«Lo pensi davvero?»

«Assolutamente. Sei un bravo ragazzo, Quinn.»

No, non lo sono. Ma la bacio sulla testa. «Non dirlo troppo in giro. Ho una reputazione da mantenere.» Ride e passeggiamo lentamente fino alla mia macchina. La città è addormentata. La maggior parte dei bar ha già chiuso, riversando nelle strade fiumane di persone che si trascinano verso casa o da qualche altra parte.

«Vuoi venire da me?» propone Saige mentre raggiungiamo l'auto. Sblocco le portiere col comando a distanza e l'aiuto a salire.

«Con piacere» rispondo.

. 20 .

«Quando mi mostrerai casa tua?» chiede Saige il mattino successivo, mangiando cereali a letto. Nessuno dei due aveva abbastanza energie per cucinare qualcosa né per uscire, quindi i cereali erano la soluzione migliore.

Ero certo che prima o poi avrebbe sollevato la questione e so già come risolverla. Io e i ragazzi abbiamo preso in affitto un appartamento in città, per le emergenze. È pieno di bei mobili. Nessun oggetto personale però, a parte qualche vestito nell'armadio per non destare sospetti. Dovrò solamente portarci qualcosa di mio perché sembri una casa abitata e comprare qualcosa da mettere nel frigorifero. Saige appoggia la tazza vuota sul comodino e si sdraia accanto a me, mettendosi su un fianco.

«Che ne dici di cenare a casa mia una sera della prossima settimana?» Mi strizza un capezzolo e sorride.

«Okay. Pensavo tu non volessi portarmi da te per qualche ragione.»

«Per esempio?» domando, mentre Saige continua a giocare col mio capezzolo. Appoggio la mia tazza sull'altro comodino. In queste condizioni faccio fatica a concentrarmi, così poggio una mano sulla sua per farla smettere.

«Oh, non saprei» risponde, guardando verso il soffitto. «Che collezioni qualcosa di strano, che sei un accumulatore compulsivo o che vivi nel seminterrato dei tuoi genitori.» Scoppiamo a ridere entrambi.

«No. Niente di tutto ciò. È solo che non sto molto a casa. Ci vado solo per dormire.» Annuisce.

«Okay. Buono a sapersi. Se fossi stato un accumulatore compulsivo, credo che non l'avrei presa bene.»

«Al contrario. Non conservo quasi niente.» Quinn è così. Sylas no.

«Perché non parli mai della tua famiglia?» Deve proprio farmi tutte queste domande a quest'ora? È troppo presto e non ho ancora bevuto abbastanza caffè. Scrollo le spalle.

«Non c'è niente da dire.» Alza gli occhi al soffitto.

«Mi stai rifilando un'altra frase fatta. Dai, lo voglio sapere. Tu hai incontrato i miei genitori. È giusto che almeno mi racconti qualcosa dei tuoi.»

Scuoto il capo e le afferro una mano.

«Smettila, Saige.» Spalanca gli occhi, come se si fosse resa conto di aver esagerato.

«Mi dispiace. Non avevo idea che si trattasse di un argomento spinoso.»

«Forse potevi intuirlo dal fatto che evito sempre di parlare del mio passato» sbotto. Merda. Non intendevo trattarla così. Ma non sembra essersi offesa.

«Mi dispiace» dice soltanto.

«Non fa niente. Ma ti prego... smettila.»

«Okay.» Segue un silenzio teso e d'un tratto non ho più voglia di rimanere a letto con lei.

«Probabilmente è meglio che torni a casa» dico, appoggiando un piede per terra e alzandomi.

«Quinn, aspetta!» esclama Saige, allungandosi di traverso sul letto e cingendomi la schiena.

«Mi dispiace davvero tanto. Non avrei dovuto farti tutte quelle domande. A volte sono un po' insistente.» Per usare un eufemismo.

Mi bacia sul lato del collo e il mio corpo inevitabilmente reagisce al suo tocco. Chiudo gli occhi e sento il suo corpo contro il mio.

«Non ti preoccupare» dico. «Non avrei dovuto innervosirmi così. Scusami.»

«Figurati» mi sussurra nell'orecchio. «Rimani ancora un po'.»

«D'accordo» dico, mentre mi attira a sé.

«Hai ricevuto altri messaggi?» mi chiede Cash durante la riunione del martedì.

«No. Forse ha lasciato perdere, oppure sta aspettando il momento giusto. Meglio essere pronti a tutto» dico. I ragazzi mi hanno seguito ventiquattrore su ventiquattro e non hanno notato nulla di strano. Nessun veicolo sospetto parcheggiato fuori da casa mia, nessuna macchina fotografica, assolutamente niente di niente.

«Oh, non penso proprio che abbia lasciato perdere» dice Track. «Credi che dovremmo andarcene? Staccare la spina?» Sta finalmente dicendo a voce alta quello che tutti stiamo pensando. Abbiamo già interrotto qualche lavoro in passato per un motivo o per l'altro. Non sarebbe un problema. Affiderei la gestione dei beni di Beaumont a un altro consulente e fileremmo via.

Ma... il pensiero di partire mi provoca una fitta al petto. Mi strofino il punto dolente e scuoto la testa.

«No, sono a buon punto. Ce la posso fare. Ho solo bisogno di un altro po' di tempo.» Tempo, tempo, tempo. Governa le nostre vite e non facciamo altro che cercare di rincorrerlo. Sempre.

Si voltano tutti verso di me.

«Ce la posso fare» ripeto.

Sospirano all'unisono.

«Okay» dice Cash, dandomi una pacca sulla spalla con la sua mano enorme.

«Però... sbrigati» interviene Row, sollevando lo sguardo verso di me.

«È proprio quello che intendo fare. Ho bisogno dell'appartamento questa settimana.» Non sono affatto felici della notizia. Vuol dire che nessun altro può servirsene e che devono portare via la loro roba. So che lo usano come deposito e a volte come alloggio temporaneo, anche se non dovrebbero. Li lascio fare, perché non è grave.

«Mi ha chiesto di farle vedere casa mia. Cosa dovevo fare?» domando.

Seguono altri borbottii.

«Quindi datevi da fare per sgomberarlo. Giuro su Dio che se la doccia ha dei problemi, strozzerò chiunque sia il colpevole.» Abbiamo avuto un problema con l'appartamento precedente.

«Ehi, non è stata colpa mia» dice Baz, sollevando entrambe le mani davanti al petto. «È stata lei ad aggrapparsi al soffione, cosa c'entro io?» Se non avesse portato lì quella ragazza, non sarebbe successo.

Cerco di riportare la conversazione sul giusto binario, mentre Hardy ci espone i fatti e le cifre. Mi tratta nel solito modo, ma so che non tarderà a reclamare il suo credito.

I ragazzi sono fuori controllo e discutono di altro, quindi getto la spugna. Quando sento vibrare il cellulare, un brivido mi corre lungo la schiena.

«È il mio cellulare usa e getta» dico rivolto verso Cash.

«Guarda di cosa si tratta» risponde, mentre lo tiro fuori dalla tasca. Un'altra fotografia. È buio, ma senza dubbio sono io che passeggio mano nella mano con Saige. Probabilmente dopo essere usciti da quel club.

«Merda. Che bastardo!» esclamo mentre Cash osserva il display e impreca.

«Un altro messaggio dal tuo stalker?» chiede Row, scuro in volto. Annuisco. «Sei sicuro di voler andare avanti? Non sai con chi abbiamo a che fare.» No, ma non importa. Non voglio mollare questo lavoro.

«Tornerò al club. Se riesco a capire da che angolazione è stata scattata la fotografia, potrei perlustrare la zona e vedere se ha lasciato qualche traccia.» Cash mostra il cellulare a tutti, in modo che possano dare un'occhiata a quell'immagine.

«Accidenti, è una bomba sexy» commenta Baz, che non sa nulla di Saige. Per attimo sono tentato di tirargli un pugno, ma mi limito a strappargli il cellulare di mano.

«Vengo con te, Cash» si offre Hardy. Lui è sicuramente in grado di individuare l'esatta posizione.

«È ora di un nuovo telefono» dice Cash, ma non mi va di ridarglielo. Guardo di nuovo la fotografia. Ho il braccio appoggiato sulla spalla di Saige. Lei mi cinge la vita e probabilmente sta ridendo per una mia battuta. Anche io sorrido.

Porgo il cellulare a Cash, che raccoglie anche quelli degli altri e ne distribuisce di nuovi.

«Dovremmo andarci subito, perché la luce è la stessa» suggerisce Hardy prima di alzarsi, seguito da Cash.

«Sei sicuro di farcela?» domanda Row. Ha un'aria strana senza il suo gemello accanto. Come se fosse incompleto.

«Sì» rispondo. «Mi serve ancora qualche...» Non lo so. Giorno? Settimana? «Porterò a termine il lavoro.»

Annuisce poco convinto e getta la sua bottiglia di birra vuota nel contenitore del vetro, prima di andarsene. Track lo segue, raccomandandomi di essere prudente. Rimango solo con Baz.

«Senti, l'altra volta ti abbiamo parato il culo senza farti domande» affermo, nel caso volesse consigliarmi di rinunciare alla missione.

«Lo so, lo so» dice. Non è affatto un tipo serioso, ma in questo momento ha un'espressione grave disegnata sul volto.

«Vi chiedo solo di lasciarmi fare» aggiungo, rendendomi conto che lo sto quasi implorando. Non dovremmo permettere ai nostri capricci personali di interferire con il lavoro, ma dal mio tono di voce si capisce che è proprio quello che sta succedendo.

«Ti stai facendo coinvolgere troppo» dice Baz.

«Lo so» rispondo. Per quanto mi ripeta che si tratta solo di lavoro, mi rendo conto che non è così. L'ho presa come una sfida personale. Devo uccidere il drago, altrimenti l'intero regno vivrà nel terrore di quel mostro. Non ha molto senso e non riesco a spiegarmi meglio di così, ma ho bisogno che si fidino di me. Che mi consentano di andare avanti, senza rimetterci la pelle.

«Fai attenzione però» dice. Annuisco e se ne va, lasciandomi solo. Mi siedo sul divano per qualche minuto e apro un'altra birra. L'appartamento è silenzioso. Chiudo gli occhi e reclino la testa all'indietro fino a toccare lo schienale.

Ricordo che, prima di iniziare questa missione, mi sentivo annoiato. Desideravo che accadesse qualcosa che mi facesse provare l'eccitazione di un tempo. All'epoca, era stato facile sfogare la mia vendetta giovanile su qualcosa di costruttivo. Prima di conoscere Cash, mi muovevo da solo. Aveva le sue buone ragioni per pensarla come me. Ideammo un piano, ma sapevamo di avere bisogno di aiuto. Lui trovò Hardy e di conseguenza Row, poi Track e infine Baz. Chiedemmo loro di unirsi a noi, in cambio di qualcosa di più di un semplice stipendio.

Quando abbiamo incominciato eravamo tutti spinti dalla rabbia. Decidemmo di non parlare mai delle motivazioni di ognuno e abbiamo sempre rispettato questa regola. Ma, quando trascorri molto tempo con delle persone, spesso non c'è bisogno delle parole.

Row e Hardy sono entrambi sopravvissuti a gravi ferite di arma da fuoco e hanno identici segni sul petto. La schiena di Baz è ricoperta da bruciature di sigaretta. Non tutte le nostre cicatrici sono visibili, ma ci sono.

Cash non ha mai parlato della sua, ma io mi sono fatto un'idea lo stesso.

Da bambino è stato dato in affido. I suoi genitori avevano messo il loro denaro nelle mani di un truffatore, che li ha derubò. Suo padre cadde in una profonda depressione. Finì per spararsi, dopo aver fatto lo stesso con sua moglie. Cash fu risparmiato perché stava dormendo. Conosco questa parte della storia perché l'uomo che ingannò i suoi genitori è stato uno dei nostri primi bersagli. All'inizio, Cash avrebbe voluto ucciderlo, per placare la sua sete di vendetta. Ma l'abbiamo fatto ragionare, spiegandogli che la legge del contrappasso era ciò che faceva al caso nostro. Denaro per denaro.

Abbiamo tutti subito la cattiva sorte in passato e stiamo cercando di rifarci. Di pareggiare i conti in qualche modo.

Sospiro e mi alzo. Devo andare a casa a dare da mangiare a Leo.

Mi sento ancora nostalgico quando entro nel mio appartamento. Mi dirigo verso la piccola cassaforte nascosta nella cabina armadio. La apro appoggiando la mano sul lettore di impronte digitali e componendo un codice. Leo mi osserva, curioso.

Tiro fuori le poche fotografie che sono riuscito a salvare dall'incendio. Non sono molte, ma è meglio di niente. Mia madre ne conservava a centinaia. Ricordo i vecchi album ingialliti dal tempo ben allineati nella libreria in salotto. Li aveva sistemati in modo da trovare facilmente quello che stava cercando.

I primi erano pieni di fotografie che mi ritraevano in compagnia dei miei genitori, e poi anche di Lizzy. Ma non erano altrettanto allegre. Certo, gli adulti sorridevano, ma mia madre aveva uno sguardo preoccupato e mio padre sembrava distante. In quelli successivi, siamo solo in tre.

Sono rimaste solo quelle che aveva incorniciato e appeso nel corridoio. Presi anche quella del loro matrimonio, a cui mia madre teneva molto, ma la lasciai bruciare. Soltanto il giorno precedente avevo trovato il corpo di mia madre riverso in cucina e temevo che sarebbero tornati per la casa.

Per fortuna, Lizzy era dai vicini. Eravamo entrambi a scuola la mattina dell'omicidio. Entrai in cucina per primo e la vidi. Riuscii ad afferrare Lizzy e a coprirle gli occhi. Fu l'unica cosa buona che accadde quella settimana.

In questa fotografia mia madre è raggiante. Felice. Non ne ho conservata nessuna dove ci fosse anche lui. È stata colpa sua se l'hanno uccisa. Si era lasciato coinvolgere in affari pericolosi e mia madre ci ha rimesso la vita. Mio padre si salvò e fu spedito in prigione. Non so nemmeno dove sia. Ottenni la custodia di Lizzy e ce ne andammo. Non appena mi fu possibile, cambiai i nostri nomi e poco dopo incontrai Cash. All'epoca filava sempre tutto liscio. Adesso un po' meno.

Rimetto a posto le fotografie e mi dedico a Leo. Giochiamo con la pallina finché ricevo un SMS da parte di Saige.

Immagino che tu non abbia voglia di andare a cena dai miei genitori questo fine settimana, vero?

Sembra che stia lavorando al posto mio. Sarebbe perfetto e mi consentirebbe di preparare il terreno. Non appena prenderò dimestichezza con la casa, potrò mettere in atto il mio piano.

Sì, invece. Mi farà guadagnare dei punti extra?

Vorrei vedere l'espressione del suo volto. Sentire la sua voce.

Oh, ci sono vari modi in cui potrei ricompensarti.

Non posso fare a meno di sorridere. Meglio di così non poteva andare.

Spero che in nessuno di questi tu abbia i vestiti addosso.

Giuro che riesco quasi a sentirla ridere.

Può darsi.

Ridacchio mentre Leo mi appoggia le zampe anteriori sul braccio per attirare la mia attenzione. Lancio la palla e la rincorre come un forsennato.

Tutto procede secondo i piani.

Per tutta la settimana Saige è sommersa di esami, quindi non ci parliamo molto. Preparo comunque l'appartamento, per sicurezza.

Nemmeno lo stalker si fa sentire. Sarei tentato di rispondergli, ma non lo faccio. Con un po' di fortuna, questo lavoro finirà presto e potremo andarcene. Avrò una nuova identità, nuovi cellulari e non potrà più rintracciarmi.

I ragazzi hanno trovato il punto in cui è stata scattata la fotografia. Lo stalker ha scelto la posizione ideale. Si è sistemato in un vicolo che sbuca sulla strada principale, in modo da avere una perfetta via di fuga. Non ha lasciato indizi, c'erano solo lattine vuote e spazzatura. Non abbiamo una squadra della scientifica a disposizione, quindi non possiamo fare altro. Non ci rimane che tenere occhi e orecchie aperti e aspettare una sua mossa. Perché inviare SMS e fotografie è soltanto l'inizio.

I ragazzi stanno litigando sulla nostra prossima meta. Io propendo per la West Coast, perché non ci andiamo da un pezzo. L'ideale sarebbe un posto il più lontano possibile da qui. Dovrei trovare un'altra sistemazione per Lizzy, ma è una persona che si adatta facilmente alle novità. È difficile per me tenerla nascosta agli altri, ma ce la posso fare.

Arrivati a giovedì, comincio a chiedermi se l'invito a cena dai Beaumont è ancora valido. Proprio in quel momento, Saige apre la porta del mio ufficio. Ho detto a Grace che, se non sono con un cliente, Saige può entrare senza problemi.

Ho appena terminato una telefonata e mi compare davanti. Indossa un vestito nero, una sciarpa nera con dei teschi e un paio di stivali da urlo. Il nero non è un colore come un altro, se a portarlo è lei.

«Hai fame?» dice, sollevando due grandi buste di carta marrone.

«Tempismo perfetto» rispondo, spostando di lato i documenti sparpagliati sulla mia scrivania e bloccando il computer.

«Com'è andata in università?» le chiedo mentre tira fuori i panini dai sacchetti. Uno con bacon, lattuga e pomodori per me e una tortilla con ripieno di tacchino per lei.

«Non me ne parlare» racconta. «Non hai idea di quanto correttore mi sia dovuta spalmare sotto gli occhi stamattina per sembrare quasi normale. Ciò di cui avrei davvero bisogno è una flebo di caffeina.» Riesce sempre a farmi ridere.

«A ogni modo, per me sei bellissima. E sono abbastanza certo che i medici sconsiglino di esagerare con la caffeina.» Storce la bocca e addenta la sua tortilla.

«Be', la gente va in continuazione all'estero per sottoporsi a interventi di chirurgia plastica meno costosi. Forse potrei farlo anch'io.» Scuoto il capo nel sentire questa assurdità.

«Oltre che per vederti, sono venuta anche per un altro motivo.» Lo sospettavo. Taglio il mio panino a metà con un coltello di plastica e ne afferro un pezzo.

«Immagino che abbia a che vedere con i tuoi genitori e con una certa cena in programma» dico, prima di cominciare a mangiare.

«Già. Ascolta, non sei obbligato a venire se non ne

hai voglia. Posso dire loro che hai gli orecchioni o qualcosa del genere.» Per poco non mi strozzo col panino.

«No, non ce n'è bisogno» dico, dopo aver inghiottito e bevuto un sorso di Coca Cola.

«Non voglio che tu ti senta sotto pressione. So che la famiglia è un argomento delicato per te.» Merda. Non mi piace affatto che conosca le mie debolezze. Specialmente questa.

«Davvero, Saige, non c'è problema. Dimmi solamente quando e cosa indossare. Passo a prenderti?» Mi rivolge un sorriso malizioso.

«Potremmo andare a casa tua, cambiarci e poi tornare da te. Ti dimostrerò tutta la mia riconoscenza per aver accettato una cena potenzialmente imbarazzante con i miei genitori.» Sono totalmente d'accordo.

«Credo che si possa fare» dico, sfregandomi il mento come se ci stessi riflettendo sopra.

Ho ricominciato a radermi, ma so che mi preferisce con la barba.

«Sei il migliore!» esclama, sorridendo.

È ora di innescare l'effetto domino.

. 21 .

Sabato, nel pomeriggio, passo a prendere Saige. Non riesco ad andare da Lizzy questo fine settimana, ma l'ho già chiamata per avvisarla. Sembrava triste, ma ha detto che non c'erano problemi. Che mi voleva bene lo stesso. Grazie a Dio qualcuno me ne vuole.

«Hai in mente di trasferirti da me?» la prendo in giro quando la vedo uscire dal palazzo con una sacca porta abiti su un braccio e un'enorme borsa piena di chissà cosa.

«Ehi, prepararsi a una cena con i miei è un'impresa ardua. Mia madre nota tutto e se il mio trucco non è all'altezza dei suoi standard, mi farà la predica. Sarebbe fantastico se si limitasse a una sola, ma credo sia chiedere troppo.»

«I tuoi genitori si lamentano spesso di te?» domando. Sono curioso di sentire la sua versione della storia.

Sbuffa mentre mi immetto in strada.

«Diciamo di sì. Non corrispondo esattamente al loro ideale di figlia. Oltretutto, hanno solo me, quindi non possono nemmeno cercare altrove le loro soddisfazioni.» So anche questo.

«Come mai non hanno avuto altri figli?»

Perché diavolo glielo sto chiedendo? Non ha importanza, ma voglio sapere tutto di lei. È un impulso che non riesco proprio a trattenere.

«Ci hanno provato, senza successo.» Si volta e guarda fuori dal finestrino. È chiaro che c'è dell'altro, ma le ho chiesto di rispettare la mia privacy ed è giusto che faccia lo stesso con lei.

«Mmh» dico, per farle capire che la sto ascoltando. Accende la radio e fingiamo di bisticciare per la scelta della musica. Quando parcheggio davanti al mio appartamento, non abbiamo ancora deciso.

«Wow. Molto chic» commenta, sollevando lo sguardo e osservando dal finestrino l'edificio scintillante. È tutto di metallo e vetro. Freddo e moderno. L'ho trovato io e Cash lo detesta. Preferiva una palazzina in pietra arenaria in un'altra zona della città, ma ci siamo opposti tutti.

«Grazie. Va benissimo, per l'uso che ne faccio.» Esco dall'auto e l'aiuto a portare la sua roba. La borsa è molto più pesante di quello che avevo immaginato.

«Ci sono dei mattoni qui dentro?» la canzono mentre saliamo gli scalini dell'ingresso e posiziono la tessera sul lettore. Oltre a essere impersonale, è anche altamente tecnologico, che è uno dei motivi per cui l'abbiamo scelto. C'è bisogno di una chiave magnetica per aprire sia la porta esterna che quella dell'appartamento. In alternativa, si possono usare le impronte digitali.

«Brrr» dice, quando un refolo di aria gelida ci investe. In sintonia con l'atmosfera del palazzo, fa sempre freddo qui.

Ci dirigiamo verso l'ascensore e saliamo al quattordicesimo piano.

«Non è quello che mi aspettavo» dice, guardandosi intorno, una volta arrivati.

«Cosa ti aspettavi?» chiedo.

Scrolla le spalle.

«Non saprei. Qualcosa di più caldo. Più accogliente. Magari con un divano logoro dei tempi del college o qualcosa del genere. Insomma, una casetta da single, invece di... questo.» Fa un cenno verso il corridoio di marmo nero.

«Da questa parte» dico, conducendola verso la porta del *mio* appartamento. Striscio la carta e la porta si sblocca. Sono venuto qui ieri per assicurarmi che tutto fosse perfettamente pulito e per riempire il frigorifero e la dispensa.

«Wow!» esclama Saige, seguendomi all'interno. «Confermo, non è per niente quello che mi aspettavo.» Il termine migliore per descrivere l'appartamento è *essenziale*. Pochi mobili e tutti neri o grigi. Nessuna fotografia personale, solo qualche immagine incorniciata e appesa alle pareti. Ho portato qualche fotografia di Ansel Adams, per aggiungere un tocco di Sylas. La cucina è in acciaio inox e granito e anche i mobili della camera da letto sono color argento e neri.

«Ottima vista, però» aggiunge, parlandomi da sopra una spalla.

«È proprio ciò che mi ha attirato. La vista.» Non sto esattamente parlando di quello che vedo fuori dalle finestre. È nuovamente vestita in modo casual. Dei semplici jeans, un top abbondante e i capelli raccolti in una crocchia. È struccata per adesso e i suoi occhi sono così verdi da non sembrare veri.

«Ma dimmi, c'è qualcosa in particolare che dovrei sapere?»

«Cosa?» Mentre io fissavo lei, Saige era intenta a osservare il panorama.

«Parlavo della cena con i tuoi genitori. C'è qualcosa d'importante che dovrei sapere? Vorrei evitare figuracce, se posso. E decisamente non ho voglia di sorbirmi prediche.»

Ride e mi viene vicino.

«Andrà tutto bene. Sii semplicemente te stesso. Non ti ho mai visto agitato da quando ti conosco. Mia madre in genere è così impegnata a ripetermi quanto la sto deludendo, che probabilmente non ti noterà nemmeno. L'altra sera hanno dato il meglio di sé perché erano in pubblico.» Lo immaginavo. La gente è molto diversa a casa propria, quando nessuno la vede.

«D'accordo, avvisami però se sto commettendo una gaffe.»

«Non mancherò» dice, sollevando la sua borsa. «Il bagno?»

Le faccio un cenno verso destra e si allontana a grandi passi. Vado in camera da letto e tiro fuori il completo per la serata, insieme alla camicia, alla cravatta e alla biancheria intima. Mentre sto per spogliarmi, sento bussare. Mi sono rasato e fatto la doccia prima di andare a prendere Saige, quindi in pratica devo solamente vestirmi.

«Sì?» La testa di Saige fa capolino dalla porta.

«Cosa pensi di metterti?» Indico il letto. Entra e ispeziona i miei vestiti.

«Okay. Per non correre il rischio di cozzare con te, ho portato tre abiti diversi.»

«Ecco perché la tua borsa è così pesante» dico, scuotendo il capo.

«Ehi, non hai idea di quanto sia difficile essere una donna.» Mia madre amava truccarsi con altrettanta cura. Era ipnotico guardarla spalmarsi lentamente il rossetto sulle labbra, assicurandosi che fosse assolutamente perfetto.

«Dato che tu hai visto come mi vestirò, posso vedere i tuoi abiti?» Saige va a prendere i possibili candidati. Solleva il mio completo e gli accosta ognuno di loro, come fossero una coppia senza persone al loro interno.

Le opzioni sono un abito color carne, uno nero e uno grigio con inserti neri sui lati.

«Di solito mi vesto di nero per fare incazzare mia mamma. Se fosse per lei, non dovrei indossarlo mai.»

«Be', che ne dici di trovare un compromesso? Quello grigio ha degli inserti neri.» Annuisce.

«È proprio quello che pensavo. Okay, grazie. Oh, un'altra domanda. I capelli, legati o sciolti?» Mi piacciono in entrambi i modi, ma sono certo che sua madre preferirebbe un rispettabile chignon.

«Sciolti. Decisamente sciolti» dico, e si solleva in punta di piedi per darmi un bacio.

«Hai per caso seguito corsi di danza?» mi lascio sfuggire.

«Ho studiato danza classica per qualche anno. Scarpette da punta e tutto il resto.» Appoggia tutto il suo peso sugli alluci come se fosse assolutamente normale sfidare la gravità in quel modo. Alza le braccia e si mette in posa. Ha proprio un corpo da ballerina.

«Perché me lo chiedi?» dice, appoggiando i talloni a terra e puntando un piede davanti a lei.

«Curiosità.» Scrollo le spalle mentre afferra l'abito grigio e nero.

«Ci vediamo dopo.» Saltella via e riprendo i preparativi.

Saige impiega meno tempo di quanto pensassi.

Quando finalmente esce dal bagno, si è completamente trasformata. L'ombretto è meno carico del solito, ma la sua bocca è, e sempre sarà, rossa.

«Che ne dici?» domanda, roteando sulle punte dei piedi con le braccia sopra la testa.

«Mi sembra una tenuta di tutto rispetto.»

«Non lo è mai abbastanza, secondo mia madre. Tu però stai davvero bene» dice, afferrando la mia cravatta di seta rossa.

«Ho pensato di essere audace» dico. Mi tira a sé e penso mi voglia baciare, ma indietreggia all'ultimo momento.

«Il rossetto» spiega, indicandosi le labbra. «Dopo cena potremo fare tutto quello che vogliamo. Ma non prima.» Ha ragione, anche se non è ciò di cui avrei voglia. Vorrei riportarla in camera da letto, mandare al diavolo i suoi genitori e rimanere qui. Almeno so che più tardi potrò godere di lei.

Non mi resta che sopportare pazientemente l'attesa.

È sorprendente quello che si può trovare sul web se si cerca con attenzione. Quando abbiamo iniziato a lavorare su Beaumont, Cash ha trovato delle fotografie dell'interno e dell'esterno della sua abitazione. L'hanno comprata sei anni fa, ma le immagini utilizzate dall'agenzia immobiliare si aggiravano ancora nella rete.

Si tratta di una casa impressionante, ed è giusto che lo sia. È stata costruita con denaro sporco e insanguinato.

Saige fa una smorfia mentre imbocco il vialetto d'accesso.

«Odio venire qui.»

«Perché?»

«Perché questo posto è così... *Case da ricchi in vendita a New York*. So che tecnicamente dovrei esserci affezionata, ma mi è sempre sembrata un po' eccessiva, non credi?» Sono d'accordo con lei più di quanto immagini.

«Be', tuo padre deve avere lavorato sodo per guadagnare tutti questi soldi e penso sia giusto che decida come spenderli.» Aggrotta leggermente la fronte mentre spengo il motore dell'auto. Durante il tragitto mi sono fermato a comprare dei fiori per sua madre. Dei gigli bianchi, su consiglio di Saige. Li afferro dal sedile posteriore, prima di fare il giro e aprirle la portiera.

«Sei pronto?» mi chiede, sistemandomi la cravatta.

«Assolutamente sì.» Sorrido e ci incamminiamo verso il portone principale.

Suono il campanello e una cameriera ci viene ad aprire. Non porta l'uniforme, ma è facile intuire quale sia il suo ruolo.

«Ciao, Martha» dice Saige, rivolgendole un sorriso affettuoso.

«Buonasera, signorina Saige. Signor Brand. Entrate» risponde, indietreggiando di qualche passo. Nonostante abbia visto alcune fotografie dell'ingresso, è comunque un pugno nell'occhio.

Opulenza. Eccesso. Denaro che trasuda da ogni superficie.

«È un po' eccessiva» mi sussurra Saige all'orecchio mentre Martha ci fa strada verso quello che presumo sia un salottino.

È evidente che i suoi genitori amino l'oro e i colori caldi, perché sono ovunque. È come se cercassero di dire alla gente *ehi, siamo ricchi, basta vedere la nostra casa!* È... decisamente eccessiva. E mi dà il voltastomaco.

Passiamo accanto a un'enorme scalinata e arriviamo in un ampio salotto pieno di sedie e divani dall'apparenza estremamente scomoda. C'è un camino a ogni estremità e le finestre sono alte fino al soffitto.

«Siamo qui» annuncia Saige, e i suoi genitori si voltano. Si trovano dall'altro lato della stanza. Sua madre, in piedi accanto a un carrellino, sta porgendo un drink al marito. Lui è seduto di fronte al camino su una di quelle sedie dall'imbottitura dorata. Si alza in piedi quando sente la voce della figlia.

«È un piacere rivederti così presto, Quinn» dice, appoggiando il bicchiere e porgendomi la mano. La stringo e poi allungo i fiori a sua madre.

Mi ringrazia, ma continua a rivolgermi un sorriso di ghiaccio. Questa donna è dannatamente fredda. Saige non assomiglia affatto ai suoi genitori.

«Posso offrirvi qualcosa da bere?» propone, facendo un rapido movimento con la mano a indicare il carrellino.

«Del whisky con ghiaccio, se ne avete» dico. Forse non è la bevanda più raffinata che potevo chiedere, ma ne ho veramente bisogno in questo momento.

«Saige?» domanda Bridgette a sua figlia, mentre con le pinze dorate fa scivolare dei cubetti di ghiaccio in un bicchiere.

«Lo stesso per me» risponde, sorridendo appena. La madre la fulmina con lo sguardo e sospira.

«E va bene. Un bicchiere di pinot.» La donna annuisce, come se fosse la risposta che si aspettava fin da subito.

«Allora, Quinn» mi dice Beaumont mentre bevo un sorso corroborante dal bicchiere che Bridgette mi ha appena allungato. «Sembra che tu sia molto interessato a mia figlia.» Il riferimento alla sua minaccia è tacito, ma ricevo il messaggio forte e chiaro.

«Sì, signore. È una ragazza davvero speciale.» Saige mi sorride, raggiante.

«Lascialo tranquillo, papà. È un bravo ragazzo.» Prendiamo tutti i nostri drink e ci sediamo. Io e Saige su un divano, e i suoi genitori su quello di fronte. Sento il peso di entrambi i loro sguardi e, in questo contesto, mi sento intimidito.

«Come va lo studio, Saige?» si informa Bridgette, pronunciando la parola *studio* come se fosse sporca o avesse un cattivo sapore.

«Sta andando molto bene, a dire il vero. Questa settimana è stata intensa, ma ora sto tornando gradualmente alla normalità. E uno dei miei professori pensa di potermi trovare uno stage presso una galleria.» Allunga furtivamente una mano verso di me. L'afferro e me la stringe un poco.

Sua madre la guarda come se le avesse appena annunciato di voler abbandonare l'università per lavorare come ballerina di lap dance. È gente strana con strani valori. Se non l'odiassi già, a questo punto sarei sulla buona strada.

«Lavorare gratis?» commenta Bridgette. Suo padre si limita a osservarci. Tutti e due, ma specialmente me. Non si lascia sfuggire niente. Mentre sua moglie si concentra sulla vita della figlia, lui mi tiene d'occhio.

«Sì, gli stage funzionano così, mamma» dice Saige. «Ma non so se ne avrò il tempo.» Questo sembra calmarla un po'.

«Come ti va il lavoro, Quinn?» chiede Beaumont.

«Molto bene, grazie. Non è facile gestire il denaro degli altri. Se si commettono errori, sono guai seri.» Rido appena nel pronunciare le ultime parole.

«È una grande responsabilità» dice, sorseggiando il suo drink. Ne bevo un goccio anch'io e per un momento ci guardiamo dritto negli occhi.

«Proprio così, ma prendo il mio lavoro molto seriamente. Sono più prudente col denaro dei miei clienti di quanto non lo sia col mio.» Mi rivolge un cenno d'assenso.

«Bravo. Così si fa.» La conversazione si sposta nuovamente su Saige e per il momento sono salvo. Martha si avvicina e annuncia che la cena è pronta. Ci trasferiamo dall'altra parte della casa dove si trova la sala da pranzo ufficiale. Non posso credere che non si rendano conto di quanto sia ridicolo cenare in quattro su un tavolo per venti persone.

Ci servono *il cibo dei ricchi*, come l'ha chiamato Saige. Piccole porzioni in piatti enormi. Ovviamente è tutto delizioso, ma sono certo che dovremo cenare una seconda volta quando torneremo da me.

«Raccontaci qualcosa della tua famiglia, Quinn» chiede Bridgette. Merda. Saige afferra la mia mano sotto il tavolo.

«Be', non ne parlo molto. È un tasto piuttosto dolente.» Non potevo spiegarlo meglio di così.

«Allora non ti faremo più domande di questo tipo» interviene Beaumont, mettendo fine alla discussione. Sua moglie gli lancia un'occhiataccia, che finge di non notare.

«Grazie. Non è un argomento che ho molta voglia di affrontare.» Saige mi stringe nuovamente forte la mano.

Riusciamo a fare in modo di arrivare al dessert (tartufi al cioccolato assortiti) senza che sua madre la critichi troppo.

«Tesoro, perché non hai indossato quel grazioso vestito color crema che ti ho comprato la scorsa settimana? Ti sta proprio d'incanto.» Per poco non mi strozzo con un cioccolatino e devo inspirare a fondo un paio di volte prima d'inghiottire. Il suo modo di parlare è così pretenzioso e... non lo sopporto. Vorrei andarmene da qui all'istante, ma so che non è possibile. Ho bisogno che Saige mi porti a visitare la casa e questo accadrà solo alla fine di questa insopportabile cena.

Beviamo il caffè e per fortuna suo padre le suggerisce di farmi fare un giro.

«Non sei obbligato se non ti va» mi sussurra all'orecchio.

«Mi fa piacere. Voglio vedere la tua stanza» dico, mentre l'aiuto ad alzarsi.

«Non ho intenzione di fare sesso in questa casa, quindi toglitelo dalla testa.» In realtà, non mi era venuto in mente, ma ora il mio uccello si è fatto delle strane idee e dobbiamo allontanarci dai suoi genitori prima che diventino visibili.

«Grazie per la cena, era ottima» dico e Bridgette risponde che trasmetterà i complimenti allo chef. Stranamente, non mi ha bersagliato di domande come pensavo. Forse perché è la mia prima volta qui e vogliono indurmi ad abbassare la guardia. Dev'essere così. Be', alla prossima occasione piazzerò microspie ovunque. Sorrido al pensiero di demolire questa comoda esistenza che si sono costruiti. E poi c'è Saige.

So che possiede un fondo fiduciario e non ho intenzione di toccarlo. Lei è diversa dai suoi genitori. La lasceremo tranquilla. Le devo almeno questo. Non penso che diventerà come loro in futuro. Vivere in una casa come questa, fare il possibile per guadagnare ancora più soldi per riempire senza successo il vuoto della sua anima.

Saige è tutt'altro che vuota. Non ha bisogno di questo tipo di conferme materiali. Se la caverà benissimo.

«È stata dura?» mi chiede quando siamo abbastanza lontani da non essere sentiti.

«No. Non sono così pessimi come me li hai descritti» rispondo con un sorriso.

«Sì, avrai modo di cambiare idea. Okay, credo sia arrivato il momento di farti vedere la casa.» Cominciamo dal piano terra. Torniamo al salotto in cui abbiamo bevuto i nostri drink, poi mi mostra uno studio pieno di libri rilegati in pelle. Ha l'aria di essere una stanza in disuso.

«Sono piuttosto certa che nessuno li abbia mai letti. È tutta apparenza» dice Saige, passando una mano sul dorso dei libri. «Io qualcuno l'ho sfogliato, ma sono il tipo di libri che in genere la gente fa finta di conoscere.» Capisco cosa vuole dire.

Mentre mi mostra il resto della casa, prendo nota della posizione delle finestre, della visuale e di eventuali sistemi di sorveglianza in atto. Per il momento non ne ho visto nessuno, a parte quello situato sulla parete di fronte alla porta d'ingresso. Cash potrebbe metterlo fuori uso anche a occhi chiusi. Questo è un punto a nostro favore.

«E questo è lo studio di mio padre» dice Saige, indicando con la mano una porta situata lungo uno dei corridoi del piano terra. Non le chiedo di entrare perché non ce n'è bisogno. Ora che so dove si trova, posso venirci da solo la prossima volta. E, manco a farlo apposta, è proprio accanto alla toilette. Grazie, Beaumont, per rendere il mio lavoro così disgustosamente facile.

Saliamo le scale e Saige mi mostra altre stanze che nessuno usa. In molte non mi fa nemmeno entrare.

«E questa è la mia camera» dice, aprendo l'ultima porta in fondo a un corridoio.

Quasi scoppio a ridere quando entriamo.

«Vediamo se indovino, l'ha arredata tua madre?»

«Esatto.» Assomiglia al resto della casa, ma sembra una bomboniera e non ha niente a che vedere con Saige. È evidente che Bridgette non la conosce affatto. O ha pensato che se avesse decorato la stanza in un certo modo, si sarebbe trasformata nella figlia dei suoi sogni.

«Non mi ha mai permesso di fare nessun cambiamento» mi racconta, arrampicandosi sul soffice letto a baldacchino bianco. Questa è la camera di una piccola principessa. Non di una donna adulta. Nessuno con più di sei anni ci vivrebbe.

Si lascia cadere sul mucchio di cuscini e mi invita a sdraiarmi accanto a lei. Il letto è così grande che se volessimo ci sarebbe lo spazio per una terza persona.

Rimaniamo immobili a fissare il baldacchino sopra di noi.

«Vorrebbero che tornassi a vivere qui. Che lasciassi l'università e che mi comportassi da brava bambina.» Non faccio fatica a immaginarlo.

«E tu cosa vorresti?»

«Che mi lasciassero continuare la strada che ho

intrapreso. Fino a qualche tempo fa, non riuscivo a prendere una decisione, ma era per colpa loro. Sono cresciuta con il loro fiato sul collo. Quando ho assaporato la libertà per la prima volta, sono impazzita e ho voluto provare tutto. Mi piace pensare di aver messo la testa a posto da allora.» Si volta su un fianco e faccio lo stesso, tanto che i nostri nasi arrivano quasi a sfiorarsi.

«Peccato che non riescano a vedere quanto tu sia meravigliosa» dico.

«Be', l'importante è che ci sia qualcuno che mi apprezza.» Sorride e sposta il viso in avanti. Immagino che voglia darmi solo un leggero bacio di ringraziamento, ma le nostre bocche la pensano diversamente.

Ora che ho assaggiato il suo sapore, non riesco più a fermarmi. Deve prendermi il mento e allontanarmi il viso dal suo.

«No. Non possiamo. Non è per questo che ti ho portato qui.» Scende dal letto e si accovaccia sul pavimento. Mi giro a pancia in giù e allungo il collo per vedere cosa sta facendo.

«Forse non ho potuto decorare la mia stanza come avrei voluto, ma questo non mi ha impedito di essere un tantino ribelle.» Tira fuori una scatola da sotto il letto e la lascia cadere sul piumone plissettato. È liscia e nera, come un bauletto. Alza un dito come a dirmi di aspettare un momento. Entra nella cabina armadio e torna con una chiave.

«Sapevo che le cameriere avrebbero trovato la scatola, ma non la chiave, così mia madre non avrebbe mai potuto ficcarci il naso. Dove abitavamo prima nascondevo le cose sotto un'asse di legno, ma qui non era possibile.»

Il pavimento è laminato e ricoperto di soffici tappeti.

Armeggia con la serratura e poi toglie il coperchio. Ci sono un sacco di fotografie, gioielli per piercing e perfino qualche vestito. Prendo una fotografia da sopra il mucchio e la guardo. È Saige da adolescente. Ha un cerchietto al setto nasale, con delle palline alle estremità. La trovo... sexy. Molto, molto sexy.

«Ah, sì» esclama, prendendomela di mano. «Avevo sedici anni quando mi sono fatta quel piercing. Volevo rifarmi il naso, ma poi non avrei avuto modo di nasconderlo. Quello invece potevo semplicemente girarlo all'insù. Non mi sono mai fatta beccare.» Tira fuori una scatolina e mi mostra degli anellini.

«Quasi non ricordavo più di averlo fatto. Mi chiedo se ho ancora il buco.» Svita una delle palline e cerca di infilarsi un cerchietto nel naso. Dopo un paio di smorfie, riesce nel suo intento.

Merda.

«Ti piace?» mi domanda, sorridendo.

«Moltissimo. Perché non lo metti più?» Fa spallucce e se lo toglie, svitando l'altra pallina. Tiene il cerchietto nel palmo.

«Mettilo in tasca. Magari ricomincerò a usarlo.» Basta questo a eccitarmi più di quanto non sia già. Se non fa attenzione, dovrò scoparla qui, anche se i suoi genitori sono al piano di sotto.

Tira fuori altri oggetti e mi parla di piccoli e grandi gesti di ribellione.

«Tutti piuttosto stupidi e non molto originali. Non ho mai fatto niente di veramente brutto. Ma ero brava a non farmi beccare» dice rivolgendomi un sorrisetto malizioso.

«Non ne dubito.» Le racconterei delle mie scorribande giovanili, ma devo essere Quinn. Non Sylas.

«A ogni modo, volevo solo farti sapere che sono completamente diversa dai miei genitori. Non desideriamo le stesse cose.» È come se avesse intuito quello che pensavo prima. Allungo una mano e le accarezzo una guancia.

«Lo so. Tu sei tutto quello che loro non sono.» Non può immaginare quanto sia vero.

«Be', grazie» dice, appoggiando il viso sulla mia mano. Rimaniamo così per un momento, poi si riscuote.

«Okay, non possiamo stare qui troppo a lungo, altrimenti mamma manderà Martha a controllarci e non busserà prima di fare irruzione. Grazie a lei, sa tutto quello che succede in questa casa.» Ne sono convinto.

Rimette la sua roba nella scatola, tranne l'anellino che è al sicuro nella mia tasca. La richiude e sistema la chiave nel suo nascondiglio. Mi piacerebbe poterla rubare per averla sempre con me. Voglio intrufolarmi nella sua vita. Non posso più negarlo. Sono attratto dal suo corpo, ma anche da tutto il resto. Dal suo passato. Anche se devo partire, non posso impedirmi di desiderarlo.

Si dirige verso la porta, ma non mi alzo. Vorrei stare qui ancora qualche minuto.

«Vieni?» dice, con la mano sulla maniglia.

«Sì» rispondo, lanciando le gambe oltre il bordo del letto e mettendomi in piedi.

Quando torniamo di sotto, troviamo Bridgette e Beaumont che discutono a bassa voce. La smettono nel momento stesso in cui ci vedono scendere le scale e ci rivolgono dei sorrisi falsi.

«Bene, credo che sia il momento di darvi la buonanotte» dice Saige. «Grazie per la cena, mamma.» Si china in avanti e bacia sua madre su entrambe le guance.

«Grazie, signor Beaumont, è stata una bella serata» aggiungo.

«Non c'è di che, ci ha fatto davvero piacere rivederti.» Dal tono di voce, non sembrerebbe affatto. Saige saluta suo padre con un abbraccio. È chiaro che si sente più vicina a lui che a sua madre. Porgo la mano a Beaumont, che me la stringe con un po' troppa foga. Lo lascio fare e trattengo una smorfia.

Finalmente siamo fuori.

«Sei sopravvissuto» dice, cingendomi la vita.

«Già. Non è stata poi così dura. Mi avevi fatto temere il peggio, Saige.»

Mi dà una spinta con un fianco, facendomi quasi inciampare. Scoppia a ridere.

«La pagherai per questo.» La posiziono di fronte a me. Siamo proprio davanti a casa e sono sicuro che i suoi genitori ci stanno osservando. Merda.

«Davvero?» dice, alzando gli occhi verso di me, con un'espressione di sfida.

«Sarà una punizione molto piacevole.» Faccio scivolare le mani lungo la sua schiena e le afferro entrambe la natiche, sollevandola da terra.

«Allora sbrighiamoci a tornare da te.» La faccio indietreggiare finché non si ritrova schiacciata contro la mia macchina. Mi piacerebbe farmela proprio qui nel vialetto, per fare incazzare Beaumont, ma non credo che finirebbe bene.

Quindi, allungo un braccio e apro la portiera, spingendola scherzosamente sul sedile del passeggero. Emette un gridolino di protesta, però sta al gioco.

Aspetto che si sieda per bene e chiudo la portiera. Vedo un'ombra muoversi con la coda dell'occhio. Qualcuno mi sta osservando da una delle enormi finestre della casa. Beaumont. Il suo sguardo è severo, ma sorride e alza un bicchiere nella mia direzione, come per fare un brindisi. Mi limito ad annuire e salgo in macchina.

leggere di quale gruppo si tratta.

«Ti dona» rispondo, con voce roca. Stamattina è così... dolce. È tutta scarmigliata, ma sembra non interessarle. Non ha un filo di trucco e mi rivolge un sorriso assonnato prima di sbadigliare.

«Cosa stai preparando?» domanda, avvicinandosi a me per curiosare nella ciotola.

«Uova strapazzate e toast. Il caffè è già pronto, se vuoi.» Indico la caraffa piena che ho preparato meno di dieci minuti fa. Si fionda in quella direzione. Ho già predisposto una tazza per lei, con panna, zucchero e un cucchiaino. So che li mette entrambi.

«Non c'era bisogno che ti disturbassi tanto» dice, mescolando il liquido scuro finché diventa marroncino.

«Mi fa piacere» rispondo mentre rovescio le uova nella padella. Appoggia la schiena al bancone e beve un sorso di caffè, reggendo la tazza con entrambe le mani.

«Be', siamo agli inizi e so che stai cercando di dare il meglio di te, ma avresti dovuto buttarmi giù dal letto. Ora le mie aspettative saranno sempre altissime.» Mi sta prendendo in giro e le punto la spatola contro.

«Non è divertente. Nessun uomo sano di mente ti butterebbe giù dal letto.» Alza gli occhi al soffitto e respinge il mio complimento con un cenno della mano.

«Non credere che io piaccia a tutti. Mi viene in mente una frase di Dita Von Teese. Puoi essere la pesca più matura e succosa del mondo, ma ci sarà sempre qualcuno che odia le pesche.» Comincio a rimestare le uova e scuoto la testa.

«Be', per quanto mi riguarda, io *adoro* le pesche»

dico, rivolgendole un sorrisetto malizioso.

Appoggia la tazza di caffè sul bancone e mi abbraccia da dietro.

«Sono contenta che ti piacciano le pesche» dice, baciandomi il collo. Sono a torso nudo e i nostri corpi sono separati solo dal sottile tessuto della sua maglietta.

Fa scivolare la mani verso il basso e mi afferra le natiche attraverso i jeans.

«Ti stai vendicando per ieri sera?» domando, serrando la mascella e sentendo l'eccitazione salire alle stelle. Non importa quante volte e in quanti modi l'abbia appena scopata. Non ne ho mai abbastanza. Non sono mai stato con una donna come lei e ho la sensazione che non mi capiterà un'altra volta.

«Forse. Non avresti dovuto farlo. Molto probabilmente mio padre ci stava guardando.» Le sue dita si insinuano lungo i miei fianchi in direzione del mio uccello, che si contrae, pregustandosi il seguito.

«Se non la smetti subito, farò bruciare le uova» dico con voce strozzata. Saige ridacchia alle mie spalle.

«D'accordo» dice, ritraendo le mani e facendo un passo indietro. Espiro profondamente e mi accorgo che mi tremano le dita. Se non mi occupo subito delle uova, saranno immangiabili. Tolgo la padella dal fuoco e la agito. Sono salve.

Dopo aver messo a tostare qualche fetta di pane e aver tirato fuori del succo d'arancia dal frigorifero, apparecchio la tavola. Saige mi guarda. Mi piace il modo in cui osserva i miei spostamenti e mi piace vederla muoversi in questa casa. Preferirei poterla portare nel mio vero appartamento, ma mi accontento di averla qui.

Ci sediamo a fare colazione. Saige ripiega le gambe e si siede di traverso.

«Grazie per avermi permesso di venire qui. Pensavo che non mi avresti mai invitato nella tua Fortezza della Solitudine.»

«Be'» dico, addentando un pezzo di toast e masticando prima di continuare, «fa molto più caldo qui rispetto al Polo Nord, spero.» Mi sorride da sopra la sua tazza di caffè.

Mangiamo in silenzio, godendo l'uno della compagnia dell'altra, senza bisogno di riempire la mattinata di parole. Ammiro come gesticola mentre mangia. Saige ha dita delicate, perfette per suonare uno strumento.

«Mi stai fissando di nuovo, Quinn Brand.»

«Preferisco dire che ti sto ammirando in maniera aggressiva.» Ride del mio commento.

Terminata la colazione, dice che deve tornare a casa sua per studiare. Mi piacerebbe trascorrere ancora un po' di tempo con lei, ma non voglio sembrare troppo esigente.

Mi aiuta a sparecchiare e va in camera a vestirsi.

Sono al mio terzo caffè quando riemerge con le sue borse.

«Io ho davvero...» Scuote la testa e cambia idea.

«Cosa? Cosa volevi dire?» Non voglio che se ne vada. Vorrei afferrarle le braccia, trascinarla a letto e scoparla per tutto il giorno. In questo momento, non mi importa del lavoro. Non me ne frega niente di suo padre. Mi interessa solo questa testolina rossa in piedi davanti a me.

Sbatto le palpebre e cerco di schiarirmi le idee. Se ne deve andare. Adesso. Non posso permettere che prevalga su tutto il resto.

«Niente» dice con un sorrisetto veloce, mentre si dirige verso la porta. Sembra essere di corsa e le sono grato perché non posso più starle vicino.

So di doverla salutare o qualcosa del genere, quindi l'accompagno alla porta. Afferra la maniglia e si blocca.

«Grazie di tutto, Quinn.» Si solleva sulle punte e mi dà un bacio, ma si allontana velocemente e in un attimo è fuori dalla porta. La richiudo e inspiro profondamente.

Devo decisamente concludere questo lavoro il più in fretta possibile.

«Allora, lo studio si trova qui» dico, indicando un punto sulla mappa di casa Beaumont. «Il sistema di sicurezza è quello standard. Non avrai nessun problema, Cash.» Sorride e si scrocchia le dita.

«Un gioco da ragazzi.»

«Credo che sia meglio aspettare che io torni a sistemare le microspie» aggiungo.

«Ma questo potrebbe richiedere tempo» ribatte Row. «Perché non lo facciamo subito? Prendiamo quello di cui abbiamo bisogno e tagliamo la corda.»

Sembra... inquieto. Sulle spine. Come tutti gli altri. C'è molta tensione nella stanza e so che stanno perdendo la pazienza.

«Datemi un'altra settimana. Credo di poter ottenere un altro invito a cena. Ho la sensazione che Beaumont voglia vedermi il più possibile per tenermi d'occhio.» Baz, Row e Cash sghignazzano.

«Detto questo, è ora di tirare i remi in barca e di prepararsi a partire. Qual è la nostra prossima destinazione?» È meglio decidere in modo democratico.

«Be', io penso che potremmo andare in California»

propone Cash. «Spiagge, sole e ragazze in bikini. Inoltre, ho già in mente alcuni potenziali bersagli.» Mi porge un foglio con alcuni nomi e i crimini contro l'umanità che hanno commesso. Li osservo e noto che sono tutti degli ottimi candidati.

«Altri suggerimenti?» Mi guardo intorno e ho l'impressione che abbiano già deciso senza di me. In genere litigano sempre furiosamente, invece adesso non fingono nemmeno di protestare. C'è decisamente qualcosa dietro.

«Qualcuno mi vuole rendere partecipe?» chiedo.

Hardy è l'unico a non abbassare lo sguardo.

«Sei troppo coinvolto per ragionare lucidamente, Sylas.» Non c'è bisogno che me lo dica. So di essermi spinto oltre con Saige. Me ne rendo conto, ma non posso farci nulla. Fin dal primo momento in cui l'ho vista, sono salito su un treno in corsa e non sono ancora riuscito a scendere. Devo saltare giù. Non ho altra scelta. Ma potrei farmi molto male.

«Quindi avete preso questa decisione senza di me?» Ora mi sto arrabbiando. «Di cos'altro avete parlato alle mie spalle?» Li fulmino con lo sguardo. I miei fratelli. Uniti dal dolore, dal sangue, dal sacrificio e dal desiderio di vendetta.

«Qualcuno doveva pur farlo» interviene Cash, posandomi una mano sulla spalla. «Ascolta, sappiamo che ti sei fatto prendere la mano con Saige. Ce l'hai scritto in faccia. Il tuo tono di voce cambia quando parli con lei, o di lei, e io ti ho visto in sua compagnia. Ti stai facendo coinvolgere ed è rischioso. Ci stai mettendo tutti in pericolo. Non si tratta solo di te, ma di tutti noi e del lavoro che cerchiamo di fare.»

Lo ascolto con attenzione e so che ha ragione.

Hanno decisamente già parlato varie volte di questo problema.

«Ho bisogno di bere qualcosa» dico, riferendomi a qualcosa di più forte della birra.

Cash annuisce e si dirige verso il mobiletto dove tiene i superalcolici. Ritorna con due bottiglie di Jack Daniel's e porge a tutti un bicchierino.

Ci versa dentro del liquido ambrato, che svuotiamo tutti d'un fiato. Segue un momento di silenzio.

«Mi dispiace» dico, mentre allungo il bicchierino per un altro giro. Cash lo riempie e gli altri seguono il mio esempio. «Mi dispiace di aver perso la testa. Se uno di voi si fosse comportato così, mi sarei incazzato.» Al loro posto, avrei fatto la stessa cosa. Merda.

«Concedetemi ancora tre settimane. Tre settimane per chiudere la questione e poi possiamo partire. Volete andare tutti in California?» Annuiscono tutti contemporaneamente. Butto giù il secondo bicchierino di whisky.

«Vada per la California.»

«Tre settimane» dice Cash.

«Tre settimane» ripeto.

Il tempo sta volando via. Giorni, settimane, ore, minuti, secondi. Mi sento come se avessi un pistola puntata alla tempia. Se non riesco a portare a termine la mia missione, andrà tutto a puttane e non ho idea di quali saranno le conseguenze.

Mi sono ubriacato con i ragazzi e Cash mi deve portare a casa.

«Va tutto bene» dice, mentre mi aiuta a salire le scale e apre la porta del mio appartamento.

Ho la vista annebbiata e vorrei solamente poter

chiudere gli occhi e spegnere il cervello.

«Si sistemerà tutto, Sylas» mi dice Cash mentre mi toglie gli stivali. Mormoro qualcosa e perdo conoscenza.

Quando riapro gli occhi, emetto un lamento e li richiudo immediatamente. Sento la testa scoppiare e ho un cattivo sapore in bocca. Mi giro molto lentamente su un fianco e schiudo appena le palpebre. Sul comodino vedo un bicchiere pieno e qualche aspirina. Deve averle lasciate Cash. Le porto alla bocca e le mando giù con un sorso d'acqua, che mi rinfresca la gola.

Devo andare in bagno, ma non è un'impresa facile. Faccio quello che devo e torno in camera. Leo si è seduto nel bel mezzo del letto e mi guarda torvo. Come se l'avessi disturbato.

«Scusa» dico, portandomi le mani alla testa e ricacciandomi sotto le lenzuola. Non ce la faccio proprio ad andare in ufficio oggi. Merda. Cazzo. Non è da me.

È stata una pessima idea bere la notte scorsa, ma ormai la frittata è fatta. Sento qualcosa vibrare e mi accorgo che il mio cellulare si trova vicino al bicchiere d'acqua e sta suonando all'impazzata.

È un SMS da parte di Cash, che mi chiede se sono ancora vivo. Gli rispondo di sì. È ancora presto e ho il tempo di schiarirmi le idee prima di avvisare Grace. Meglio non dirle che non posso andare a lavorare perché ieri sera ho bevuto troppo. Ho la sensazione che la notizia farebbe il giro dell'ufficio piuttosto in fretta. Quando posso tendo a ignorare i miei colleghi, ma devo averci a che fare durante le riunioni.

Passo le ore successive a cercare di recuperare il

controllo dei miei pensieri. Mi alzo e mi preparo un panino con bacon e uova e do da mangiare a Leo. Il mio appartamento è un disastro, ma non ho assolutamente le forze per fare pulizia. Crollo sul divano e accendo il televisore per guardare qualcosa di poco impegnativo.

Finalmente telefono a Grace e le dico che ho l'influenza. Non penso che mi abbia creduto, ma chiede se può fare qualcosa per me. Le dico di non preoccuparsi e che sarò di ritorno domani, se starò meglio. Risolto questo problema, mi alzo in piedi e decido di allenarmi per smaltire il resto della sbronza. È un modo triste di riprendersi, ma funziona.

Dopo aver sudato un po', faccio la doccia e comincio a camminare su e giù per l'appartamento, pensando a Saige. Devo fare in modo che mi chieda di cenare nuovamente a casa dei suoi.

Mi mordo un labbro e alla fine le spedisco un SMS per salutarla. Mi risponde subito, il che vuole dire che al momento non è a lezione. Mi chiedo se si trovi al solito bar. Controllo velocemente il localizzatore che abbiamo piazzato nel suo cellulare ed è effettivamente così.

Non dovresti essere in ufficio?

Le rispondo che ho dato buca.

Oh, questa sì che è una buona notizia. Potremmo vederci.

Bene. Niente mi farebbe più piacere.

Tre settimane.

Certo. Hai già qualcosa in mente?

Mi risponde con un indirizzo. Sorrido e cerco dei vestiti adatti a Quinn, ma mi infilo gli stivali. Me li ha già visti addosso, quindi non è un problema se me li metto di nuovo.

Esco dal mio appartamento stretto nella mia felpa con cappuccio e cammino fino al garage per prendere una delle macchine. Baz è la mia guardia del corpo oggi e riesco a percepire la sua presenza dietro di me.

Tengo gli occhi bene aperti, guardandomi intorno a ogni angolo. Sono sempre prudente, ma adesso ancora di più. I ragazzi hanno ragione. Devo stare attento e non correre rischi. È innegabile che la situazione con Saige sia complicata, ma se ho tre settimane per gestirla, andrà tutto bene. Ce ne andremo in California e sarò libero di occuparmi di un nuovo lavoro. Quando ci trasferiamo, modifichiamo il nostro aspetto il più possibile, per allontanare ogni sospetto. Mi farò crescere i capelli, cambierò colore e troverò un altro lavoro. Probabilmente mi farò crescere anche la barba.

Quando mi infilo nella BMW, noto qualcosa sul parabrezza. Sembra un volantino pubblicitario, di quelli che ti lasciano quando parcheggi per strada. Ma so che è qualcosa di diverso. Afferro il foglio bianco e scopro che si tratta di un'immagine di Cash che mi accompagna a casa la notte scorsa. Merda.

Lo accartoccio con rabbia e impreco. Tiro fuori il cellulare usa e getta e chiamo Baz.

«Che succede?» domanda, subito all'erta.

«Abbiamo un problema.» Bestemmia.

«Che tipo di problema?»

«Ho trovato un foglio sul mio parabrezza. Si vede Cash che mi trascina a casa. Chiunque sia, ci sta seguendo e sta facendo un ottimo lavoro.»

Si lascia sfuggire una serie di parolacce.

«Non ci resta che stare al gioco. Ancora tre settimane.» Altra parolaccia.

«Giuro su Dio. Se finirà male, ti gonfierò di botte.» Se dovesse finire male, probabilmente non farà in tempo a pestarmi perché sarò già morto.

«In quel caso, temo che dovrai fare la fila insieme a tutti gli altri. Potreste cominciare a decidere i turni fin da ora» dico, salendo in macchina e gettando il foglio nel vano portaoggetti.

Questa faccenda non è più solo un lavoro per me. È diventata qualcosa di diverso, una missione. Non sarò più lo stesso quando tutto sarà finito. Le cose stanno cambiando e non so che direzione prenderà la mia vita.

«Porca puttana, Sylas. Stai giocando col fuoco e finiremo tutti per bruciarci. Non voglio tornare dentro.» Baz ha già accennato al fatto di essere stato in prigione in passato. So che anche Row ha avuto qualche problemino con la legge, ma seguiamo la politica del *tu non chiedi, io non dico.* A me non interessa, l'importante è che non interferisca col nostro lavoro.

«Vedrai che risolverò tutto» dico, mettendo in moto e uscendo dal garage.

«Sarà meglio. Chiamami se hai bisogno di qualcos'altro» aggiunge di malavoglia.

«Okay.» Chiudo la chiamata e sarei tentato di sbattere ripetutamente la testa sul volante, ma devo vedere Saige.

Tre settimane.

. 23 .

Arrivato a destinazione, scopro con stupore che si tratta di un negozio di tatuaggi. Nel parcheggiare l'auto lungo la strada, noto quella di Saige. Scende dalla macchina e mi rivolge un cenno di saluto con la mano.

«Che cosa facciamo qui?» chiedo, camminando verso di lei.

«Be', mi hai detto che se ti avessi chiesto di fare un tatuaggio per me, l'avresti fatto.» Serro la mascella. Probabilmente in quel momento il mio uccello parlava per me. Le direi qualunque cosa quando siamo a letto.

Inclino la testa di lato per capire se sta scherzando.

«Me lo stai chiedendo ora?»

Stringe gli occhi.

«Lo faresti?»

Annuisco lentamente e Saige sorride.

«No. Ne voglio fare uno io, ma ho pensato che ti sarebbe piaciuto accompagnarmi.» Gira i tacchi ed entra nel negozio, facendo tintinnare la campanella sulla porta.

«Vieni?» dice, e obbedisco. È un posto luminoso, arredato in un piacevole stile rockabilly. La voce di Elvis risuona nella stanza e una ragazza sorridente ci accoglie. Porta i capelli neri raccolti in un'acconciatura anni 40 e indossa un vestito rosso fuoco dalle ampie maniche. Hanno trasformato la parte anteriore di un'auto d'epoca in una scrivania e alcune persone si stanno facendo tatuare in varie posizioni. Schizzi di colore decorano le pareti e per esperienza posso dire che è un negozio pulito e ben gestito.

«In cosa posso esservi utile?» ci chiede e finalmente noto che ha dei piercing sulle guance.

«Ho appuntamento con Crash» dice Saige, appoggiandosi a quello strano incrocio tra una macchina e un tavolo.

«Sei Saige?» domanda, controllando sul computer. Quest'affare deve avere come sistema operativo Windows 98 o giù di lì. Non ricordo nemmeno l'ultima volta che ho visto un desktop così datato.

«Sì, sono io.» Le sorride.

«Fantastico. Vado ad avvisarlo che sei arrivata.» Oltrepassa una porta e scivola nel retro del negozio.

Un ragazzo poco distante è messo a pancia in giù e si sta facendo fare un gigantesco tatuaggio sulla schiena. Da qui sembra un'aquila americana dalla testa bianca. Probabilmente è un militare. Sul lettino accanto, una ragazza ha optato per qualcosa di piccolo e piagnucola come se la stessero squarciando viva.

La nostra amica ritorna al bancone, seguita da un tipo con una barba enorme e i capelli pettinati all'indietro, ma rasati sui lati. Porta una camicia di flanella e sembra un boscaiolo appassionato di moda.

«Saige?» dice, porgendole la mano. Ha le braccia coperte, ma si vedono i tatuaggi che si è fatto sui polsi e sulle nocche. Saige gliela stringe e sorride.

«Piacere di conoscerti. Seguimi» aggiunge. Non sono certo che l'invito sia rivolto anche a me, ma Saige taglia la testa al toro prendendomi la mano e trascinandomi dietro di lei verso la postazione di Crash, situata vicino al retro.

«Dunque, per prima cosa bisogna riempire alcune scartoffie, poi penseremo al resto.» L'atmosfera del locale, gli odori, il ronzio degli aghi, mi fanno sentire rilassato e a mio agio. In pace.

«Lui è Quinn» dice Saige. Gli stringo la mano e mi sembra abbia un'aria familiare, ma sono certo di non averlo mai incontrato. Sono molto fisionomista e non dimentico mai un volto.

Crash aiuta Saige a compilare i moduli standard e fa una fotocopia della sua patente.

«Okay, ho fatto dei disegni sulla base degli schizzi che mi hai mandato. Dimmi cosa ne pensi.» Ovviamente Saige l'ha contattato per tempo. Ha pianificato tutto.

Quando li vedo, rimango piacevolmente sorpreso.

«Che te ne pare?» mi chiede Saige, avvicinandosi a me.

«Sono bellissimi» dico, ed è la verità. È un teschio fatto di fiori. È cupo e delicato al tempo stesso. E non è affatto piccolo. Mi chiedo dove se lo voglia fare tatuare.

«Sapevo che ti sarebbe piaciuto. Anche se non ama metterli in mostra, Quinn ha un mucchio di tatuaggi» spiega a Crash, che solleva lo sguardo verso di me come se mi vedesse per la prima volta. Avrei preferito che non glielo avesse detto.

«Davvero?» esclama. Ora non ho scelta.

Tiro su le maniche e gliene mostro qualcuno. Si china in avanti e li esamina, spalancando gli occhi.

«Sono davvero eccezionali. Mi ricordano un tizio che conosco. Non è che te ne sei fatto fare qualcuno da Razor, vero?» Mi sento sbiancare e mi sforzo di continuare a respirare normalmente.

«Sì» dico, srotolando le maniche.

«Incredibile. Com'è piccolo il mondo.» Crash non sembra essersi accorto di niente e riporta la sua attenzione su Saige. Non riesco nemmeno a guardarla per capire se abbia notato il mio attimo di panico.

Razor ha fatto tutti i miei tatuaggi. Andavamo a scuola insieme e quando ha iniziato la sua attività, mi sono offerto volontario e sono diventato la sua tela umana. Fortunatamente era un artista maledettamente bravo, altrimenti mi sarei ritrovato con degli sgorbi sulla pelle per tutta la vita.

Questa non ci voleva. Ma come potevo immaginare che Saige mi avrebbe portato in un negozio di tatuaggi? E che avrei incontrato un artista che conosce un tizio che appartiene al mio passato? Certo, è un settore piccolo, ma non poi così tanto. C'è da dire che Razor si è fatto un nome ormai e possiede diversi negozi sparsi per gli Stati Uniti.

«Sei pronta?» le chiede. Saige alza il pollice, e si siede sulla poltrona che le ha indicato. Appoggia il petto allo schienale, in modo da avere la schiena esposta. Si tira su la maglietta, mettendo in mostra il reggiseno. Lo sgancia e si rimette comoda. Crash pulisce e rade il tratto di pelle interessato, prima di applicare lo stencil.

Il disegno è grande quasi quanto un vero teschio e glielo pone al centro della schiena, sotto le scapole.

Probabilmente ci vorrà più di una sessione per completarlo, in base a quanti dettagli vorrà e alla sua capacità di sopportare il dolore.

Qualcosa mi dice che è piuttosto alta.

Si infila i guanti e mi siedo su una sedia. Sto ancora cercando di riprendermi, quando Saige allunga un braccio verso di me.

«Ti va di tenermi la mano?» Non mi sembra che ne abbia bisogno, ma avvicino la sedia e gliela porgo. L'afferra e mi fa l'occhiolino.

«Se bella vuoi apparire...»

«Sei pronta?» le chiede Crash, posizionandole l'ago sopra la pelle.

«Sissignore.»

Mi stringe la mano per i primi secondi, poi si rilassa.

«Non fa poi così male. Non ricordo com'è andata l'altra volta. Ero un tantino sbronza.» Piega la testa di lato in modo da potermi guardare mentre Crash lavora.

Ha preso un buon ritmo. Disegna e asciuga l'inchiostro in eccesso e il sangue con un fazzoletto di carta. Passavo molto tempo con Razor al negozio dove lavorava come apprendista, quindi ho visto fare innumerevoli tatuaggi. Crash è un vero professionista. Vede solo Saige e la sua pelle, nient'altro. Lo rispetto per questo.

Le fa qualche domanda sulla sua vita, per cercare di tenerla tranquilla.

«Questo disegno ha un significato particolare?» chiede. Deve aver toccato un punto sensibile perché Saige sussulta leggermente.

«Non proprio. Lo volevo fare da un po', e finalmente ho trovato il coraggio.» Mi sorride. Forse ho contribuito in qualche modo. I tatuaggi creano dipendenza e vederli su qualcun altro può fare tornare la voglia.

È passato un po' di tempo dalla mia ultima volta e sto iniziando a provare quella familiare sensazione. Non ho molto spazio libero, ma qualcosa è rimasto.

«Molte persone che non hanno tatuaggi pensano che debbano per forza avere un profondo significato personale, ma in realtà non è sempre così.» Sono totalmente d'accordo. I miei primi tatuaggi non hanno un gran significato. Un'ancora, un filo spinato, robe del genere. Solo più tardi ho cominciato a scrivere sulla mia pelle le mie esperienze di vita. Saige non lo sa, ma quest'inchiostro parla della mia storia. Delle mie tragedie. C'è tutto, se solo sai come trovarlo e cosa significa.

«Be', spero anche di riuscire a fare incazzare un po' i miei genitori» dice Saige, strizzandomi l'occhio. Crash ride.

«Capisco benissimo. Quando ho fatto il mio primo tatuaggio, a sedici anni, ho temuto che a mia madre venisse un infarto. Ma poi ha cambiato idea e mi ha chiesto perfino di fargliene qualcuno. Tutti i miei parenti me l'hanno chiesto.» È una bella storia. È fortunato ad avere una famiglia da tatuare.

Il ronzio dell'ago e la mano di Saige nella mia mi cullano. Dovremo stare qui per qualche ora.

«Hai fame?» le chiedo. Spero che abbia già mangiato qualcosa, non voglio che svenga.

«No, non ti preoccupare, ho pranzato prima di uscire.» Brava.

«Meglio così. Quando avremo finito, ti accompagnerò a casa e potrai stare stesa sul divano mentre ti imbocco» dico.

Mi strizza la mano.

«Per fortuna che ci sei tu a prenderti cura di me.»

«È facile prendersi cura di te» rispondo.

Quando Crash termina i contorni e le ombreggiature, Saige non ne può più. Si è comportata da vera campionessa, ma tutti si stancano alla lunga.

«Sta venendo molto bene» dice Crash, pulendole la pelle e spalmandole sopra un gel trasparente e appiccicoso prima di stenderci sopra una pellicola protettiva. Quindi le spiega in che modo dovrà prendersi cura del tatuaggio. Saige si alza e contrae il viso in una smorfia.

«Wow, mi sembra che sia passato un sacco di tempo» dice, riagganciandosi il reggiseno e riabbassandosi la maglietta.

«Sembra sempre che ci vogliano secoli per finire» risponde Crash, togliendosi i guanti con uno schiocco. «Vai pure da Ruby a prenotare un altro appuntamento. Ti stamperà anche tutte le istruzioni da seguire, in caso non ti ricordassi quello che ti ho appena detto. Capita di sentirsi un po' scombussolati.» Sorride e le dà una pacca sulla spalla prima di voltarsi verso di me per stringermi la mano.

«Piacere di averti conosciuto. Mi sarebbe piaciuto vedere meglio i tuoi tatuaggi, ma capisco perfettamente la tua riservatezza.» In una circostanza diversa, mi sfilerei la maglietta per mostrarglieli, ma non con Saige presente. Inoltre, non voglio che questo tizio si ricordi di me più di quanto già non faccia. Se solo Saige mi avesse detto cosa aveva intenzione di fare, non sarei venuto. Troppo tardi.

Saige paga e prende accordi per la prossima seduta, tra tre settimane. Poco dopo la mia partenza. È un peccato non poter vedere il risultato finale, ma non ho scelta. O lei, o i miei fratelli. E io scelgo loro. Sempre.

L'aiuto a uscire dal negozio.

«Pensi di poter guidare, o preferisci che ti accompagni a casa con la tua macchina e poi ritorni qui a prendere la mia?» le propongo.

«Sarebbe fantastico, Quinn. Grazie.» Si butta verso di me e l'abbraccio, facendo attenzione a non toccarle la schiena nei punti dove la pelle è più infiammata.

Decido alla fine di prendere la BMW, perché i ragazzi si infurierebbero altrimenti. Con lo stalker a piede libero, so che non sarebbe una buona idea lasciarla qui.

«Posso tornare in taxi a riprendere la tua auto tra un'oretta, se hai paura che te la possano fregare.» Non è esattamente uno dei migliori quartieri della città e la sua macchina è piuttosto appetibile.

«Sei il migliore» dice, mentre l'aiuto a sedersi. Si sporge in avanti in modo da non toccare il sedile con la schiena e sospira.

«Ricordami perché ho pensato potesse essere una buona idea?» chiede, mentre salgo e accendo il motore.

«Io non ti ho mai detto che lo fosse. Non hai chiesto il mio parere. Ma non posso dire che sia stata una brutta sorpresa.»

«Ho pensato che ti avrebbe fatto piacere. Non c'è nessun altro che avrei voluto al mio fianco.» Anche se non ci siamo staccati per ore, mi prende nuovamente la mano. Rimaniamo con le dita intrecciate per tutto il tragitto.

Le prendo degli antidolorifici e l'aiuto a sistemarsi sul divano a pancia in giù.

«I tuoi tatuaggi sono stati dolorosi?» chiede. «Che domanda stupida, certo che sì. Sei giovane per averne così tanti. Li hai fatti tutti nello stesso periodo, oppure nel corso degli anni?» Sembra ossessionata dall'argomento e non c'è modo di evitare le sue domande. Le concedo un pizzico di verità e spero si accontenti.

«Sì, sono stati tutti dolorosi, ma con intensità diverse. Ho iniziato a diciassette anni, quindi ho avuto un po' di anni per accumularli.» Non le rivelerò altro.

«Vuoi un bicchiere d'acqua?» chiedo. Ero così ansioso di vederla, ma ora ho fretta di andarmene.

«Mi faresti un favore» dice. Vado in cucina a prenderglielo.

Quando torno in sala, Saige ha il telecomando in mano e sta facendo zapping tra i canali. Appoggio il bicchiere sopra il tavolino da caffè e rifletto sul da farsi. Occupa tutto il divano, quindi dovrei farla spostare per sedermi.

«Scusa, ho monopolizzato lo spazio. Puoi spostarmi, se vuoi.»

«No, non ce n'è bisogno. Io, ehm, meglio che vada a recuperare la tua macchina.» Si solleva appoggiandosi sui gomiti e capisco di non poter sfuggire all'esame di quegli occhi verdi.

«Mi dispiace di averti fatto tutte quelle domande. So che non ti piacciono e non ne ho tenuto conto. E avrei dovuto dirti dove stavamo andando. Solo che... ho agito d'impulso. Ero così eccitata all'idea del tatuaggio e volevo tu fossi presente. Avrei dovuto chiederti se ne avevi voglia.» Mi prende ancora la mano.

Sospiro. Non posso rovinare tutto per così poco. Le sorrido.

«È tutto a posto. Ho solo bisogno di prendere un po' d'aria. Non ti preoccupare. Sarò di ritorno tra poco.» Afferro le chiavi dal mobiletto vicino all'ingresso ed esco. Ho un peso sul petto e non so dove ho la testa. È da parecchio tempo che non mi sentivo così, e la cosa non mi piace affatto.

Chiamo un taxi col cellulare e in fondo alla strada vedo Baz, che mi osserva.

Gli chiederei un passaggio se non sapessi che qualcuno controlla ogni mio più piccolo spostamento. Probabilmente erano anche fuori dal negozio di tatuaggi e mi hanno scattato delle fotografie. Non importa. Non ho alcuna intenzione di nascondermi né di farmi spaventare da nessuno.

Per un momento penso a Saige, sola nel suo appartamento, ma chiunque mi sta seguendo vuole me, non lei.

Quando arrivo davanti al negozio, Crash si sta fumando una sigaretta fuori dalla porta. Mi saluta con la mano mentre mi infilo nella piccola auto sportiva di Saige, rossa fiammante. Non vorrei, ma gli rivolgo un cenno della testa, prima di allontanarmi il più velocemente possibile.

. 24 .

Il giorno successivo mi do nuovamente malato per andare a trovare Lizzy. È un'idea davvero stupida, ma non importa. Oggi tocca a Cash starmi dietro e ci metto un po' a seminarlo. Com'era prevedibile, mi manda un SMS piccato e gli rispondo che mi serve solo qualche ora di libertà. Si lascia convincere più facilmente di Row e mi risponde che mi reggerà il gioco, a patto che riporti indietro il mio culo entro le cinque. Ovviamente aggiunge che se mi faccio ammazzare, sarà soltanto colpa mia.

Quando arrivo, Lizzy è in salone, alle prese con un collage. Sta ritagliando con estrema attenzione delle immagini da alcuni giornali.

«È un piacere vederti, Quinn» mi dice Margo, una delle infermiere. «Fai bene a venire così spesso. So che non dev'essere facile, per via del lavoro.»

Le sorrido e mi dirigo verso Lizzy. Quando le do un colpetto sulla spalla, balza in piedi e mi abbraccia. Mi siedo con lei e mi mostra a cosa sta lavorando.

Sta ritagliando fiori da una rivista di arredamento e giardinaggio. Mi vengono in mente Saige e il suo tatuaggio.

«È molto carino. Che cosa ci vuoi fare?» Alza le spalle.

«Non lo so.»
Si rimette al lavoro, canticchiando tra sé.

«Sei andata avanti a leggere senza di me?» Solleva lo sguardo, spalancando i suoi occhioni blu.

«Assolutamente no» dice, scuotendo la testa, ma trattenendo a stento un sorriso.

«Sei andata avanti a leggere senza di me?» ripeto, serrando gli occhi. Ridacchia e cerca di sgattaiolare via, ma l'afferro e le faccio il solletico sotto le braccia fino a toglierle il respiro.

La stanza dove ci troviamo è luminosa e tutti gli ospiti sembrano felici e indaffarati. Prima di portarla qui, mi sono assicurato che fosse una buona struttura. Ce ne sono parecchie che funzionano male e non la lascerei mai in un posto che non mi ispira totale fiducia.

Noto che ha un braccialetto al polso. Non mi sembra di averlo mai visto e le chiedo dove l'ha preso.

Stringe le labbra e scuote la testa ripetutamente.

«È un segreto.»

«Oh, davvero?» Immagino che una delle infermiere glielo abbia regalato. A volte capita. «Posso vederlo?» Solleva il polso all'altezza del mio viso e vedo che si tratta di una fascia d'argento liscia, con un ciondolo. La lettera E di Elizabeth.

«Molto carino» dico, mentre Lizzy ritrae il polso e se lo porta al petto.

«È molto speciale. Devo fare attenzione a non perderlo» dice con voce seria.

«Certo. Si tratta proprio di un bel regalo.» Annuisce e continua a ritagliare. Rimango con lei tutto il giorno. Pranziamo insieme e giochiamo in giardino a rincorrerci con alcune sue amiche. Dopodiché andiamo in camera sua e riprendiamo la lettura di

Harry Potter. Devo ammettere che mi piace. È divertente, coinvolgente e Lizzy lo adora. Mi fermo il più possibile, poi arriva il momento di salutarla. Non appena salgo in macchina, comunico a Cash il mio orario di arrivo.

Mi risponde che gli devo un favore. Oh, lo so. Ne devo parecchi a varie persone. Ma non ha importanza. Per Lizzy, lo faccio volentieri.

Scrivo un SMS a Saige per sapere come va e mi invia una fotografia del tatuaggio. La pelle è rossa e infiammata, ma è normale. Me ne manda un'altra dove contrae il viso in una smorfia di dolore.

AHI.

Rido e le rispondo che è un dolore necessario.

Mi propone di passare da lei per alleviare le sue pene. Non credo che il sesso sia la migliore soluzione in questi casi e sono tentato di rifiutare. È la prima volta che mi sento combattuto all'idea di scopare con lei. Non è mai successo. E non so nemmeno perché sta succedendo ora.

È solo che è entrata nella mia testa, nelle mie vene, sotto la mia pelle. Ho... bisogno di una pausa.

Mi piacerebbe, ma ho un sacco di lavoro da recuperare.

Vorrei mandarle un faccina imbronciata, ma temo di sembrare infantile.

Peccato. Avrei davvero bisogno che qualcuno mi aiutasse a spalmare la pomata sulla schiena.

Sorrido e mi sento in colpa per averle detto di no, ma non posso fare altrimenti.

Mi accusi sempre di usare frasi fatte. Ora sei tu a farlo, Saige.

Mi risponde con una faccina che fa l'occhiolino.

Poso il cellulare e appoggio la schiena al divano. Leo mi ha osservato per tutto il tempo, muovendo la coda a destra e a sinistra.

«Smettila di fissarmi» dico, ma si limita a sbattere i suoi occhi gialli.

Il cellulare usa e getta si illumina e ricevo un'altra fotografia. Sono io che entro nel mio appartamento, poco fa. Funziona così adesso? Me le manda tutti i giorni per ricordarmi che non mi perde d'occhio?

Avrei voglia di scagliare il telefono contro il muro, ma non ne ho il tempo perché qualcuno bussa alla mia porta. Confuso, mi alzo e afferro la pistola che tengo sempre a portata di mano quando sono in casa da solo.

Mi avvicino alla porta il più silenziosamente possibile e sbircio fuori dallo spioncino. Nessuno. Aspetto e continuo a guardare, ma il corridoio è libero. Lentamente, apro la porta e mi assicuro di tenere nascosta la pistola. C'è un pacco di fronte all'ingresso. È una normale scatola di cartone, chiusa con del nastro trasparente. Merda.

Potrebbe essere di tutto. Un esplosivo, un avvertimento, qualsiasi cosa. Mi chino in avanti e accosto un orecchio, per captare eventuali ticchettii o rumori sospetti. Niente. Lascio passare qualche minuto, finché sento una porta aprirsi in fondo al corridoio. Non ho altra scelta che sollevarla e portarla dentro. Reggendola il più delicatamente possibile, vado in cucina e la poso sul tavolo.

So che dovrei avvisare i ragazzi. Cash ha l'attrezzatura adeguata per scoprire di cosa si tratta, ma qualcosa mi dice che è una questione personale. Ricevo un altro SMS e capisco di avere azzeccato.

L'hai aperta?

Non è una bomba. Non mi vuole uccidere, per il momento. No, questo stalker si diverte troppo a giocare con me. Prendo un coltello e taglio il nastro adesivo, sempre all'erta. Sollevo un lembo della scatola e poi l'altro. Non era pesante e infatti contiene solo un oggetto.

Una cornice argentata con dentro una fotografia.

Una fotografia di mia madre da giovane. Deve avere circa diciotto anni. Ha sposato mio padre a venti.

Con mani tremanti, la tiro fuori e l'osservo.

Come ha fatto a procurarsela? Non è possibile...

Cosa sta *succedendo*?

Per tutta la notte osservo la fotografia e rifletto sulla mia prossima mossa. È chiaro che questo stalker sa chi sono. Conosce mia madre e la mia storia. Questo va ben oltre la semplice vendetta per questioni di soldi. È una faccenda più profonda e oscura e non so se ce la farò a gestirla.

Dovrei parlarne con Cash. Dirlo a qualcuno. Ma non mi decido a farlo. Riaprirei vecchie ferite e riporterei a galla il passato. Non posso.

Rimetto la fotografia nella scatola e la infilo nella cassaforte. Non m'importa come l'ho avuta, la voglio conservare perché ne ho così poche di lei.

Non chiudo occhio. Rimango seduto a tracannare una birra dopo l'altra, fissando il muro davanti a me. Sarei dovuto andare da Saige. Se l'avessi fatto, non mi ritroverei da solo adesso. Potrei sprofondare dentro di lei e dimenticare tutto il resto.

Sono le due del mattino e non resisto più.

Le invio un SMS e incrocio le dita.

Mi risponde dopo pochi minuti.
Ti aspetto.

Non scopiamo. Non saprei come descriverlo, ma probabilmente è la cosa più vicina all'amore che io abbia mai fatto. Saige si prende cura di me con le sue labbra, le sue mani e il suo corpo. Si muove lentamente e assapora ogni parte di me. È molto di più dell'unione di due corpi.

Quando si mette a cavalcioni sopra di me e si lascia penetrare, la mia mente è sgombra. Ha spazzato via tutto. Mi appoggia le mani sul petto e comincia a fare oscillare il bacino, senza fretta. Gemiamo entrambi e i suoi capelli ricadono in avanti, solleticandomi il collo. Esiste solo lei, tutto il resto è sparito.

Raggiungiamo l'orgasmo e mi sento pervadere da una sensazione di pace. I miei pensieri hanno smesso di rincorrersi. Non sono più angosciato dai problemi né dal tempo che scivola via. Penso solo a lei.

Si china verso di me e mi bacia, i nostri corpi ancora uniti.

«Va meglio?» La sua voce è dolce e il suo sorriso assonnato e soddisfatto. Non mi sento in colpa per averla svegliata. Provo solo sollievo per il fatto di essere qui con lei. Mi metto seduto e la stringo forte, quasi a volerla inglobare dentro di me.

«Sì» le dico con la bocca premuta contro il suo collo. Sento il mio membro irrigidirsi di nuovo e comincio a muovermi dentro di lei. Mentre spingo, si aggrappa a me, assecondando i miei movimenti finché veniamo una seconda volta.

Socchiude le palpebre e butta la testa all'indietro.

«Domani sarò stanca, ma ne è valsa la pena.» Apre gli occhi e stira le labbra in un sorriso.

«Scusa se ti ho chiamato così tardi» dico con voce roca. Scuote la testa e mi appoggia un dito sulle labbra.

«Va bene così. Non mi devi dare spiegazioni, Quinn. Preferisco che mi chiami nel bel mezzo della notte, piuttosto che saperti solo e infelice.» Penso di ribattere che non sono infelice, ma non ho voglia di mentire. Ho l'impressione che la mia vita stia crollando a pezzi, togliendomi il fiato. Ma, quando sono con Saige, respiro a pieni polmoni la sua pelle, i suoi capelli, il suo profumo.

«Va bene così» dice di nuovo, piegandosi in avanti per poggiare le sue labbra sulle mie.

Si tira indietro e sorride.

«Rimani con me. Puoi dormire qui e tenermi tra le braccia.» Annuisco, mentre scivola giù dal letto e va in bagno a lavarsi. Mi sdraio sui cuscini ed espiro profondamente.

Torna a letto e si mette a pancia in giù, sistemandosi in modo da appoggiarsi sul mio petto. Le accarezzo la schiena, facendo attenzione a non toccare il tatuaggio.

«È il minimo che io possa fare per ringraziarti di avermi accompagnata oggi» dice sbadigliando.

Non so cosa rispondere.

«Scusami.»

Perché l'ho detto?

«Non devi scusarti, Quinn. Sono preoccupata per te. Sembri triste e... confuso.» È molto perspicace, forse troppo. Una parte di me vorrebbe tornare indietro e rinunciare a questo lavoro. Cosa sarebbe successo se fossi entrato in quel bar e l'avessi conosciuta normalmente?

Se mi fossi presentato come Sylas fin dall'inizio?

Ma le macchine del tempo non esistono. Non c'è modo di modificare quel che è stato. Non posso saltare in uno dei romanzi di Harry Potter e pronunciare un incantesimo. Questa è la realtà e il dado è tratto. Ora non mi resta che fare i conti con i numeri che mi sono toccati in sorte.

«Se vai avanti così, ti si fonderà il cervello» dice Saige, passandomi un dito tra le sopracciglia.

«Sto bene.» Che bugiardo.

«Vorrei che tu parlassi con me. Che mi dessi fiducia.» Non mi fido di nessuno. Non fino in fondo.

«Faccio fatica a fidarmi. Sono rimasto scottato più di una volta» dico piano.

«Ti capisco. Gli altri a volte ti deludono. E a volte sono diversi da come appaiono, ma quando lo scopri è già troppo tardi.» Anche Saige parla con un filo di voce. Sussurriamo entrambi al buio.

Io sarò una di queste persone. Mi aggiungerà alla schiera di coloro che non sono ciò che sembrano. Abbasso lo sguardo verso di lei e vorrei scoparla ancora, in modo da liberarmi dei miei pensieri.

«C'è una profonda tristezza in te, Quinn. Cosa ti è successo?»

«Mia madre è morta. È stata assassinata» dico. Non ce la faccio più a resistere. Anche se non posso dirle tutto, le posso rivelare qualche brandello di verità, sperando che serva a placare la tempesta che infuria nella mia testa.

«Oh, Quinn, mi spiace davvero.» Mi accarezza una guancia e mi poggia la testa sul cuore. «Quanti anni avevi?»

«Quasi diciotto.» Abbastanza grande da ottenere la custodia di Lizzy, perlomeno, ma questo non mi ha facilitato le cose. L'età non ha importanza, trovare il corpo di tua madre riverso in cucina è ciò che di più terribile ti possa capitare nella vita.

«E sei rimasto solo?» mi chiede. Deglutisco prima di rispondere.

«Sì.» Costi quel che costi, non le dirò mai di Lizzy.

Rabbrividisce e mi si fa più vicina.

«Non posso nemmeno immaginare come devi avere sofferto.» No, non può. I suoi genitori saranno anche freddi e critici nei suoi confronti, ma almeno sono vivi. Nel momento del bisogno, farebbero qualsiasi cosa per lei.

«Non mi piace parlarne. Non lo sa quasi nessuno. È uno di quegli argomenti che stroncano una conversazione.» Cerco di fare una battuta, ma senza successo.

«Credo sia molto difficile dire qualcosa che ti faccia sentire meglio, ma posso sempre provare.» Mi guarda con quei suoi occhi verdi scintillanti e rivedo l'intensità di poco fa. Come se stesse cercando di farmi capire qualcosa che non può dire ad alta voce.

«Non meriti quello che ti è successo. Nessuno lo merita. Alcune persone ti diranno che esiste una ragione per tutto, ma sono stronzate. A volte queste cose terribili accadono senza un motivo e non ci rimane che raccogliere i cocci.» Per essere una a cui non è mai capitato niente di tragico, stranamente Saige sembra sapere esattamente cosa dire.

«Grazie.» È l'unica parola che riesco a pronunciare.

«Non c'è di che, Quinn.» Sospira e chiude gli occhi. La stringo tra le braccia e finalmente scivolo nel sonno.

. 25 .

Mi sveglio solo quando sento suonare la sveglia di Saige. Sono le sei e lei è ancora appoggiata al mio petto. Abbiamo entrambi dormito profondamente.

Allunga un braccio sopra la mia testa e dà una manata alla sveglia, per farla smettere.

«Ho lezione alle otto» dice. Lo so già. So anche di aver saltato due giorni di lavoro. Il mio superiore mi farà una lavata di capo se oggi non mi presento.

Si scioglie dall'abbraccio e va a farsi una doccia. Recupero i miei vestiti ammucchiati disordinatamente sul pavimento. Faccio per infilarmi la camicia, ma poi decido di ributtarla per terra e di raggiungere Saige. Non è sorpresa nel vedermi e mi accoglie con un sorriso.

«Non mi sentivo così riposata da parecchio tempo. Dormire con te ha i suoi vantaggi, Quinn.» Si fa da parte, consentendomi di mettermi sotto il getto d'acqua, e mi porge lo shampoo. Sa di sandalo e cannella, quindi posso usarlo tranquillamente. Ci scambiamo di posto varie volte finché entrambi siamo puliti e profumati. Vorrei scoparla di nuovo, ma non c'è tempo. Devo tornare a casa e prepararmi per andare in ufficio. Dare da mangiare a Leo e riflettere sulla faccenda della fotografia di mia madre. Sono riuscito a non pensarci per qualche ora, ma ora non posso più fare finta di niente.

«Posso farti una domanda?» mi chiede, mentre ci asciughiamo e ci vestiamo.

«Sì» dico. Saige sorride.

«Cosa ne diresti di cenare di nuovo dai miei questo fine settimana? Credo che mia madre abbia intenzione di farti un interrogatorio, dato che l'altra volta ha sprecato il suo tempo con me.» Sta facendo esattamente il mio gioco. Dopo tutta la sfortuna che ho avuto ultimamente, questa è finalmente una buona notizia.

«Certo, ma mi devi promettere che mi darai una mano» dico. Non può sapere che non vedo l'ora di tornare in quella casa.

«Be', non posso prometterti nulla, ma se ti comporterai bene ti ricompenserò adeguatamente.» Lascia cadere l'asciugamano e cammina nuda verso l'armadio, per tirare fuori dei vestiti.

«Vuoi che ti spalmi la pomata sul tatuaggio?» domando. L'ho aiutata a lavarsi col sapone antibatterico quando eravamo nella doccia. La pelle è ancora rossa e infiammata, ma a breve comincerà a formarsi la crosta.

«Grazie» mi dice da sopra una spalla. Le spalmo la crema sul tatuaggio e tira un sospiro di sollievo. «È una sensazione davvero fantastica.»

Adoro toccarla. Vorrei poter passare il resto della mia vita ad accarezzarla, scoparla e stare in sua compagnia. Ma la fortuna non è dalla nostra parte. Non lo chiamerei destino. Non credo nel destino.

Mi strofino le mani l'una contro l'altra per fare assorbire la crema in eccesso e finisco di vestirmi.

«Fammi sapere per la cena» dico, mentre mi accompagna all'ingresso.

«Lo farò.» Ci baciamo con dolcezza, poi Saige chiude la porta e mi tocca tornare alla realtà.

La scatola con la fotografia di mia madre è ancora nella cassaforte quando torno a casa. Stupidamente, ho pensato potesse trattarsi di un sogno. O di un miraggio. O che il mio cervello mi avesse giocato un brutto scherzo e che stessi diventando matto.

No. È ancora qui. Passo le dita sulla cornice e ho un'idea. La giro e rimuovo la parte posteriore.

Marina, amore mio.

La grafia non mi sembra familiare, ma è certamente maschile. Chi l'ha scritto? A chi appartiene questa fotografia? E perché questa persona mi sta perseguitando? Ero convinto che lo stalker fosse qualcuno a cui avevo sottratto dei soldi, ma ora la penso diversamente.

Forse riguarda una questione antecedente a tutto questo. Forse stanno cercando di dirmi qualcosa. I messaggi che ho ricevuto non erano minacciosi. E se li avessi letti nel modo sbagliato?

Non ho tempo di pensarci ora. Devo andare a lavoro. In strada, mando un SMS a Cash per avvisarlo che nel fine settimana sono stato invitato dai Beaumont e che avrò bisogno di tutta l'attrezzatura di sorveglianza. È sorprendente dove si riescono a infilare delle microcamere e delle cimici oggigiorno. Copierò anche tutti i documenti che ha nel computer e con un po' di fortuna avremo tutto il necessario per la resa dei conti. In perfetto orario.

Abbiamo già cominciato a organizzare la nostra partenza per la California. Hardy sta cercando degli appartamenti, dei magazzini per tutta la nostra roba e un garage per le auto. Io non devo fare niente. I ragazzi hanno tutto sotto controllo. È impegnativo trasferirsi, ma ormai siamo dei veri esperti. Almeno di questo non mi posso lamentare.

La sera Saige mi manda un SMS mentre sono in ufficio a cercare di recuperare il lavoro arretrato. I suoi genitori propongono una cena sul presto, di domenica questa volta.

Mi precipito dall'ufficio direttamente a casa di Cash.

«Scusa il ritardo. Colpa del lavoro.» Baz mi allunga una birra. La stappo e ne bevo avidamente un sorso. Mi piacerebbe annegare le mie pene nel whisky, ma non posso farlo. Devo giocarmela bene. Essere lucido. All'erta.

«Questo fine settimana attiveremo i sistemi di sorveglianza» dico. Cash ha già preparato tutto, ma ora so il giorno e l'ora esatti.

«Vedi solo di non fare cazzate» interviene Baz. Capisco cosa intende. Davvero.

«Non ho certo intenzione di rovinare tutto. Ci siamo quasi, poi ce ne andremo da qui» sbotto. Nella stanza cala il silenzio. Nessuno pare avere voglia di discutere con me. Traggo un profondo respiro e cerco di recuperare la calma.

«Usciamo?» propongo. Ci vediamo sempre e solo nell'ufficio di Cash. È carino qui, ma a volte ho l'impressione di stare in una caverna.

«Dici sul serio?» chiede Row. «Non va contro ogni regola che abbiamo stabilito?»

«Sì. Ma penso che dobbiamo svagarci un po'.» Mi guardano come se avessi qualche rotella fuori posto, ma poi Track sogghigna.

«Ma sì, che diavolo. Posso scegliere io il locale?» Baz sussulta.

«Non ci pensare nemmeno. Probabilmente sceglieresti un night club con soli uomini.» Track lo guarda scandalizzato, ma è la verità.

«Hai una sessualità così fragile da non poter guardare un uomo nudo? Baz, sono scioccato.» Baz gli agguanta la testa in una morsa e si azzuffano per qualche minuto.

«È un rischio, ma se prendiamo macchine diverse e andiamo in un posto fuori mano, penso si possa fare» conclude Hardy, sempre molto concreto.

«Secondo me ne vale la pena» dico.

Ci mettiamo un'ora a organizzare il tutto. Ci sono un sacco di fattori da considerare. Comincio a pentirmi di avere lanciato l'idea, ma i ragazzi sembrano entusiasti. Non so perché uscire tutti insieme sia un evento così speciale. Non l'abbiamo mai fatto prima. Forse abbiamo bisogno di allentare un po' la tensione. Ma forse sarebbe meglio evitare, data la situazione.

Alla fine ci dirigiamo in un bar suggerito da Row. Ovunque andiamo, incontra sempre gente losca di sua conoscenza. Prendiamo tre auto, e arriviamo in momenti diversi. Sono nel primo gruppo; dopo un'ora di tragitto, parcheggiamo vicino a una catapecchia che pare tenuta su con lo sputo. Niente di particolarmente degno di nota, ma sono certo che la birra è fredda al punto giusto e la musica a tutto volume.

«Che posto di merda» commento e Row mi lancia un'occhiataccia. Entra insieme a Hardy, e poco dopo li seguo. L'interno è fumoso e sa di chiuso. La chitarra di Tom Petty spacca i timpani. Oltre al bar, c'è qualche tavolino, un tavolo da biliardo e un tirassegno. È qui che gli uomini soli della zona vengono ad annegare i loro dispiaceri. Perfetto.

Row conquista un tavolo in fondo alla stanza, sotto una luce tremolante. Nessuno solleva lo sguardo al nostro passaggio e so che Hardy sta passando in rassegna i presenti per assicurarsi che non ci siano problemi e che nessuno ci stia osservando.

«Tutto a posto?» chiedo. Annuisce e ci sediamo. Row ci porta due boccali di birra ghiacciata a buon mercato. Nel frattempo arrivano anche gli altri. Dato che è stata una mia folle idea quella di uscire, mi offro di guidare al ritorno, precludendomi quindi la possibilità di bere più di un bicchiere. Anche Hardy e Track si sacrificano. Non è una tragedia, ma non è neanche il massimo.

«Se ci fossero delle ragazze carine, la serata sarebbe davvero perfetta» dice Baz, passando in rassegna la gente nel locale. Le poche donne in circolazione sono in compagnia dei mariti o dei fidanzati.

«Non mettere il broncio, non sta bene» lo stuzzica Track, strizzandogli l'occhio. Baz lo guarda torvo e si limita a bere. Quando eravamo da Cash, abbiamo stabilito di non parlare di lavoro, per poterci divertire ma anche per questioni di sicurezza. Non si può mai sapere chi ti sta ascoltando.

«Continuo a pensare che qualcuno possa aggredirci alle spalle» dice Cash, guardandosi intorno circospetto. È piuttosto buffo, dato che è lui quello più grosso qui dentro.

«Smettila di agitarti» lo ammonisce Row, urtandolo con una spalla. «Rilassati.»

È più facile a dirsi che a farsi. Ma, sorseggiando l'unica birra che posso concedermi, sento le spalle rilasciare a poco a poco parte di quella tensione con cui ormai si sono abituate a convivere.

«Dico solo che non la butterei fuori dal mio letto» dice Baz riguardo alla squinternata showgirl in voga al momento.

«Tu non butteresti fuori nessuno dal tuo letto» commenta Row, alzando gli occhi al soffitto. «Per te, basta che abbia una vagina.»

«Non faccio discriminazioni, è diverso» ribatte Baz. Lui e Row cominciano a essere brilli, e Cash non è da meno.

«Vi siete mai chiesti come sarebbe la vostra vita se foste qualcun altro?» domanda Cash. È sempre allegro, ma a volte quando beve può diventare malinconico. Pare che stia succedendo proprio adesso.

«Di cosa diavolo stai parlando? Non puoi sapere come sarebbe la tua vita se fossi qualcun altro, semplicemente perché non saresti più tu» risponde Baz, come se fosse ovvio.

«No, capisco cosa intendi» intervengo. «Che tipo di persone saremmo se avessimo potuto vivere la vita di qualcun altro.» Anch'io me lo chiedevo in passato. Se mio padre non fosse stato un criminale e non avesse intrappolato mia madre nella sua rete di bugie e di violenza. Se fosse stato un banchiere, un venditore di auto o un insegnante.

«Ci sono molte discussioni su natura ed educazione. Studiando due gemelli separati alla nascita e poi riuniti, hanno osservato che avevano tratti molto simili, anche se erano stati cresciuti in circostanze completamente diverse» dice Hardy, portando la scienza a sostegno dei suoi ragionamenti.

«E chi decide che una persona debba avere una vita di merda? Di chi è la responsabilità?» Probabilmente avremmo dovuto impedirgli di bere così tanto, ma ormai è troppo tardi. Si accascia sul tavolo, occupandolo quasi tutto e rischiando di fare cadere per terra i bicchieri.

«Desideravo solo lavorare nell'informatica, sposarmi e comprare un cane» dice a voce talmente bassa che a malapena riusciamo a sentirlo. «Ma poi la mia vita è andata a puttane.»

Ci guardiamo l'un l'altro.

«Le sfighe capitano a tutti. A qualcuno più di altri, ma alla fine della fiera, corriamo tutti verso la stessa destinazione. La morte non risparmia nessuno» dice Row e Cash gli lancia un'occhiataccia.

«Tutto ciò è deprimente.»

«La verità molto spesso lo è.»

«Che ne dite di giocare a biliardo?» propone Track. Quando Cash è fuori gioco, tocca a lui sollevare il morale del gruppo.

Io batto Row, Hardy batte Baz e poi Track (che è il più bravo tra noi) ci batte tutti e vince. Cash non si è ancora ripreso, così lo solleviamo contro la parete e cominciamo a fargli bere acqua.

Nessuno sembra fare caso a noi, ma rimaniamo all'erta. Alcuni dei clienti di questo locale hanno sicuramente precedenti penali, ma noi non siamo da meno.

Hardy va a prendere altra acqua per Cash. Nel tornare al nostro tavolo, urta un tizio che evidentemente non vedeva l'ora di attaccare briga. Me lo sentivo che sarebbe successo, ma ormai speravo l'avessimo scampata. Non è così.

Hardy si volta verso di lui e gli sussurra qualcosa. L'uomo scoppia in una risata fragorosa e fa un cenno ai suoi compagni. Sta solo tentando di mettersi in mostra, ma Hardy gli si avvicina e lo stende. Accade tutto così in fretta che non sembra nemmeno che l'abbia toccato. Il tizio urla, mentre Hardy cammina lentamente verso di noi.

«Credo sia ora di andare.» Mi butto il braccio di Cash sopra una spalla e Baz gli prende l'altro. Mentre battiamo in ritirata, il tizio e i suoi amici ci urlano contro minacce di morte. Per fortuna sono così sbronzi che probabilmente nessuno di loro ricorderà questo incidente domattina. Ma ho la sensazione che quel coglione sdraiato sul pavimento si domanderà cosa diavolo è successo.

«Dovevi per forza colpirlo in quel modo?» dice Row. Sono certo che è incazzato perché la serata è finita così. Con l'aiuto di Baz, infilo Cash in auto e poi mi metto al volante con Row e Hardy, mentre Track guida l'altra macchina. Partiamo tutti insieme, ma prendiamo strade diverse e arriviamo al garage separatamente.

«Dovremmo farlo più spesso» dice Baz. «Ma possiamo andare in un posto con delle ragazze la prossima volta?» Alziamo tutti gli occhi al cielo mentre decidiamo chi accompagnerà a casa gli ubriachi in modo che possano smaltire la sbronza nel loro letto.

«Andare in un bar non era così faticoso un tempo» dice Baz. «Ma mi ha fatto piacere uscire con voi. Anche se quello stronzo ha cercato di cominciare una rissa. Se la prossima volta qualcun altro dovesse riprovarci, lo sistemerò a dovere.» Colgo uno strano luccichio nei suoi occhi e penso che forse la prossima volta sarà meglio scegliere un posto dove non ci siano così tanti ubriaconi che non vedono l'ora di fare a botte. L'ultima cosa di cui abbiamo bisogno è che uno dei ragazzi venga arrestato.

Ci salutiamo e ho la fortuna di dovermi occupare di Cash. Lui l'ha fatto per me molte volte, quindi è giusto ricambiare il favore. Mi pare il minimo.

Borbotta qualcosa mentre lo spingo su per le scale e verso il letto. Gli ficco qualche aspirina in gola insieme a dell'acqua. Gliene lascio delle altre accanto al letto, lo svesto e gli inclino la testa di lato.

«Buonanotte, ragazzone.» Quando sto per andarmene, sento un rumore. Cash sta singhiozzando piano.

Non so bene cosa fare, torno indietro e abbasso lo sguardo verso di lui. Non l'ho mai visto piangere. Non ho mai visto nessuno dei ragazzi in lacrime. Sono certo che capita a tutti, ma, dato il mestiere che facciamo, penso che ci tratteniamo per sfogarci quando siamo da soli.

«Sono morti» geme, sfregandosi le guance. «Sono morti.»

I suoi genitori. È stato lui a trovarli e credo sia uno dei motivi per cui abbiamo legato così tanto. Sappiamo entrambi cosa vuole dire inciampare nel cadavere di un genitore. Mi chiedo sempre come faccia a essere così ottimista.

«Va tutto bene, Cash. Va tutto bene. È finita» dico, dandogli qualche pacca sulla spalla. Mi fissa con occhi così sofferenti che a stento riesco a reggere il suo sguardo.

«Non è finita, non è finita» ripete più e più volte. Niente di quello che potrei dire riuscirà a fargli cambiare idea, quindi mi siedo sul letto accanto a lui e aspetto che si addormenti. Sfinito, abbassa le palpebre e comincia a russare piano. Domani non si ricorderà di nulla, ma io sì.

Cash era molto più giovane di me quando ha trovato i corpi dei suoi genitori. Non riesco nemmeno a immaginare cosa voglia dire vivere un'esperienza del genere negli anni della crescita. Torno al mio appartamento e decido di saltare la recinzione per passeggiare un po' nel parco.

Penso a mia madre. A Lizzy. A Cash. A tutte queste vite rovinate da eventi che non potevano controllare.

Avrei voglia di andare di nuovo a casa di Saige, ma non lo faccio. È molto tardi e non credo che questa volta sarebbe così tollerante. Non posso permettermi che abbassi le mie difese e mi faccia dire cose che dovrebbero rimanere segrete.

Eppure.

Ho bisogno di lei.

Vado a casa, indosso abiti puliti e prendo un cambio per domani. So di puzzare di sudore, di fumo e di alcol, ma non m'importa. Non è difficile introdurmi nel suo palazzo e nel suo appartamento. Entro in camera sua e la vedo stesa sul letto, a osservare il soffitto.

«Ti aspettavo» dice, per niente sorpresa di vedermi.

«Come sapevi che sarei venuto?» chiedo con voce roca, mentre mi spoglio e m'infilo sotto le lenzuola.

«Intuito» risponde, accogliendomi a braccia aperte.

. 26 .

Il mattino successivo, Saige non mi domanda perché sono andato da lei. Si lascia scopare dolcemente e poi facciamo nuovamente la doccia insieme.

«Dovresti cominciare a lasciare della roba da me. Anche se devo dire che mi piace l'idea che te ne vada in giro con addosso il mio profumo.» Sorride e la bacio con avidità.

«Forse lo farò» dico. Non so più cosa sto facendo. So solo che voglio approfittare di ogni momento con lei in modo da poterla portare con me quando me ne andrò. Non ho mai provato dei sentimenti del genere per nessun'altra e non posso più negarlo. Non credo sia amore, ma ci assomiglia molto. Non ho idea di come sia successo, ma ora che ci sono dentro, mi sembra abbia perfettamente senso. È impossibile non innamorarsi di Saige. È tutto ciò che ho sempre desiderato in una donna.

Vorrei non doverla lasciare. Poter dire *vaffanculo*, lasciare il lavoro e dimenticare tutto quello che ho fatto in passato. A proposito di vivere la vita di qualcun altro.

Saige mi prepara la colazione e mi saluta con un bacio e la promessa che sarà lì ad aspettarmi quando tornerò dall'ufficio.

La giornata di lavoro è faticosa. Sono distratto e,

parlando al telefono con alcuni dei miei clienti, devo chiedere loro di ripetere quello che mi hanno appena detto. Mando un SMS a Cash sul cellulare usa e getta, per chiedergli se sta bene. Mi risponde con una foto di se stesso con il pollice alzato. Non ho intenzione di domandargli se si ricorda della notte scorsa. Meglio non riportarglielo alla memoria.

Trascorro il resto della settimana in compagnia di Saige, tranne quando vado in ufficio o dormo. Ma anche in quei momenti, ho in testa solo lei. Sono ossessionato. Quando non stiamo insieme, non vedo l'ora di rivederla.

Ma non passiamo tutto il tempo nudi. Ha una vita da portare avanti e rispetto il fatto che ogni tanto debba studiare. Mi basta stare con lei, osservarla.

Mi porta a una mostra artistica studentesca e critichiamo le varie opere. Saige ha una lingua tagliente e mi fa morire dalle risate. Non si trattiene dal giudicare severamente quelle che ritiene scadenti, ma quando vede qualcosa che le piace, si illumina. Anche se non ci capisco niente, riesce a trasmettermi il suo entusiasmo.

Per la prima volta mi godo davvero la sua compagnia. Abbasso un pochino la guardia e faccio finta di essere Quinn insieme alla mia ragazza Saige.

«Credi sia arrivato il momento di metterci un'etichetta?» mi domanda sabato sera mentre siamo a letto. Sono esausto e sto ancora cercando di recuperare la lucidità dopo un'intensa sessione di ginnastica tra le lenzuola.

«Intendi dire che vuoi definire la nostra relazione?» Blocca la mano sul mio petto, dove era occupata a seguire i contorni del mio tatuaggio a forma di ancora.

«Ha per caso a che fare con la cena di domani?» chiedo.

«Forse. Desidero solo sapere in che direzione stiamo andando. Non voglio metterti pressione e se non sei pronto per questo passo, non c'è problema. Ma credo che ci sia qualcosa di speciale tra noi e mi piacerebbe portarla a un livello successivo.» Non so cosa dire.

«Pensaci e fammi sapere» dice, chinando in avanti la testa per baciare l'ancora. I suoi capelli mi solleticano il petto e le nascondono il viso.

«Sì.» Solleva lo sguardo verso di me.

«Sì cosa?»

«Sì, voglio definire la nostra relazione.» Quinn lo desidera. Vorrebbe essere il suo ragazzo. Non Sylas. Ma non fa molta differenza.

Mi rivolge un sorriso raggiante.

«Mi stai dicendo che vuoi che io sia la tua ragazza, quindi domani posso presentarti ai miei genitori come il mio ragazzo?» Annuisco e mi bacia con passione, ridendo.

«È stato fin troppo facile» dice. «Un gioco da ragazzi. Non ho nemmeno dovuto darti un ultimatum.»

«L'avresti fatto, se ti avessi detto di no?»

Scrolla le spalle nude.

«Sapevo che non mi avresti detto di no, quindi non importa. Quinn Brand, il mio ragazzo.» Ci baciamo ancora e per un po' abbiamo altro da fare che parlare.

Il giorno successivo torno nel mio appartamento con la scusa di prendere una camicia e una cravatta che mi sono dimenticato di mettere in valigia. Ho portato un sacco di roba a casa di Saige e mi dispiace lasciare Leo sempre solo. Se stasera va tutto bene, potrei farlo stare con noi. Non penso che le dispiacerebbe.

Ho nascosto l'apparecchiatura di sorveglianza un po' dappertutto. Per fortuna sono tutti aggeggi piccoli e poco appariscenti, perché me li sono dovuti appiccicare addosso.

Ho preparato tutto nei minimi dettagli. Ho previsto dei piani di emergenza e altri ancora in caso questi ultimi non dovessero funzionare. Ho pensato a ogni possibilità. Inoltre, l'ho già fatto prima.

Esco e vado a prendere Saige. Stavolta indossa un abito che le lascia la schiena scoperta, mettendo in mostra il tatuaggio. Per il momento c'è solo l'inchiostro nero, ma è bellissimo anche così. Le dona a tal punto che sembra sia sempre stato lì e Crash l'avesse semplicemente portato alla luce.

«Questo ti causerà un sacco di problemi» dico quando me lo fa vedere.

«Pensi che mia mamma darà di matto?»

«È probabile. Stai cercando di farle venire un infarto?» Saige ride.

«Oh, le passerà subito non appena le dirò che stiamo ufficialmente insieme.» Non sono certo che sia una buona idea annunciarlo proprio stasera.

«Tu porti guai, testolina rossa» dico, tirandola a me per darle un bacio e accarezzare la sua schiena nuda. Questo vestito offre un'infinità di accessi alla sua pelle color avorio, il che non guasta affatto.

Ride e, mentre si sistema i capelli, impreca.

«Mi si è impigliato il braccialetto, mi puoi aiutare?» Sollevo una mano e libero il ciondolo che era rimasto intrappolato.

Vedo questo genere di braccialetti ovunque. Mi ricorda quello di Lizzy, ma la lettera ovviamente è diversa.

«Grazie» dice. «Sei il mio eroe.»

«Non credo» dico, e sono sincero. Scuote il capo e richiude la portiera.

I genitori di Saige notano immediatamente il tatuaggio.

«Oh, Saige, che cosa hai fatto?» Sua madre si porta le mani sul viso, sconvolta. Beaumont è meno sorpreso. Sembra conoscere sua figlia meglio di lei.

«È un tatuaggio» dice, affermando l'ovvio e mostrando rapidamente la schiena. È palesemente compiaciuta del putiferio che sta creando. Il padre la guarda con disappunto.

«Spero che tu ti sia rivolta a un professionista serio» dice, baciandola sulla guancia e stringendomi la mano. Per fortuna stavolta usa meno forza.

«Che cosa farai quando sarai sposata?» dice Bridgette, quasi in lacrime. «Voglio che tu vada da un dottore e te lo faccia togliere col laser. Subito.» Devo sforzarmi di trattenere un sorriso. Rimuovere un tatuaggio non è per niente facile ed è anche estremamente doloroso. La maggior parte delle persone che non vuole più un tatuaggio, o se ne fa una ragione, o lo copre con un altro disegno.

«Non ci penso nemmeno» dice Saige. «A me piace e comunque il corpo è mio. Decido io cosa farne.» Mi prende per un braccio e le passa davanti, dirigendosi verso la stanza dove l'altra volta abbiamo bevuto i nostri drink.

Non posso fare altro che seguirla. Si prospetta una serata interessante, per usare un eufemismo.

La madre di Saige, ancora sotto choc, passa la mezzora successiva a cercare di convincere la figlia a disfarsi del tatuaggio. Beaumont cerca di calmarla, senza successo.

Mi stupisce che Saige non porti i miei tatuaggi in sua difesa. Ma meglio che suo padre non venga a conoscenza di questo particolare. In questo modo, è più facile interpretare il ruolo di Quinn.

Stufa della paternale, Saige sgancia la notizia bomba riguardante la nostra relazione. Sua madre emette un verso che non ho mai sentito prima, a metà strada tra un urlo e il fischio di un pipistrello. Diventa paonazza in volto e ho l'impressione che stia per buttarsi sul tavolo e strangolarmi, ma Saige mi posa una mano sul braccio.

«Le mie scelte non ti riguardano, mamma. Sono adulta e non mi puoi più tenere al guinzaglio o cercare di farmi diventare qualcosa che non sono. Sappiamo tutti che quando ero piccola funzionava così.» Alza gli occhi al soffitto e poi guarda sua padre alla ricerca di un sostegno.

«Perché non ci diamo tutti una calmata» suggerisce Beaumont, ma è evidente che Bridgette non abbia alcuna voglia di calmarsi, quindi la accompagna fuori dalla stanza a prendere fiato. È la mia occasione. Dico a Saige che devo andare in bagno. Sento Beaumont e Bridgette discutere in corridoio e ho l'impressione che andranno avanti ancora per un bel po'.

M'infilo nel suo studio il più velocemente possibile. Ho poco tempo. Sistemo i registratori video e audio in ogni angolo, sotto la scrivania e in qualche altro posto, in modo da coprire tutta la stanza. Il suo computer portatile è acceso. Non è nemmeno bloccato e a stento trattengo una risata. Quest'uomo dovrebbe essere più diffidente. In pochi secondi installo il software di monitoraggio invisibile e scarico tutti i file del suo disco rigido. Mi infilo la chiavetta USB in tasca e mi assicuro che tutto sia al suo posto e di non aver lasciato nulla in giro.

Elimino con calma le mie impronte dagli oggetti che ho toccato, tra cui la maniglia, e apro la porta con cautela. La richiudo, pulisco nuovamente il pomello e mi dirigo verso il bagno. Tiro l'acqua, mando a Cash un messaggio di via libera ed esco.

Tornando in sala da pranzo, per poco non vado a sbattere contro Beaumont. Mantengo un'espressione neutra mentre mi afferra per un braccio e mi tira di lato.

«C'è qualcosa che non va?» chiedo, con voce piatta.

«No, voglio solo parlare con te. Pare che tu e Saige facciate sul serio.»

«Sì. Tengo molto a sua figlia.» È la verità. Mi guarda stringendo gli occhi, come se volesse scoprire se lo sto prendendo in giro o meno.

«Questo non ha niente a che fare con lei o con il nostro rapporto lavorativo. Mi sarei innamorato di Saige indipendentemente dalla sua famiglia. È una ragazza incredibile e meravigliosa e se non capisce perché l'amo, allora vuol dire che non la conosce abbastanza.» Non intendevo certo dirgli tutto questo, ma mi sento sotto attacco e devo difendermi.

Mi fissa per alcuni interminabili istanti e poi annuisce.

«È una persona speciale e mi fa piacere che anche tu te ne sia reso conto. È chiaro che provi dei veri sentimenti per lei.»

«È così.»

È facile dirgli queste cose, perché sono sincero.

«Spero che tu capisca che farò il possibile per proteggerla ed evitarle guai.»

«Capisco benissimo e sono d'accordo con lei.» Per adesso. Per altre due settimane.

«Bene. Sono contento che ci siamo chiariti e che la pensiamo allo stesso modo.» Mi sorride e mi stringe nuovamente la mano.

«Ora che è tutto sistemato, è meglio tornare dalle signore. Credo che mia moglie si sia finalmente calmata.» Ne dubito, ma lo seguo comunque. Sono eccitato dal fatto che il mio piano abbia funzionato alla perfezione. Presto avremo Beaumont in pugno ed estirperemo tutto questo lusso dalla sua vita. Peccato che sia una persona così orribile, perché ha una figlia veramente eccezionale.

Con la coda dell'occhio, noto che Saige mi sta osservando. Mentre siamo sulla via del ritorno, le chiedo come mai mi fissava.

«Mi piace guardarti. È un reato?»

«No, per niente. Puoi guardarmi quanto vuoi.»

«Quello che mi piacerebbe davvero fare è guardarti senza i vestiti addosso. Pensi sia fattibile?»

Scoppio a ridere.

«Assolutamente sì.»

Mentre l'aiuto a scendere dalla macchina, riceve un messaggio che le fa aggrottare la fronte.

«Qualcosa non va?» chiedo, salendo gli scalini d'ingresso del suo palazzo. Digita una risposta e solleva lo sguardo verso di me rivolgendomi un sorriso poco convincente.

«No, niente. È solo mia madre che sta dando di nuovo i numeri. Avrei voluto fotografare la sua faccia quando ha visto il mio tatuaggio. La sua espressione era davvero unica.» Ride e saliamo al suo appartamento.

«Ti va di fare una cosa per me?» le domando.

«Certo, dimmi.» Mi avvicino alla mia valigia e tiro fuori l'anellino che mi aveva dato in custodia.

«Potresti mettertelo mentre facciamo sesso?» Butta indietro la testa.

«Sei un uomo davvero interessante, Quinn Brand.» Dopo avere armeggiato un po', riesce a infilarsi il pezzettino di metallo nel setto nasale, avvitando le estremità in modo che non esca.

«Cazzo, sei davvero sexy» commento mentre me lo mostra da vicino. Dà al suo look una dimensione completamente diversa e, con quel tatuaggio sulla schiena, sembra una dea dai capelli rossi.

Come diavolo ho fatto ad avere la fortuna di incontrarla?

«Se avessi saputo che l'avresti apprezzato così tanto, me lo sarei messo prima» dice, sfilandosi il vestito e lasciandolo cadere per terra. Si libera rapidamente del reggiseno e delle mutandine e rimane strepitosamente nuda. Credo di non essere mai stato così eccitato in vita mia. È un desiderio così intenso da essere doloroso.

«Mi piace moltissimo» dico, mentre si avvicina e inizia a spogliarmi. Sono riuscito a lasciare la chiavetta USB in macchina, così non mi devo preoccupare che la scopra. Cash la recupererà mentre sono con lei. È un buon sistema che abbiamo sperimentato col tempo.

Quando ha finito di togliermi i vestiti, mi bacia con così tanta intensità che riesco a sentire il metallo del piercing ed è come gettare un fiammifero acceso su una tanica di benzina.

Il sesso è più impetuoso che mai. Talmente selvaggio e disperato che ho paura ci uccida entrambi. Ma Saige è qui vicino a me, che morde, mi tira a sé e mi prega di continuare. Ci massacriamo l'un l'altro e alla fine siamo entrambi coperti di morsi e graffi. Se avessi i capelli più lunghi, sono certo che mi avrebbe strappato qualche ciocca. In qualche modo siamo finiti sul pavimento e Saige si mette a ridere.

«Cos'è successo?» Scuoto la testa e anche questo piccolo movimento mi risulta faticoso dopo tutta l'energia che ho consumato.

«Non ne ho idea» dico. Ogni volta è fenomenale. Penso sia dovuto al fatto che i nostri incontri sessuali sono limitati, ma non so se sia davvero questo il motivo.

«Nemmeno io» dice. Mi volto per guardarla in viso. Ora è lei ad avere l'aria preoccupata.

«C'è qualcosa che non va?» chiedo. Deglutisce e chiude gli occhi, come se non riuscisse a sostenere il mio sguardo. Alza gli occhi al soffitto e si sforza di sorridere.

«Niente. Sono solo stanca.»

Vorrei approfondire la questione, ma sono anch'io esausto. Ci addormentiamo sul pavimento, avvolti dalle lenzuola e l'uno nelle braccia dell'altra.

. 27 .

«Abbiamo fatto centro» dice Cash raggiante la sera successiva. I ragazzi si sono riuniti per esaminare le informazioni copiate sulla chiavetta USB e per occuparsi della sorveglianza. È utile essere in tanti, perché così è meno noioso e più rapido esaminare parecchie ore di video.

«C'è tutto. Documenti fiscali, contatti. Sembra quasi che volesse farceli trovare» continua Cash ridendo. «La gente ricca è così convinta di essere intoccabile che non si preoccupa nemmeno di tutelarsi.»

«È sufficiente per ricattarlo?» chiedo e Cash annuisce entusiasta. Pare essersi completamente ripreso dal collasso alcolico dell'altra sera ed essere ritornato il solito ottimista di sempre. Ne sono felice, perché non so davvero come gestirlo quando è malinconico.

«Assolutamente sì, cazzo. Basta e avanza. Non abbiamo nemmeno bisogno dei filmati.» Perfetto.

«Vedo qualcosa» interviene Row, togliendosi gli auricolari e schioccando le dita per attirare la nostra attenzione. Row, Hardy, Track e Baz si sono muniti di computer portatili e cuffie per occuparsi della sorveglianza.

Molliamo tutto e ci voltiamo verso di lui mentre

Row stacca gli auricolari e alza al massimo il volume.

È una telefonata tra Beaumont e un altro tizio. Se non avessimo già i suoi documenti, questo basterebbe per metterlo con le spalle al muro.

L'ascoltiamo esporre i sui piani per spostare del denaro su conti off-shore e per aggirare le normative sull'ambiente corrompendo alcuni politici. Tutto in una sola telefonata.

«Sai con chi sta parlando?» chiedo a Row.

«È uno dei suoi soci, Clint Hardwicke.» Sono culo e camicia, oltre che dei ladri. Male, molto male.

«Vai avanti e copia le parti più significative. Poi cominceremo a mettere insieme il file.» Non affrontiamo mai il nostro bersaglio di persona. È troppo rischioso. Ma quando abbiamo raccolto abbastanza elementi, gli spediamo il file insieme alle nostre richieste: lasciaci tenere i soldi che ti abbiamo già preso e non divulgheremo queste informazioni. Funziona a meraviglia.

Circa un'ora dopo, abbiamo messo insieme il materiale. È nel nostro interesse avere la maggiore quantità di dati possibile, così decidiamo di aspettare un paio di giorni per avere a disposizione più video e possibilmente altri documenti dal suo computer. Dobbiamo dimostrare che i suoi sporchi traffici sono continui ed estesi.

Due settimane. Anche meno, a dire il vero. Saluto i ragazzi per andare da Saige. Le ho parlato di Leo domenica e ha insistito perché lo portassi subito da lei. Così passo a prenderlo sulla via del ritorno. Non appena arriviamo, è amore a prima vista. È difficile dire chi sia il più adorante dei due. Non ho mai sentito Leo fare le fusa così forte.

«Credo che voglia diventare un mio rivale in amore» dico mentre ci sediamo sul divano a guardare un film stupido. Ovviamente Leo sonnecchia sulle gambe di Saige.

«Be', è più facile di te da coccolare, ma tra i due solo io ho le mani, quindi...» So che sta scherzando, quindi scuoto il capo.

«Siete ridicoli.»

«Non m'importa» dice, tirando fuori la lingua. Vorrei mordergliela. Ha preso a mettersi l'anello al naso quando siamo da soli e devo dire che mi piace. Le ho scattato qualche fotografia col cellulare senza che se ne accorgesse e le copierò nel nuovo cellulare che utilizzerò in California. Non dovremmo lasciare né portare niente con noi, ma conserverò comunque qualche ricordo di Saige. È impossibile cancellarla così dalla mia vita. Non posso proprio.

La notte, Leo finisce col dormire tra di noi.

«È così tenero, non me la sento di mandarlo via» sussurra Saige, accarezzandogli un orecchio. Si stiracchia e scommetto che si sta godendo il suo momento di gloria.

«Che guastafeste» dico, lanciandogli un'occhiataccia. Si limita a sbadigliare e ad avvicinarsi a Saige.

Ridacchia e continua ad accarezzarlo.

Mi sveglio nel cuore della notte, con il fiato corto. Mi siedo sul letto e mi guardo intorno. Saige è accanto a me e Leo mi guarda come se l'avessi disturbato.

Saige dorme profondamente, quindi sguscio fuori dal letto il più silenziosamente possibile e vado in bagno a prendere un bicchiere d'acqua. Mi sento angosciato e faccio fatica a respirare. Non so perché, non stavo nemmeno facendo un incubo. Mi capita di farne, specialmente se penso a mia madre prima di andare a dormire.

Torno a letto e vedo che Leo si è appropriato del mio spazio. Lo faccio spostare e abbraccio Saige. Ho bisogno di un appiglio perché ho l'impressione di sprofondare.

«Tutto bene?» mi chiede il mattino dopo. So di avere un aspetto orribile perché non sono riuscito a riaddormentarmi nemmeno quando mi sono aggrappato a Saige come se fosse un'ancora di salvezza.

«Sì, è solo che non ho dormito bene. Mi sento un po' fuori fase» dico, per usare un eufemismo. Non saprei in quale altro modo descrivere il mio stato d'animo.

Saige solleva una mano e me la posa sulla fronte, come era solita fare mia madre.

«Sei un po' caldo. Forse ti sta venendo la febbre.» Scuoto la testa perché so che non è il mio corpo a essere malato, è la mia testa.

«Forse dovresti stare a casa oggi. Ho solo due lezioni e posso tornare presto per prendermi cura di te.» Nonostante la sua proposta sia allettante, devo andare in ufficio.

«Indosseresti un completo sexy da infermiera?» domando. Mi dà un colpetto sulla spalla e va a riempire d'acqua la ciotola di Leo. Si strofina contro le sue gambe e miagola come se l'avessimo terribilmente trascurato.

«Vedremo. Ma non ti stancare. Sono preoccupata per te.» Non dovrà esserlo ancora per molto. Mi sforzo di sorriderle, le appoggio entrambe le mani sul fondoschiena e l'attiro a me per darle un bacio.

«Sto bene. Ho solo molto lavoro. Ci vediamo stasera.» Afferro la mia valigetta e mi fa un cenno di saluto con la mano mentre Leo reclama la sua attenzione. Per un attimo penso che potrebbe essere così tutti i giorni, che la mia routine potrebbe consistere nel dare un bacio a Saige e andare a lavoro.

In un'altra vita, forse.

Saige aveva ragione. Verso mezzogiorno comincio a sentirmi davvero a pezzi. Alla fine della giornata riesco a malapena a tenere su la testa e per due volte corro in bagno a vomitare. A parte le emicranie, non mi ammalo mai e questa situazione m'innervosisce.

Dico a Grace che domani potrei non esserci e mi lancia un'occhiata compassionevole. Nota che tiene una gigantesca boccetta di disinfettante sulla sua scrivania e immagino che sterilizzerà il mio ufficio dopo che me ne sarò andato.

Quando arrivo da Saige, faccio fatica a reggermi in piedi. Mi mette immediatamente a letto, mi prepara del tè caldo e mi preme sulla fronte un fazzoletto bagnato. Poi si sdraia accanto a me e comincia a canticchiare. A causa del mio stato confusionale, ci metto un po' a rendermi conto che si tratta di *Fire and Rain* di James Taylor. La canzone preferita di mia madre.

Non mi va di pensare a lei adesso.

«Smettila» dico, ma non emetto nient'altro che un lieve sussurro. Ho la gola irritata.

«Pensavo che ti piacesse questa canzone. Mi hai detto che era la tua preferita» dice. Spalanco gli occhi e sollevo lo sguardo verso di lei. È semplicemente bellissima.

«Mi ricorda mia madre» spiego.

«Mi dispiace. Non avrei dovuto» dice, togliendo il

fazzoletto e accarezzandomi la fronte con la sue dita fredde.

«Non fa niente» la rassicuro. Ho abbassato completamente le mie difese ma non me ne frega più un cazzo. Tanto sto per partire, quindi non cambierà nulla.

Ferma un attimo le mani per assorbire l'informazione, poi ricomincia a muoverle. «Hai detto che è stata assassinata. Chi è stato?»

«Qualcuno a cui mio padre doveva dei soldi.» La sento inspirare profondamente e l'osservo riflettere su ciò che ho appena detto.

«E lui, che fine ha fatto?» Prendo fiato prima di risponderle.

«È stato ucciso in prigione. Sono contento che sia morto. Se lo meritava.» Blocca nuovamente le dita. Non m'interessa sembrare insensibile. Non si può giudicare qualcuno finché non si conosce l'intera faccenda.

«Mi dispiace così tanto. Davvero.» So che è sincera, ma non ho più voglia di parlare.

«Adesso basta.» Saige allontana le mani.

«Mi dispiace» dice, alzandosi per lasciarmi solo.

«Non andartene. Ti chiedo solo di non farmi più domande su di lei» dico. Sembra capire e torna a sedersi accanto a me.

«Riposati. Cerca di non pensare a nient'altro.»

Finalmente scivolo nel sonno e so che lei mi è vicina.

Quando apro gli occhi, mi sento ancora uno straccio, ma comunque meglio di prima. Deve essere uno di quei virus che durano ventiquattro ore. Saige è rannicchiata contro di me e dorme profondamente.

Leo è raggomitolato vicino ai suoi piedi. Mi alzo senza fare rumore e vado in bagno a lavarmi i denti perché ho in bocca un sapore disgustoso.

Controllo il cellulare usa e getta e trovo un messaggio di Cash. Dice che hanno aggiunto altri elementi al file. Rispondo che mi fa piacere e barcollo fino al letto. Saige apre piano gli occhi quando sollevo la coperta per infilarmici sotto. Ho i brividi.

«Come ti senti?» domanda. È circa l'una del mattino e anche lei deve essere esausta. Non avrei mai pensato di farmi vedere da lei in questo stato, ma devo dire che è un'infermiera formidabile.

«Meglio, ma non mi è ancora passata del tutto» dico, sdraiandomi con cautela. Il mio stomaco lancia segnali allarmanti e mi preparo a vomitare di nuovo. Fortunatamente si placa e mi rimetto disteso.

«Vado a prenderti un ginger ale.» Allungo un braccio per fermarla.

«Non ti preoccupare, posso aspettare.» Ma Saige scuote il capo e si alza lo stesso. Purtroppo non sono nelle condizioni di fermarla.

Qualche minuto dopo torna con un bicchiere di bibita frizzante e un piattino di cracker.

«Prova a vedere se riesci a tenerli giù» dice, porgendomi un cracker. Obbedisco e lo prendo, addentandone un angolo. È secco e salato, ma almeno non dovrebbe darmi problemi.

Saige mi osserva mangiare e bere e ho l'impressione che voglia dirmi qualcosa.

«Hai parlato nel sonno. Mi hai svegliato» dice. Non credo sia possibile.

«Io non parlo mai mentre dormo» dico, finendo un cracker e attaccando il secondo.

«Be', allora capita solo quando sei ammalato. Hai

detto un sacco di cose che non avevano senso.» La guardo e spero che la mia espressione sia neutra. Ogni tanto da bambino mi capitava di parlare nel sonno. Mia madre lo trovava buffo e a volte scriveva le cose che dicevo. Ma ormai è da moltissimo tempo che non succede più. O perlomeno nessuno se n'è mai accorto.

«Quindi erano tutti vaneggiamenti?»

«Continuavi a dire di chiamarti Sylas.» Mi si rivolta lo stomaco e adesso ho più di un motivo per vomitare. Non mi è possibile rimanere calmo nel sentirla pronunciare il mio nome.

«Chi è Sylas?» chiede mentre cerco di respirare.

«Nessuno.» Sappiamo entrambi che è una bugia. Non c'è niente che possa fare per uscire da questa situazione.

«Okay» dice, fingendo di credermi. «I sogni possono essere davvero strani a volte, vero?» Sorride e mi bacia sulla fronte.

«Ora mangia altri cracker.»

Non posso fare altro che obbedirle, ma ora vorrei poter dormire con un occhio aperto.

Finisco col crollare di nuovo per la stanchezza. Quando mi sveglio, Saige è già in cucina a preparare la colazione. Sono riuscito a tenere giù il ginger ale e i cracker e ora il mio stomaco reclama a gran voce del cibo vero.

Ho due alternative: inventarmi una storia su quel nome, o lasciare perdere. Se attribuisco troppa importanza a quello che è successo, penserà che si tratta di qualcosa di serio e si preoccuperà.

Così decido di lasciare perdere e mi trascino fuori dalla camera da letto.

«Allora sei vivo!» esclama, venendo verso di me per abbracciarmi. Ha indosso solamente una delle mie magliette. «A un certo punto ho pensato che fosse in atto un processo di mutazione. Come stai?» Solleva lo sguardo verso di me rivolgendomi un sorriso assonnato.

«Molto meglio. Hai per caso della farina d'avena o qualcosa del genere? Non voglio rischiare di mangiare qualcosa di troppo pesante.» Mi porge una tazza piena di farina d'avena, banane e mirtilli.

«Se preferisci, ci sono ancora cracker e dell'altro ginger ale» dice, preparando una tazza di farina d'avena anche per sé e sistemando la frutta in cima.

«No, va bene, grazie.» Mi prende una mano e mi accompagna fino al divano. Si siede incrociando le gambe sotto il sedere e mi guarda con la tazza tra le mani.

«Hai un colorito decisamente migliore. Chissà cosa hai avuto.»

«Non ne ho idea» rispondo, guardingo. Sembra avere dimenticato la conversazione della notte scorsa.

«Be', speriamo che non venga anche a me perché non è stato divertente e non ero nemmeno io quella malata.»

«Se dovesse succedere, mi prenderò cura di te. Grazie di tutto, Saige.» Lo penso davvero. Non era tenuta a disturbarsi tanto, e l'ha fatto senza esitazioni.

«Sei il mio ragazzo. È compito mio prendermi cura di te.» Porta il cucchiaio alla bocca e sorride.

Mi sento abbastanza in forma per uscire e andare al lavoro.

Sono ancora debole, ma il mio stomaco sembra essere tornato alla normalità. Alla fine della giornata, sono esausto e non vedo l'ora di tornare da Saige.

Non mi parla più di Sylas. Passano i giorni e in un batter d'occhio manca solo una settimana alla partenza. Comincio a contare le ore che rimangono da passare insieme. Siamo usciti a cena e a ballare e ho rivisto i suoi amici nella mia nuova veste ufficiale. Lo è ancora diffidente, ma a questo punto non ha più alcuna importanza. Fingo comunque di provare a conquistarla e credo di avere fatto qualche progresso.

I ragazzi procedono a tutto gas con il trasloco in California. La maggior parte delle auto è già stata spostata e Hardy sta continuando a organizzare il resto. Quando saremo lì, avremo già degli appartamenti e delle nuove identità.

«Stavolta voglio chiamarmi Slash» dice Cash, tornando su una vecchia discussione. Vuole sempre avere un nome che sia allo stesso tempo ridicolo e molto simile a quello vero.

«Troppo tardi» dice Row distribuendo i documenti.

A me è toccato Robert Perry. Sembra il nome di un politico.

«Glenn *Facciadachiulo*?» domanda incredulo Cash leggendo il nome sulla sua nuova patente. Row comincia a ridere e lo seguiamo a ruota.

«Non è per niente divertente, cazzo» si lamenta, rosso in volto. È già molto teso perché sta imballando i suoi pezzi d'antiquariato per caricarli su un camion che intende guidare personalmente. Lo fa ogni volta perché non vuole che nessun altro tocchi le sue preziosissime schifezze.

«Scherzavo. Tu sarai Kenneth Andrews.» Cerchiamo di scegliere dei nomi semplici e che passano inosservati.

«Noioso» dice Cash, gettando via i documenti falsi e afferrando gli altri.

«Ehi, puoi sempre tornare a essere il signor *Facciadachiulo* se preferisci.» Row gli sventola davanti al naso la carta d'identità, ma Cash si limita a fulminarlo con lo sguardo.

Ho trovato una nuova sistemazione per Lizzy e ho già le scartoffie necessarie per il trasferimento. Devo solo andarla a prendere e ce ne andremo in California con una delle macchine. Nessuno se ne accorgerà. L'ho già chiamata per avvisarla che si sarebbe dovuta trasferire e mi è sembrata un po' triste, ma quando le ho detto che la nuova struttura ha una piscina era fuori di sé dalla gioia. Mi dispiace farla partire di nuovo, ma faccio quello che posso, date le circostanze.

Quattro giorni prima della data prevista per l'invio del file, Saige si comporta in modo strano.

«Tutto okay?» Diversamente dal solito, è impacciata e distratta.

«Sì, tutto okay» dice con voce stridula, mentre accarezza Leo e studia. Be', fa finta di studiare. Ha fissato il vuoto per almeno dieci minuti. Io sto leggendo, ma continuo a sollevare gli occhi per osservarla.

«Non è vero, cosa c'è?» Appoggio il libro e Saige si volta per guardarmi in faccia. È leggermente rossa, il che non è da lei. Fuori dal letto, in genere non arrossisce mai.

«Devo dirti una cosa.» Per un attimo, mi sento mancare la terra sotto i piedi. Temo che possa avere scoperto chi sono e che intenda dirlo a suo padre.

Che io abbia detto molte più cose durante il sonno di quanto mi ha raccontato. Devo fare ricorso a tutte le mie energie per parlare con voce ferma.

«Che cosa?»

Inspira profondamente, si morde le labbra e si decide a sputare il rospo.

«Ti amo.»

Oh.

Oh.

OH.

«Non è quello che mi aspettavo» mi lascio sfuggire mentre diventa paonazza in volto.

«Be', questo è tutto. Non devi dirmi che mi ami anche tu. È solo che... volevo tu lo sapessi. È da un po' che ci penso, ma mi sembrava troppo presto dato che avevamo appena iniziato a frequentarci.» Mi alzo dal divano e mi avvicino a lei. Mi metto in ginocchio in modo che il mio viso sia alla stessa altezza del suo.

«Non è quello che mi aspettavo, ma mi fa piacere» dico. Ha un'aria delusa.

«Invece tu non sei pronto a dirmelo. Sii sincero, Quinn.» Odio sentirla pronunciare il mio nome falso. Vorrei potesse chiamarmi Sylas almeno una volta.

Non riesco a controllare le parole che mi sfuggono dalla bocca.

«Ti amo anch'io.»

«Davvero?» dice, con un sorriso così raggiante che potrebbe illuminare uno stadio.

Davvero?

La guardo a lungo negli occhi, trattenendo il fiato. La verità della mia affermazione mi si palesa improvvisamente. Se non è amore, allora non so proprio cosa sia. A un certo punto, si è fatta strada nel mio cuore e lì è rimasta. Sarei matto se continuassi a negare l'evidenza.

«Sì. Ti amo, Saige.» Mi butta le braccia al collo e mi attira a sé. Mi alzo in piedi, tirandola su e facendola volare per il salotto. Ride e si tiene forte.

Dicono che se ami qualcuno, devi lasciarlo libero. Ma se me la faccio scappare, me ne pentirò per tutta la vita. Non esiste il destino, altrimenti mio padre non avrebbe causato la morte di mia madre e non sarei diventato quello che sono. Non esiste il destino altrimenti non dovrei abbandonare la donna che amo.

«Ti amo, testolina rossa» le sussurro in un orecchio.

«Sono così felice.»

«Anch'io.»

Decido che dobbiamo festeggiare, ma invece di uscire, beviamo champagne a letto.

«Ero così preoccupata all'idea di dirtelo. So che non ti piace parlare di sentimenti. Ecco perché mi sono comportata in modo così strano negli ultimi giorni. Non mi era mai successo prima. Non ho mai creduto ai colpi di fulmine, ma giuro che la prima volta che ti ho visto, sapevo che mi sarei innamorata di te.» La prima volta che l'ho vista portava una parrucca castana e delle lenti a contatto colorate. Non gliene ho mai parlato, perché non voglio che sappia che la stavo spiando. Probabilmente rovinerebbe questo momento romantico.

Non intendo svelarle la mia identità e sono ancora dell'idea di partire. Ho scelto la mia strada e non è possibile tornare sui miei passi.

Non accadrà. La mia fortuna si è esaurita.

«Cosa ne dici di venire con me dai miei genitori per dirglielo? Mi piace fare uscire di testa mia madre ogni volta che vado a trovarla. Sarebbe anche un tempismo perfetto, perché il giorno prima devo andare a completare il tatuaggio.» Mi sorride e ricambio, ma mi costa un'enorme fatica.

Sarò già partito.

Mi sono innamorato di questa ragazza e devo lasciarla. È una delle cose più difficili che abbia mai fatto. Ma, anche se restassi, non funzionerebbe. Scoprirebbe che l'ho usata per arrivare a suo padre e non avrei scampo. L'amore si trasformerebbe in odio e non vorrebbe più vedermi.

In un modo o nell'altro, la nostra relazione finirebbe comunque. Preferisco lasciarla così. Sapendo che mi ama. Forse questo fa di me uno stronzo, ma non importa. Alla fine si dimenticherà di me e incontrerà qualcun altro. Qualcuno che non le mentirà fin dal primo giorno, come ho fatto io.

«Mi sembra un'ottima idea» rispondo. Lo è. Ma non succederà.

Facciamo l'amore per tutta la notte. Ora so che è così. È da tempo che il sesso tra noi è qualcosa di più, ma ero troppo ottuso per ammetterlo. I nostri corpi sono come due strumenti che suonano in perfetta armonia. Si incastrano a meraviglia. Non ho mai avuto incontri sessuali così maledettamente appaganti.

Mi concedo a lei con tutto me stesso. Mi dico che ogni volta potrebbe essere l'ultima e che devo approfittare del tempo che mi rimane. Non incontrerò mai un'altra donna come lei. Ne sono certo. L'unica fiammata di felicità in una vita altrimenti grigia.

«Ti amo» mi ripete ancora e ancora. Ogni volta sento un brivido e le dico che l'amo anch'io. Voglio dirglielo il più possibile. Deve capire che sono sincero. Che anche se tutto quello che le ho detto su di me è una menzogna, questa è l'unica verità che posso darle.

Mi chiedo come si comporterà suo padre dopo che me ne sarò andato. Se le dirà qualcosa su di me, o se farà finta che io non sia mai esistito. Non me ne frega niente di lui, solo lei m'interessa.

La sera la porto a cena fuori. Andiamo nel ristorante del nostro primo appuntamento. Ordino gli stessi piatti, ci sediamo allo stesso tavolo e balliamo di nuovo sulle note di *Take Me to Church*.

«Ti ricordi di quel vicolo?» mi domanda in un orecchio mentre ondeggiamo a ritmo di musica. Alcune persone ci stanno osservando, ma le lascio fare.

«Come dimenticarlo?» dico, facendole scivolare una mano lungo la schiena. Ride in modo intenso e delizioso.

«Non posso credere che tu l'abbia fatto. Ti stavo solo provocando, ma poi ho visto quello sguardo nei tuoi occhi e ho cominciato a desiderarti da impazzire.» Il desiderio era reciproco. Questa serata con Saige sembra... irreale. Come un sogno. Non pensavo di poter provare dei sentimenti del genere per qualcuno.

Lasciarla sarà doloroso. Oh, più che doloroso. Mi sentirò a pezzi. Cercherò di essere forte, ma non sarà altro che una messinscena. Metto da parte questi pensieri e la stringo a me così forte che probabilmente le lascerò dei lividi.

«Quinn?» dice in tono interrogativo.

«Voglio solo tenerti stretta, Saige. Ho bisogno di

abbracciarti.» Annuisce e mi lascia fare. Chiudo gli occhi e cerco di assorbire il più possibile di questo momento. Il suo calore, le sue curve, il suo profumo, i suoi capelli che mi solleticano le braccia. Il modo in cui respira. Sento *già* la sua mancanza, anche se è qui con me.

Quando la canzone finisce, devo lasciarla andare. Mollo la presa e faccio un passo indietro.

«Sorridi e la vita ti sorriderà» dice, sollevando un braccio e accarezzandomi una guancia. Oggi non mi sono rasato. Voglio essere come piace a lei.

«Ho molte ragioni per sorridere. Sono con te» rispondo e ci sediamo per mangiare il dolce.

Ci appartiamo in un altro vicolo, ma questa volta non si tratta di una semplice scopata. I movimenti sono gli stessi, ma le emozioni sono diverse. Le trasmetto tutta la mia adorazione, e lei fa lo stesso con me. Ovviamente rovino il suo vestito, e le metto la mia giacca sulle spalle per coprire lo strappo sulla schiena. Reclina il capo su di me e mi viene un'idea folle.

«Verresti con me in un posto?»

«Verrei dovunque con te» risponde.

La porto in fondo alla strada dove abito. Non le dico che il mio vero appartamento si trova qui, mi limito a parcheggiare e ad aiutarla a scendere dalla macchina.

«Che ci facciamo qui?» domanda, guardandosi intorno. È una zona residenziale, ci sono solo case.

«Voglio farti vedere una cosa» dico, porgendole una mano. Mi segue fino alla recinzione che tiene la gente come me fuori dal parco.

«Non sarà un'impresa facile.» In genere non ho nessun problema a scavalcarla, ma temo che Saige farà fatica, considerato anche che indossa un abito da sera.

«Vuoi introdurti nel parco?» chiede, con gli occhi illuminati dal bagliore arancione dei lampioni.

«Proprio così» rispondo, chinandomi in avanti e intrecciando le mani in modo che possa utilizzarmi come trampolino.

«Guarda che non ce n'è bisogno» dice, spingendomi via. Osserva per un attimo la recinzione, poi l'afferra e si dà uno slancio vero l'alto, usando la sbarra orizzontale come perno. Si ferma in cima e salta giù dall'altra parte. Con un sorriso, si raddrizza e con un dito a uncino mi fa cenno di raggiungerla.

«Dai, vieni.»

Imito i suoi movimenti e ci ritroviamo a passeggiare nell'erba.

«Vengo spesso qui. So che può sembrare inquietante, ma mi piace guardare dentro le case e fantasticare sulle vite delle persone che ci abitano.» Passiamo accanto a una cucina illuminata. La finestra è incorniciata da bianche tende a balze che schermano la visuale.

«Non è inquietante. Trovo sia dolce. E un po' triste.» Mi strofina una mano sul braccio e si stringe a me.

«A volte fingo di conversare con la gente che parla al cellulare a voce troppo alta. Per esempio, se loro fanno una domanda, io rispondo. Capita che se ne accorgano ed è piuttosto imbarazzante.» Ride, contagiandomi con la sua allegria.

«Volevo solo condividerlo con te» dico.

«Perché ogni volta che stiamo insieme ho l'impressione che tu stia cercando di dirmi addio?»

Mi si gela il sangue nelle vene e per poco non inciampo sui miei stessi passi, goffamente.

«Non è così» dico, ma la mia voce è piatta.

«Va tutto bene, Quinn? Lo sai che mi puoi parlare di qualsiasi cosa.»

Faccio appello a tutte le mie energie e le rivolgo un sorriso, il più convincente possibile.

«Sì, lo so. Va tutto bene.» La guido verso una panchina e decido che il modo migliore per farla smettere è affondare la mia bocca tra le sue gambe. Funziona sorprendentemente bene.

Quando la lascio alzare, ha uno sguardo confuso e cammina lentamente dietro di me.

Due giorni. Anche meno. Dopodomani alle due del pomeriggio suo padre riceverà il nostro file. A quell'ora sarò già in viaggio con Lizzy.

«Non vedo l'ora che il mio tatuaggio sia finito» dice dopo che l'ho aiutata a scavalcare nuovamente la recinzione e ci dirigiamo verso la macchina.

«Sarà sicuramente fantastico.» Non lo vedrò, ma so che Crash farà un ottimo lavoro.

«Speriamo. Ho paura che qualcosa vada storto e che per tutta la vita dovrò tenermi un tatuaggio schifoso sulla schiena.»

«Andrà tutto bene» la rassicuro, aprendole la portiera dell'auto.

Starà bene. Almeno lo spero.

. 28 .

Vorrei rimanere a letto con lei per tutto il giorno successivo, ma devo andare in ufficio per occuparmi del computer. È un bene avere una lista di cose da fare, mi tiene la mente occupata e vigile.

Verso la fine del pomeriggio, ho finito di cancellare ogni mia traccia dal computer. Ho inviato i file dei miei clienti (quelli ufficiali) nel cloud e ho eliminato tutto il resto. Sulla mia scrivania non c'è più niente che li possa fare risalire a me. Ho pulito ogni superficie e stasera il personale delle pulizie farà il resto. Le pratiche burocratiche per il trasferimento di Lizzy sono completate, grazie anche a delle mance consistenti. Siamo d'accordo che passerò a prenderla domattina verso le dieci.

Row ha già raggiunto Hardy in California, e gli altri guideranno i due furgoncini e le macchine rimaste. Io userò la BMW. Non mi porterò dietro nulla dal mio appartamento, a parte Leo, la cassaforte e il tavolino da caffè. Li sistemerò nel bagagliaio e sui sedili posteriori. Se non dovesse esserci abbastanza spazio, li legherò sul tetto e che Dio me la mandi buona.

Mi rimane solo una cosa da fare. Salutare Saige. Solo che non posso dirle che sto partendo.

Torno a casa dall'ufficio al solito orario e la trovo

immersa nello studio. Il tavolo è cosparso di libri e ha raccolto i capelli in uno chignon approssimativo. Indossa una maglietta ampia senza reggiseno, e dei pantaloncini con lo stemma del college sui lati.

È mozzafiato.

«Bentornato a casa, tesoro» dice, posando la penna e balzando in piedi per buttarmi le braccia al collo. Si solleva sulle punte e mi rivolge un sorriso raggiante.

«Com'è andata oggi? Vuoi che ti porti le pantofole?» Ride e la bacio così intensamente che quasi le mordo le labbra.

«Tutto bene, e tu?»

«Anch'io. Ho un sacco di roba da studiare, ma se riesco a portarmi avanti, più tardi possiamo guardarci un film e ordinare una pizza. Ho una voglia pazzesca di formaggio fuso.» Spalanca gli occhi nel pronunciare le ultime parole. La mia testolina rossa adora il formaggio.

«Mi sembra un piano perfetto. Anch'io ho del lavoro da sbrigare, quindi rimettiti pure a studiare. Ti preparo del caffè.»

«Sei il migliore» dice, tornando a sedersi.

Inserisco un nuovo filtro nella macchina dell'espresso e vado a mettermi addosso qualcosa di più comodo. Non ho molta roba qui, ma domani, quando Saige sarà a scuola, dovrò venire a portare via tutto. Vorrei poterle lasciare un ricordo di me, però non è possibile. Mi chiedo cosa penserà quando arriverà a casa e non vedrà più niente di mio. Quando mi invierà un SMS e non le risponderò. O quando si presenterà nel mio ufficio con il pranzo e troverà la mia scrivania vuota. Mi fa male pensarci, ma non riesco a smettere.

Mi sento malinconico per tutta la serata. Non riesco a godermi le ultime ore insieme perché so che presto sarà tutto finito.

Si rannicchia contro di me e le lascio scegliere il film. Ma non lo guardo. Sono concentrato su di lei. Osservo le luci dello schermo che le illuminano il viso. La miriade di espressioni che le attraversano il volto mentre segue la storia. Le increspature che le si formano intorno agli occhi quando ride.

Alla fine del film, la porto a letto e facciamo l'amore come se fosse l'ultima volta. E infatti lo è. La faccio godere più e più volte, fino quando non m'implora di fermarmi. Poi si addormenta sul mio petto, sfinita. Io invece non riesco a prendere sonno. Sono perfettamente sveglio e teso. Conto le ore, i minuti, i secondi, finché sento suonare la sveglia. Non ho chiuso occhio per tutta la notte.

Saige si stiracchia con aria assonnata.

«Sei stato fantastico ieri sera. Se camminerò in modo buffo oggi, saprò di chi è la colpa.» Si alza e geme, ma mi fa l'occhiolino.

Ci facciamo la doccia ognuno per conto proprio e faccio finta di prepararmi per andare in ufficio. La sua prima lezione è alle nove, quindi uscirò più di un'ora prima di lei.

Quando vado a salutarla, sta cincischiando a letto. Ha i capelli bagnati e arruffati. Inspiro profondamente e mi piego in avanti, appoggiando le labbra sulle sue. Se almeno avesse il rossetto, mi rimarrebbe qualche traccia di lei sul viso.

Invece le sue labbra sono asciutte e morbide. Solleva lo sguardo verso di me e mi accarezza il viso, mentre mi stacco da lei e le sorrido in modo poco convincente.

«Ci vediamo stasera» dice.

«A stasera» rispondo, baciandole nuovamente la punta del naso. Quando sto per aprire la porta, mi fermo e mi volto a guardarla.

«Ti amo.» Si rotola nel letto e si mette a pancia in giù, tirandosi su con i gomiti. Traccio i contorni del suo corpo, per imprimerli nella mia memoria.

«Ti amo anch'io.»

Il cuore mi si rompe in mille pezzi e a ogni passo ne lascio uno dietro di me. Non credo che riuscirò mai ad aggiustarlo.

Gironzolo per un po' con la BMW, perso nei miei pensieri. Parcheggio fuori dal suo palazzo e aspetto che esca. L'osservo sistemarsi i capelli dietro le spalle, infilarsi nella sua macchina rossa fiammante e immettersi in strada. Aspetto venti minuti e mi introduco nel suo appartamento per la seconda volta. Non voglio stare qui troppo a lungo, quindi cerco di essere il più rapido ed efficiente possibile. Dopo aver passato al setaccio tutte le stanze, sono pronto ad andarmene.

Sulla porta, mi blocco di nuovo. Senza pensarci, vado in bagno e cerco il suo rossetto. Lo apro e disegno un cuore sullo specchio prima di infilarmi il tubetto in tasca e richiudermi la porta alle spalle.

Non appena salgo in macchina, sento qualcosa di freddo sulla nuca.

La canna di una pistola.

C'è qualcuno sul sedile posteriore.

«Metti in moto» dice. Gli lancio un'occhiata dallo specchietto retrovisore, ma ha il volto coperto da una maschera da sci ed è vestito di nero dalla testa ai piedi. Gli occhi sono marroni e anonimi. Non ho idea di chi possa essere.

Sento i battiti accelerare, ma faccio ciò che chiede. Non si ha molta scelta quando si ha un'arma puntata alla testa.

Mi ordina di proseguire sulla strada di Saige e mi fa cenno di entrare in un garage aperto vicino a un capannone isolato.

Mi fermo e aspetto.

Silenzio.

Mi affonda la canna della pistola nel cranio e gli unici suoni udibili sono il mio respiro e quello del mio... rapitore?

«Esci» dice e obbedisco lentamente. Se riuscissi a fargli allontanare la pistola dalla mia testa, potrei attaccarlo e prendere il controllo.

Ma non appena esco dall'auto, mi colpisce con una potente scarica di energia elettrica. Un dannato Taser.

Mentre il mio corpo s'immobilizza e cade per terra, penso che avrei potuto lanciare l'auto contro un muro. Forse così sarei riuscito a farla franca.

Quando riapro gli occhi, sono legato a una sedia con una corda. C'è una sola lampadina che penzola dal soffitto. Mi trovo in una stanza di cemento armato. È una situazione così banale che avrei voglia di ridere. Mi sento ancora stordito, probabilmente mi hanno drogato. Non ho idea di quanto tempo sia passato.

Provo a muovere le mani, ma i nodi sono dannatamente stretti. Chiunque se ne sia occupato, deve avere un passato da boy scout o da marinaio. Chi può saperlo, ma adesso non ha importanza.

Lizzy mi sta aspettando. Sono bloccato in questa

maledetta cella e non c'è modo di avvisare i ragazzi.

La porta di fronte a me si spalanca e per poco non svengo per lo choc.

«Ciao, Sylas» dice Saige sorridendo. «Che piacere incontrarti qui.»

. Epilogo .

Pensava di essere così maledettamente in gamba. Così subdolo. Probabilmente mi avrebbe fregato, se non avessi saputo esattamente quali erano i suoi piani.

Ma lo sapevo. Conoscevo ogni sua singola mossa. O perlomeno così credevo. Le cene, i lenti, le frasi giuste al momento giusto. Era tutto programmato fin dall'inizio. Ma poi ha cominciato a improvvisare e non ho potuto fare altro che seguirlo.

Ero affascinata. Certo, era bello e incredibilmente bravo a letto, ma mi intrigava il suo sguardo misterioso. Volevo scoprire i suoi segreti. All'inizio non era nient'altro che un lavoro, ma poi è diventata un'ossessione. Una missione. Avrei voluto aprirgli la testa per capire quali erano le sue motivazioni.

Quando mio padre mi ha proposto questo incarico, ho pensato fosse pazzo. Avevo già svolto un sacco di incarichi sotto copertura, ma questo era diverso. Non ero certa di esserne all'altezza, ma la prima volta che l'ho visto al bar con indosso il mio travestimento (che ovviamente serviva a intrigarlo), sapevo di non volermi più tirare indietro. Sedurre un uomo attraente? Certo che sì.

Non immaginavo certo che mi sarei innamorata di lui. Perdutamente.

Ma ho un compito da portare a termine e questo ha la precedenza sui sentimenti. Quindi farò quello che devo e accetterò le conseguenze. Anche a costo di ritrovarmi col cuore spezzato.

In anteprima le prime pagine del secondo romanzo della serie ***Behind Your Back***, **La verità nei tuoi occhi**.

Ringraziamenti

Questo libro è stato come un lungo viaggio. L'idea mi è balenata alla mente mentre ero su un aereo diretta in Scozia per un tour di presentazioni. Ha continuato a stuzzicarmi finché mi sono decisa a metterla nero su bianco. Mi trovavo a Edimburgo, quindi andai nel posto più logico: l'Elephant House, che guarda caso è la caffetteria dove J.K. Rowling scrisse la maggior parte dei suoi libri con protagonista Harry Potter. Pensai che fosse una coincidenza fortunata e infatti alla fine di quella prima sessione avevo già scritto cinquemila parole.

È passato quasi un anno. Da allora ho continuato a lavorarci su. È uno dei progetti di cui vado più fiera, soprattutto perché era un'esperienza nuova. Non mi ero mai cimentata prima nel genere romantic suspense e non avevo mai scritto un libro con un punto di vista esclusivamente maschile. Ma eccolo qui, e ne sono davvero orgogliosa. Anche se nessuno dovesse leggerlo, lo sarei lo stesso.

Un ringraziamento speciale va al mio sempre pazientissimo editor, al mio addetto stampa, e al mio (anch'egli sempre pazientissimo) correttore di bozze. Un grazie di cuore a Jay Crownover, che ha letto il romanzo e mi ha detto che non faceva schifo quando invece io ero convinta del contrario. Le sono grata (e al tempo stesso la detesto) per un suggerimento che ha dato una direzione completamente diversa alla trama del secondo libro.

Ringrazio anche le persone che quando hanno sentito cosa stavo scrivendo si sono entusiasmate e mi hanno chiesto di leggerlo. Nessuno scrittore è mai sicuro se quello che sta scrivendo sia buono o meno, e se valga la pena di continuare. Quindi grazie a tutti coloro che mi hanno espresso i loro apprezzamenti. ☺

E grazie a VOI per avermi seguita fino a qui. Non sarete molto contenti in questo momento, ma vi prometto che si sistemerà tutto. O quasi...

Questo volume è stato stampato nell'aprile 2016
presso la Rotolito Lombarda - Milano